彩鳳迎春

2

文創風 460

芳菲 著

目錄

第十一章

第二日一早，趙彩鳳睡醒的時候，才發現自己睡在了宋明軒的房間裡。趙彩鳳迅速地檢查一下身上的衣服，發現一切都跟她昨天睡覺前一樣完整之後，這才放下了心思。

這時候院子裡傳來了宋明軒讀書的聲音——

「大學之道，在明明德，在親民，在止於至善……」

趙彩鳳打了一個哈欠，回自己的房裡拉上簾子換了一身小廝的衣服後，走到外頭見宋明軒頂著一雙熊貓眼在那邊看書，心裡就納悶了，難道他一夜沒睡？

「彩鳳，妳起來了？熱水我已經燒好，昨天的乾糧還沒吃完，妳就著吃一點吧。」

趙彩鳳到井口洗了一把臉，點頭道：「我給你做早飯去，乾糧你留著中午吃，一會兒我要出去一趟，你在家可別亂走啊！」

待趙彩鳳吃完早飯，準備一下後便出門了。

「早點回來，我等妳！」宋明軒看著趙彩鳳的背影說了一句，趙彩鳳抬起手揮了揮，樣子還帶著幾分痞氣，讓宋明軒忍俊不禁，可這樣的趙彩鳳，真是讓他喜歡到了骨子裡呢！

趙彩鳳走出了小院，才發現其實自己也很是迷茫，古代和現代的差別實在太大了，現代找個工作，好歹看份報紙或者上網投遞，總也是有用的。更何況趙彩鳳碩士畢業之後，直接就去了警隊工作，壓根兒就沒經歷過自己找工作的環節，所以在這一點上，她實在沒有豐富的經驗。

可是既然已經邁出了第一步，那麼今後的一千步、一萬步都要從這裡走出去。趙彩鳳想了想，又去了長樂巷上的八寶樓，好歹在這裡她還認識一個店小二呢！

店小二瞧見趙彩鳳過來，高高興興地迎了上去，道：「小趙，你怎麼又來了？怎麼沒瞧見李大叔呢？」

「李叔沒來，我哥上京考科舉來了，我陪他一起過來的。我是想請你幫我問問，這裡還收不收打短工的？」

那店小二一臉惋惜地道：「前幾日讓你來你不來，這會子老闆都找到人了！不然，我再幫你去別家店裡頭打聽打聽？」

趙彩鳳點了點頭道：「也行，隨便做什麼，只要能安頓下來就好。」

趙彩鳳打工的目的其實不在於賺錢，而是想摸一摸這開館子的套路，順帶做一把市場調查，看看這邊的客流量以及京城百姓的消費能力。

「巷子裡頭倒是很多家招人呢，只是那些地方，你去不大好吧？」店小二悄悄地靠過來，神秘兮兮地湊到趙彩鳳的耳邊說：「裡頭還有一個南風館，前一陣子也說招小廝呢，結果你猜是做什麼的？進去了讓人當小倌兒，伺候男人的！我說怎麼前幾日我一個朋友小馬兒走路姿勢都不對勁了，敢情是屁眼給人操了，疼的！」

趙彩鳳聽到這裡，臉上的表情頓時就僵硬了起來。大哥，你好歹講話文明些吧，說得這麼直接，連我都覺得自己那地方有些疼的感覺了……一定是最近吃得太好，所以上火了。

「咱能有個靠譜點的地方嗎？我可不想去當小粉頭。」趙彩鳳一臉委屈地開口道。

店小二想了想，擰眉道：「不然你等等，一會兒我們黃老闆就來了，他說最近要找個會算帳的給我們掌櫃的搭下手呢，你要是識字，可以試試這個。」

趙彩鳳從店小二看她的神色中就可以瞧出來，他不過就是隨口一說的，誰能想到就趙彩鳳這樣穿著的人，還能是個識字的呢？

趙彩鳳眉開眼笑地道：「那敢情好，我哥是秀才，我還能不識字嗎？」趙彩鳳心裡可樂呵著呢，直接從管理層做起，搜集資料就更加方便啦！

店小二大話都說了出去，少不得只能笑著點頭。「行，那你去後院等著，一會兒這兒就開席了，別擋著客人的道了。」

趙彩鳳應著去了。

在後院等了有小半天了，都沒瞧見老闆過來，趙彩鳳也覺得有些著急了。已經到了吃午飯的時辰了，店裡頭的客人也越來越多，後廚師傅忙得不可開交的，壓根兒沒空和趙彩鳳閒聊了。

趙彩鳳在一旁閒著無聊，秉著要找工作總得先表現一番的信念，打算幫一旁的洗菜大娘洗菜，可她才靠過去呢，那大娘就開口了。

「小夥子，你還是讓讓吧，別越幫越忙了！」

好吧，洗菜對於趙彩鳳來說，確實也不算內行。趙彩鳳正覺得無聊呢，前頭店小二忽然從大堂裡走了出來，朝著趙彩鳳招手道：「小趙，快來，老闆來了！」

趙彩鳳忙不迭就迎了上去，就瞧見一個穿靛藍色錦緞棉直裰的中年男子往二樓上去。

店小二忙朝著趙彩鳳招了招手，跟在那人身後，開口道：「老闆，這就是我跟您說的，李大叔他姪兒，上京來照顧他哥趕考的，想在我們店裡謀個差事，他說他識字。」

黃老闆扭頭看了趙彩鳳一眼，見他長得白白淨淨的，看著還挺像是個年少的小書僮，便開口問道：「識字？識多少字？會算術嗎？算盤會打嗎？」

「算盤……」趙彩鳳腦子裡轉了幾圈，想起小學的時候似乎是上過珠算課的，依稀還有那麼幾句口訣，於是開口問道：「是那個逢一進一、逢二進二的算盤嗎？」

黃老闆笑著道：「喲，還真懂算盤！那我問你，一盤糖醋里脊六十文錢、一盤魚香肉絲四十文錢、一盤八寶鴨八十文錢，客人給你一兩銀子，你找人家多少？」

趙彩鳳腦子算得飛快，急忙七七八八地加了一下，回道：「八百二十文錢。」

黃老闆搖了搖頭道：「你這樣找錢，客人可就不依了，如今一兩銀子可以換一吊錢外加兩串錢呢！」

趙彩鳳心想完了，難道這銀子和銅錢之間並不是固定比例，竟是經常會變的？趙彩鳳小心翼翼地開口道：「黃老闆，我鮮少出門，不知道這京城裡頭一兩銀子能換幾個錢，我方才是按照一兩銀子換一千文錢算的。」

黃老闆聽趙彩鳳這麼一解釋，笑著道：「小夥子，得多出來看看啊！如今銀子又值錢了，現在市面上一兩銀子能換一千兩百文錢了。」

趙彩鳳這才恍然大悟，果然經驗主義要不得啊！幸好黃老闆告訴了自己，不然自己家裡頭放著的那些銀子，可不是得要被自己換虧了？

「要是這樣的話，就得找客人一吊錢外加二十個銅板了。」趙彩鳳這麼一想，忽然就想起前世看的小說裡頭，大多數都是吃一頓飯要花掉幾兩銀子的，這麼說來……那些人除了吃飯之外，肯定還做了一些別的特殊服務。因為按照方才黃老闆報的菜價，似乎也沒有貴得很離譜。

黃老闆看趙彩鳳一臉誠懇的樣子，想了想，便道：「行吧，先在店裡頭待著，跟著小順子做幾天跑堂招呼客人，等熟絡了再到櫃檯裡頭幫著謝掌櫃。」

那店小二原本以為黃老闆未必能瞧上小趙的，沒想到還真成了，高興道：「那敢情好！老闆，您可真好說話呀，小順子謝您啦！」

「謝啥？這是小趙腦子靈活。快幹活去，沒瞧見客人上門了都沒人招呼嗎？」黃老闆朝樓下努了努下巴。

小順子忙笑著道：「這就去、這就去！小趙，你跟著我一起來吧！」

八寶樓的生意果然和李全說的一樣好，午市就已經人滿為患了，樓上樓下的桌子都坐滿了，還有等翻桌的。趙彩鳳第一次這麼忙，雖然動作還不夠索利，但也一直沒停下來。這時候她正賣力地擦著二樓一個包間的桌子，小順子已經去樓下把客人引上來了。

八寶樓有規矩，怕小廝搶客人，所以規定所有小廝不准收客人的賞銀，且小廝各有分工，比如小順子是專門管招呼客人進門的，還有專門負責上菜的、送客出門的，趙彩鳳這會兒剛入職，所以做的活兒就是最雜的，基本是顆螺絲釘，哪裡需要哪裡釘。

趙彩鳳絞乾了手裡的抹布，在桌上使勁擦了幾下，見上頭的油漬都看不見了，這才作罷。這時候，她聽見一個有些熟悉的聲音從樓下傳來——

「大哥、二哥，今天我作東，這兒的八寶鴨可是一絕啊，你們吃過了絕對忘不掉的。」

「三弟，這是什麼地方，你怎麼上這兒吃飯？要是讓娘知道了，可又要責罰你了，你每次非要弄出一些奇奇怪怪的事情才罷休。」

這時候另外一個聲音接著道：「對對對，就像昨天那隻八哥，你教牠什麼不好，教什麼窈窕淑女，君子好逑啊？昨天你嫂子回房就跟我嘮叨，說是不是三叔想要娶媳婦了，還說今兒要跟娘提一提的！」

趙彩鳳聽到這裡，忍不住就噗哧地笑了出來。怪不得覺得這聲音怎麼那麼耳熟呢，原來是昨天搭車的那個面癱！趙彩鳳急忙又擦了幾把桌子，想著早點離開這裡，可千萬別撞了個正著才好。

「大哥、二哥，求你們饒過小弟吧！自從大哥、二哥有了嫂子後，吃個飯還要三邀四請的，一點兒都不自在！還是我這樣比較好，一個人獨來獨往的舒服。」

「你也獨來獨往不了多長時間了，橫豎是要娶媳婦的，沒事別總冷著一張臉，否則再多的姑娘，看見你這副不苟言笑的樣子，也都嚇走一半了。」

蕭一鳴其實性子不算冷，奈何他的長相隨了父親蕭將軍，輪廓分明就不說了，笑神經似乎有些障礙似的，不認識他的人見了，都覺得寒氣逼人，其實他骨子裡也不過就是一個青蔥少年而已。

談話間，人已經上了二樓。

小順子將門推開，把人引到裡面，道：「三位爺，裡面請。」

趙彩鳳見人來了，也來不及躲，便急忙把木盆端起來，乖乖地閃到一旁，口裡跟著道：「請請請！」

蕭一鳴在靠門的位置坐了下來，從這裡正好能看見下面大廳裡頭的光景。

趙彩鳳見他並沒有認出自己，也稍稍放下心來，端著碗筷，繼續到別處收拾去了。

小順子肩膀上搭著一塊抹布，在店堂裡頭跑得腳底生風時，忽然聽見二樓有客人喊「店小二，茶還沒上呢」，小順子擦了一把臉上的汗，實在脫不開身，瞧見趙彩鳳端著一盆髒碗從自己跟前晃過，忙不迭地喊道：「小趙，樓上客人上茶！」

趙彩鳳往樓上翻了一個白眼，真是怕什麼來什麼！其實說穿了，兩人不過就是萍水相逢，她稍稍逗了逗他的八哥罷了，況且那一句「君子好逑」也不是她教的，要賴也賴不到她身上。

趙彩鳳想明白了這一點，也覺得不心虛了。何況小順子人還是不錯的，這麼多的夥計裡頭，也就數他最照顧自己，趙彩鳳也不好意思拒絕他，去就去吧！

趙彩鳳去櫃檯前提了一壺沏好的茶，一手托著三個茶盞，一手提著壺，往二樓上去。樓上幾個客人正巧要下來，趙彩鳳慌忙閃到一旁，讓他們從自己跟前走過。

包間裡頭坐著的是京城蕭家的三位公子，老大蕭一諾、老二蕭一凡、老三蕭一鳴。京城蕭家是武將世家，但是更出名的其實是蕭夫人，她一口氣給蕭家生了五個男丁，也算是京城佳話了。這五個男孩中，老大、老二都是從武的，但因為有一回蕭將軍在陣前受傷，蕭夫人覺得做武將終究是刀口上舔血的行當，所以從蕭老三開始，下頭的男孩子都從文了。

蕭老三在十來歲的時候才開始棄武從文，但那個時候他就已經是個皮娃了，結果這麼一矯正，弄得現在他成了一個半文不武的狀態。說起來，他去年的時候死活還考中了一個秀才，今年也要參加這一屆的秋闈了。

蕭老大看著自己這個弟弟，也是一陣擔憂，語重心長地道：「你最近還是少出門好，再過兩個月就是秋闈了，你就算考不中，也要裝裝樣子，不能讓母親知道你到處亂晃，心思都不在科舉上面。」

蕭一鳴聽了這話，心裡就不樂意了，臉立時就掛了下來，心道：我好意找你們上館子，你們兩個又開始教訓我了！他拉著個臉道：「這不還有兩個月嘛，臨陣磨槍，不亮也光，咱家是行武出身的，這個道理我可懂的。」

蕭老二看著蕭一鳴，搖搖頭，從懷裡摸出一份請柬來，遞給他道：「喏，這是玉山書院最近科舉突襲班的請柬，講課的人是上一科的狀元柳半塘，我好不容易託人給你弄了一份來，這可是千金難得的啊！」

趙彩鳳這時候正提著水壺要進去倒水，聽了這話，頓時就眼前一亮，心道這可是一個好東西，若是宋明軒有幸能去聽一聽，吸取一些這其中的經驗，那肯定是事半功倍。趙彩鳳低著頭把水壺送進去，趁著他們說話的當口，悄悄地抬起頭來往那請柬上瞅了幾眼。

蕭一鳴接過了那請柬，拿在手裡翻看了一眼，搖頭道：「二哥，你這又是從哪兒弄來的？前兩天鄭玉那小子才送了我一份呢，也不知道被我丟到了哪個犄角旮旯裡去了。」

蕭老二一聽，頓時就來氣了，扯著嗓子道：「什麼？姓鄭的那小子給過你了？那他還把這東西賣給我，收了我一百兩銀子！」

蕭一鳴聽了，頓時對蕭老二很是同情，忙問道：「二哥，你花這麼多錢，二嫂不知道吧？」

「要是讓她知道了，我還有皮在嗎？鄭玉那小子，簡直是個猴精，看我下次見了，不扒了他的皮！」

蕭一鳴心下暗笑，安慰蕭老二道：「二哥，沒準他就是知道我不長記性，會弄丟了，所以才讓你多給我一份呢！這份我肯定好好收著，絕對不弄丟了。」

蕭老二聽他這麼說，才算稍稍平復了一下心情，囑咐道：「你可一定要去聽啊！母親知道你這麼用功才會高興，不然的話，我就讓你嫂子對母親說，趕緊給你找個媳婦進門，讓她管著你得了！」

趙彩鳳的視線一直盯在蕭一鳴手中的請柬上，她覺得古代的印刷技術不算發達，這請柬一類的東西大抵都是靠手寫的，真假驗證的方法可能也不算很高超，要是自己能記住這請柬的樣子，回去跟宋明軒說一聲，兩人合力造個假的出來，混進玉山書院聽那麼一次課也是好的。趙彩鳳想著想著，就忘了手裡提著的茶壺，那茶水從茶杯中漫了出來也不自知。

蕭一鳴正高高興興地聊天說話，冷不防覺得大腿上熱呼呼的，等低頭一看，大腿上早已經濕答答的一大塊了！蕭一鳴反應過來，一把抓住了趙彩鳳的手腕，身子往邊上一讓。

趙彩鳳細瘦的手腕哪裡禁得起他那一把抓？覺得整個手臂都麻木了，手腕一鬆，茶壺就歪到桌子上了。

「這店小二，怎麼做事的？」蕭老大數落道。

趙彩鳳手上吃痛，但畢竟是自己有錯在先，因此忍痛道：「對、對不起！各位爺，小的這就幫你們收拾乾淨！」

趙彩鳳說著，痛心疾首地看著放在桌上被茶水給浸濕的請柬，心裡頭那個可惜啊！

此時，蕭一鳴還沒有鬆開趙彩鳳的手，他的視線掃過趙彩鳳的手背，上面有一個銅錢大小的粉色疤痕，似乎是在什麼地方見過，且方才說話的這聲音，好像也有些耳熟……

蕭一鳴抬起頭，盯著趙彩鳳看了幾眼，最後瞇了瞇眼睛道：「原來是妳！」

想起自己馴養得那麼乖巧的八哥，他們兩個粗人在一個時辰內就給逗成了一隻傻鳥，蕭一鳴頓時又氣憤了幾分。他原本長相就嚴肅，這會兒眼底又多了幾分惱怒，看著就讓人覺得有幾分不可親近的高冷姿態，趙彩鳳暗暗心驚，這次出師不利，竟然惹上了一個活閻王！

「爺，您認錯人了，小的不認識您。」趙彩鳳一咬牙，死活不能承認啊！要是這裡的人知道她是個姑娘，這飯碗就沒有了……

「我怎麼可能認錯呢？少在這裡裝可憐了，爺今兒就讓妳知道得罪爺是個什麼後果！」蕭一鳴說著，伸手就要去揭趙彩鳳的帽子。這丫頭膽子可不小，這會子不讓她知道點厲害怎麼行？蕭一鳴雖然心裡有些得意，但面上還是一副冷冰冰、一本正經的樣子。

旁邊的兩個兄弟知道他又起了玩心，只是不知道這店小二是哪裡得罪了蕭一鳴，故而不好相勸。

趙彩鳳瞧見蕭一鳴的動作，就知道他要揭開自己的身分，這會兒店裡人多，要是鬧出去了，她也沒法兒在這裡混了，所以不等蕭一鳴的手碰上她的氈帽，趙彩鳳便連連退後了兩步，一腳將身後的門踢上，跪下來硬著頭皮痛哭流涕道：「這位爺饒命，小的出來混口飯吃不容易啊！要不是為了讓我兄長考科舉，小的何必背井離鄉地來到京城，在這小酒館裡做個店小二？爺若是覺得小的服侍得不好，小的再去請別人來服侍爺吧，可爺千萬不要因為這個和小的置氣，小的罪該萬死！」趙彩鳳說著，拿起掛在肩頭的白抹布跪著上前，伸手去擦蕭一鳴大腿上殘留下來的那一處水漬。

蕭一鳴見她哭得跟淚人一樣，又瞧見她跪著上前，頓時覺得一陣頭大。再想一想上次車裡頭的那個書生，怎麼看兩個都不像是兄妹，他頓時就明白了幾分，敢情這還是一個陪著相公進京趕考的小媳婦呢！蕭一鳴想到這裡，氣也消了一半，看看桌上的水漬，面癱臉上的嘴角撇了撇。「算了，把桌子擦擦乾淨，上菜吧！」

趙彩鳳聞言，忙不迭就站了起來，用手背擦了擦臉頰，又動作俐落地擦起了桌子，眼角瞥了一眼那請柬，小聲詢問道：「爺，這東西潮了，要小的給您拿到廚房去烘乾嗎？」

蕭一鳴掃了一眼那請柬，頓時明白了幾分，這小媳婦有意思，原來方才的那些竟都是為了這個嗎？蕭一鳴心道，自己本來也不想去聽這勞什子的課，不如做個順水人情得了，於是便清了清嗓子，開口道：「東西潮了還要它做什麼，拿出去扔了吧！」

「什麼?!扔了？我花了一百兩銀子呢！」蕭老二這時候忍不住哀嚎了起來。

蕭一鳴急忙道：「二哥別急，改明兒遇到了鄭玉，我幫你把銀子要回來，保證一個子兒也不少你的。」

「這還差不多！」

趙彩鳳連忙拿著那請柬離開，到了門口又忍不住握拳慶祝了起來。這年頭做人不易，全靠演技啊！

蕭老大畢竟年長幾歲，看了方才的這一幕，也覺得有些不對勁了，況且他這個弟弟的脾性他是最瞭解的，平常斷然沒有這麼好說話的，怎麼今兒就變了呢？難道真的被那店小二的幾滴眼淚給感動了？

「三弟，你是什麼時候開始憐香惜玉起了小男孩的？別說你……」這話蕭老大有些說不出口，又道：「雖然方才那小廝瞧著模樣是不錯，但是你……」

蕭一鳴翻了一個白眼，小聲道：「怪不得大嫂常抱怨你不懂得憐香惜玉，大哥竟沒看出來，方才那小二是個姑娘家嗎？」

「姑娘家嗎？我怎麼沒瞧見她有耳洞？」蕭老大立刻表示不信，那店小二開始哭的時候他也曾懷疑過，但是看了一眼對方的耳垂，發現並沒有耳洞，這才打消了這種想法。

「窮人家的姑娘，沒耳洞有什麼稀奇的？」蕭一鳴頗有些得意，自認這次他沒有眼拙，可其實要不是他見過她一次，能認出來就怪了。

「這姑娘就是昨天我搭車回來的路上，坐車上的姑娘，就是他們教壞了我送給母親的八哥！」蕭一鳴說到這裡，還覺得有些氣憤，不過這會兒他心情不錯，就不計較這些了，開口道：「大哥、二哥，不如我們打個賭，方才二哥的那個請柬，她肯定沒有扔掉，而是偷偷地藏起來，打算回去給她的秀才相公呢！」

蕭老二盯著蕭一鳴，笑著問道：「敢情你方才是欲擒故縱啊？好呀，賭就賭，要是你輸了，一百兩銀子還我，要是我輸了，這一頓我請了！」

趙彩鳳出了包間後，迅速地拿抹布把請柬封面上的水跡擦了擦，翻開看的時候，發現裡面的內容都沒沾到水。上頭的字體有些奇怪，並不是趙彩鳳能認識的楷體，好像是叫小篆吧？這種字體看起來比較費力，所以趙彩鳳看了半天也沒看出來是什麼內容，想了想，只把這請柬貼身放在了胸口。反正那個面癱臉說了要扔的，扔給自己也是扔！

趙彩鳳這麼一想，頓時就覺得心情舒暢了幾分。不過就是一張聽課證而已，怎麼搞得比巨星演唱會的門票還難弄呢？好在已經到手了，這一切都值了！

無意中當了一回撿破爛的，趙彩鳳內心其實也是滿崩潰的，可一想到宋明軒瞧見這東西時有可能出現的樣子，那小悶騷還不知要樂成什麼樣呢，趙彩鳳又覺得這麼做很值得！

事實證明，趙彩鳳的預想完全正確。當宋明軒拿著請柬反覆翻看的時候，趙彩鳳似乎看見了宋明軒嘴角流下了某種透明的液體……

宋明軒狠狠地吸了一把口水，不可置信地問道：「這個真的是妳路上撿來的？」

「可不是？你沒瞧見這上頭的水漬嗎？可能有人覺得弄髒了，所以就不要了。」趙彩鳳隨口敷衍了幾句，反正那傢伙說要扔的時候也是這麼說的。

「扔這個的人，肯定不是一個讀書人！」宋明軒斬釘截鐵地道。如果是讀書人，怎麼會不知道這個東西的價值呢？柳半塘啊！那可是大雍天才級的人物！聽說他九歲中童生、十三歲中舉人、十七歲中狀元，是大雍有史以來最年輕的狀元爺，如今在翰林院待詔，跟著一群七老八十的老學士談古論今，居然還從不落下風。宋明軒嘆息道：「這樣的人物，便是一覽他的風采，也是三生有幸了。」

趙彩鳳掐指算了算，按照宋明軒說的，上一科春闈到現在也不過才過了兩年半，這柳半塘如今才不過弱冠之年，也當真是少年英才了。

瞧著宋明軒那一臉神遊天外的崇拜表情，趙彩鳳鼓勵道：「宋大哥，咱努力一把，還能趕上的。有一種人，向來是大器晚成的！」

宋明軒一個勁兒地點頭，可聽著又覺得有些不對勁。他如今也不過才十八、九歲，如何就用得著「大器晚成」這個成語呢？宋明軒默默不語地啃了幾口窩窩頭，暗暗下定決心，自己還是大器早成些好，不然的話，這樣漂亮的彩鳳妹子被別人給拐跑可就不好了！

兩人吃過晚飯後已經很晚了，這時候原本正是八寶樓做晚市生意的時間，可是趙彩鳳怕她第一天就太晚回家，宋明軒會擔心，所以今日特別請了個假，先回來了，打算從明兒開始正式上工。

宋明軒聽說趙彩鳳找了一個活，很是不放心，後來聽說這家店是李全的老主顧，應該是正經做生意的，才稍微放心了一些，聽趙彩鳳說要晚些回來，心下又很擔憂，於是開口道：

「那以後每日亥時，我去店裡接妳。」

「那可不行！他們都不知道我是女孩子，你這樣勞師動眾的，被別人瞧出來了可怎麼好呢？」趙彩鳳才開始做跑堂的，這裡頭的門道還沒學到幾分呢，要是丟了工作，以後再想找就困難了。

「那我不去你們店裡，就在你們八寶樓對面的藥鋪等妳。妳一個人回來，我不放心。」宋明軒看著趙彩鳳，一本正經地道。

「不要，雖說路不遠，可來回也要小半個時辰，有這些時間，你看會兒書不好嗎？」宋明軒還想說幾句，見趙彩鳳死活不答應，也不好再堅持了。

兩人各自洗漱完之後，趙彩鳳便回屋睡了。

雖然天氣炎熱，但趙彩鳳今兒擦了一整天的桌子，又和客人鬥智鬥勇的，這會兒早已經累得不行了，頭才沾了枕頭，一個翻身就睡著了。

宋明軒看著熟睡的趙彩鳳，心裡有說不出的心疼，又瞧著桌上的請柬，越發覺得不能辜負了趙彩鳳對自己的一片心意，於是攤開了紙頭，從習題冊上挑了一道題目，蘸飽了墨水，開始寫了起來。只要這一道題解得好，要是能讓那柳半塘看上一眼，或者是稱讚幾句，好歹先在這群學子中混個眼熟，若是名字能傳到閱卷的考官耳中，那就更好了！

宋明軒抱著這樣的念頭，沒想到就思如泉湧了起來，洋洋灑灑，一發不可收拾，將一篇文章寫了整整一頁紙，待再回過神來的時候，月亮都已經移到了西邊的葡萄架底下了。宋明軒起身舒展了一下筋骨，揉了揉眉心，又走到窗口偷偷地看了趙彩鳳一眼，見她臉上帶著靜謐的睡顏，嘴角似乎還有微微的笑意，他頓時覺得整個人又有了精神。

將卷子再看了一回，重新找了乾淨的紙張謄抄了一遍後，宋明軒的這篇文章才算是寫好了。看著上頭自己一字一句寫出來的文章，宋明軒忽然又有了幾分信心。

因為熬夜寫文，宋明軒第二天一早醒得就比較遲了。宋明軒醒過來的時候，趙彩鳳已經做好了飯、洗好了衣服，順帶把自己收拾乾淨，準備要去八寶樓上工了。

宋明軒從屋裡出來，身上穿著那日給趙彩鳳做了手套後剩下的那件衣服，看著袍子不像袍子、短打不像短打的，真是別提有多滑稽了。趙彩鳳看著宋明軒這樣子，雖說長得不賴，但這一身打扮出去，別人一看也就知道他是貧寒人家的孩子了。窮不要緊，但是再窮咱也要注意儀表的，要是穿著這衣服去玉山書院，只怕看門的人都不肯放他進去呢！

「宋大哥，去書院聽課的衣服，你有嗎？」

「就穿昨兒那件好了。」自己總共就那麼兩件沒補丁的衣服，昨天出門的時候穿了一下，洗一洗過幾天就能穿了。

趙彩鳳看了一眼早上她洗過的衣服，搖頭道：「那件衣服太厚了，這麼熱的天，穿出去都熱死了！」趙彩鳳想了想，朝著宋明軒招了招手道：「你過來。」

宋明軒也不知道她要做什麼，便抓了抓腦袋往前走去。

趙彩鳳拿起丟在石桌上的針線，扯了一根棉繩子，在宋明軒的身上比劃了幾下後，便將那繩子收進了自己腰間的小包包裡，開口道：「回頭我給你扯一塊布去，還有好幾天才聽課呢，得給你整個像樣的行頭才行。」

宋明軒沒來由的就紅了臉頰，心裡高興嘴上卻道：「不用花這冤枉錢了，我又不是沒衣服穿，留著妳買新衣服吧！」

趙彩鳳攤攤手道：「你看我現在能穿什麼新衣服呢？你要去聽課，要是穿得不倫不類的，讓別人笑話了可不好。咱雖然人窮志不窮，但也沒必要太苦哈哈的。銀子的事情，你別放在心上，夠花呢！」

宋明軒送了趙彩鳳出門，一直目送著她的身影到了巷口，這才折回了自己屋裡頭。

這時候隔壁的余奶奶挎著個籃子過來找趙彩鳳，見了宋明軒就問道：「宋秀才，你家妹子人呢？」

「她出門去了。」宋明軒有些羞澀地開口。

余奶奶臉上帶著笑，又開口道：「謝謝你給我們家娃兒取的名字，我去問了路口的寫字先生，那先生說這名字取得好，正合咱們娃兒的八字，還問我花了多少錢，我告訴他一文錢也沒花，他還不相信呢！」

宋明軒沒預料到他的舉手之勞能讓別人這麼高興，頓時也覺得很開心。「余奶奶妳過獎了，這不過就是小事一樁而已。以後要還有什麼書信上的事情，也不用去找寫字先生了，我幫妳寫就好了。」

余奶奶一聽，越發高興了，忙從籃子裡拿了好幾個雞蛋出來，遞給宋明軒道：「來來來，這幾個雞蛋給你吃！聽說你要考舉人，這可是件大事，你得好好賣力知道不？不要讓你家妹子給你操心了，瞧她一個大姑娘這麼辛苦，你這個當哥哥的可要爭氣啊！」

宋明軒一邊推辭，一邊點頭。

余奶奶把手一縮，假裝生氣地道：「你再推託我可就不樂意了，別掉地上了咱誰也吃不著！」

宋明軒只得收下了雞蛋，放在廚房的籃子裡，而後在房間裡頭看起書來。

待到中午的時候吃了趙彩鳳做好的臘腸飯，只覺得口齒留香，他這輩子都沒吃過這麼好吃的飯。宋明軒稍微添了一口，見鍋底的飯不多了，便留了下來，打算等趙彩鳳回來了一起吃。

趙彩鳳在店裡忙了一天，接近亥時客人才算少了一些，這時候後廚的徐師傅炒了幾個新鮮的菜出來，還有幾樣是飯桌上客人基本沒動過的，店裡一圈人圍著吃了起來。

謝掌櫃的在櫃檯裡頭拚命地撥算盤，又問徐師傅廚房裡還剩下多少食材。

徐師傅一邊答，一邊道：「老謝，先過來吃飯吧，一會兒再忙也不遲。」

趙彩鳳去一旁的飯桶旁給眾人盛飯，八寶樓的米飯還是不錯的，比家裡的好，吃的是珍珠米。有銀子上飯館的人，自然也花得起銀子吃好米。

趙彩鳳去櫃檯請了謝掌櫃過來一起吃飯，幾個店小二則圍在一塊兒說笑了起來。

趙彩鳳才打算坐下來吃飯，抬起頭往外面看了一眼，那背對著他們幾個、站在對門寶善堂招牌底下的人，不是宋明軒又是誰呢！

趙彩鳳連忙清了清嗓子道：「那是我哥，來接我回去了。我吃飽了，你們慢慢吃！」

眾人目送趙彩鳳出門後，小順子開口道：「小趙也真是的，住得又不遠，還讓人特地來接他，真是膽小。」

大家哈哈笑了起來，道：「小趙長這模樣，膽小些也是應該的。」

趙彩鳳從八寶樓出來時，宋明軒正好回過頭來，見她從樓裡出來，臉上頓時就笑了出來。「我在家看了一整天的書，覺得有些乏了，所以出來走走，也不知道怎麼，走著走著就走到這兒來了。」

趙彩鳳看著他微微泛紅的臉色，嘴角帶著淺淺的笑，也不故意戳穿他的謊言，心裡卻暗暗道：好你個宋明軒，睜眼說瞎話的功夫真是越來越爐火純青了！

趙彩鳳決定逗逗他。「其實，你想來接我就直說嘛，我又不會生氣。」

宋明軒沒料到趙彩鳳居然說這話，頓時一臉興奮，忙問道：「妳果真不生氣？我……我還以為……」

趙彩鳳不等宋明軒把話說完，憋著笑抬起頭看著他道：「你來接我，我自然是不生氣的，可是你說謊騙我，我可是要生氣的！」

宋明軒頓時崩潰，媳婦兒這脾氣，怎麼說變就變了呢！

一路上，趙彩鳳都沒怎麼理宋明軒，宋明軒就這樣走在趙彩鳳身後大約一丈遠的地方，正深刻檢討著自己今天的錯誤。明明是一個很完美的理由，為什麼被趙彩鳳一哄，他就說了呢！宋明軒嘆了一口氣，抬起頭看了一眼趙彩鳳的背影，雖然被她埋怨，但是能親自接她回家，這種感覺也是很好的。

趙彩鳳轉過頭，看了一眼默默跟在身後低頭走路的宋明軒，嘆了一口氣道：「走快些吧，都這麼晚了。」

宋明軒見趙彩鳳不生氣了，連忙往前走了兩步，這時肚子卻咕嚕嚕地叫了起來。

「你沒吃晚飯？我不是給你留了飯嗎？」

「我想等妳回去一起吃。」宋明軒抬起頭看著趙彩鳳。那麼好吃的臘腸飯，他這輩子是第一次吃到，要留著和趙彩鳳一起分享。

「傻子！你以後別等我了，我在飯館工作，難不成還沒東西吃嗎？那些都是做給你吃的，你怎麼那麼傻呢！」趙彩鳳埋怨了兩句，又覺得宋明軒心裡處處想著自己，也就不怪他了，加快了腳步往前走了幾步，道：「快回去吧，把晚飯吃了，早些睡覺，明兒早些起來。」

第二天一早，宋明軒總算知道趙彩鳳為什麼要早起了，原來她昨兒真的把做衣服這件事情放在了心上，所以今兒一大早吃了早飯，就去對門找余奶奶裁衣服了。

余奶奶見趙彩鳳這麼關心宋明軒，心裡越發對她喜歡起來，聽她說白天裡打扮成小廝的樣子去飯館當店小二，當即就開口道：「彩鳳，別跟我客氣，我雖然年紀大了，但大白天還能做得起針線來，妳白天要忙，晚上回來又遲，哪裡還有空給他縫衣服？如今妳還沒生養過呢，這要是熬壞了身子，以後後悔可來不及了！」

趙彩鳳哪裡知道余奶奶想得如此深遠，連沒生養都提了出來，頓時臉上有些發熱，開口道：「余奶奶，這都哪兒跟哪兒的事啊，我這不連人家都還沒著落呢！」

余奶奶笑著道：「姑娘家少不得有那麼一天，妳如今照應妳哥哥考上個舉人，以後妳是舉人老爺的妹子，沒準還好找一些，只是這陣子倒是苦了妳了。」余奶奶說著，又納悶道：「不過說來也奇怪，昨兒我見到妳哥哥了，怎麼跟妳長得一點兒也不像呢？」

趙彩鳳笑著道：「我長得像我爹、他長得像我娘，我們兩個自然就不像了。」

余奶奶聽了，覺得很有道理，點頭道：「怪不得呢，我說怎麼就不像呢！」

這天下午，伍大娘睡過了午覺，就往討飯街這一溜她家的房產來看看，順便看看有沒有又沒交房租跑路的。見余奶奶正在葡萄架下面縫衣服，便笑著進來和她嘮嗑幾句。

「余奶奶，怎麼樣，對門的鄰居還算滿意不？」余奶奶一家在這邊住了有五、六年了，和伍大娘很熟，平素若是對門的住戶不安生，少不得會向伍大娘投訴幾句。

「這回滿意了！這對兄妹兩個人人都好，姑娘家大大方方，長得又好看；那宋秀才則是一肚子學問，還給我家兩個娃兒取了名字呢！」余奶奶說著，忽然間就眼神一亮，開口道：「話說，妳那大外甥女如今有人家了沒有？上回聽說正在物色著，如今有沒有相中了的人家？」

「哪裡那麼容易？我那妹子啊，眼睛都長到頭頂上去了，一般的人家她還不肯要呢！也不看看如今她自己那落魄樣，想讓閨女當少奶奶，那也得拿得出嫁妝來呀！」

余奶奶意味深長地「喔」了一聲，開口道：「上回我不是聽妳說過嗎？窮些不打緊，關鍵是要有出息。我冷眼瞧著，咱對門這一位，沒準還是個有出息的呢！」

伍大娘想了想，笑著搖了搖頭，湊到余奶奶的耳邊輕輕耳語了幾句。

那余奶奶一臉恍然大悟地拍了拍大腿道：「哎呀，原來是這樣！可憐我老眼昏花，竟然差點兒被騙過去了！那敢情他們不是兄妹，是小夫妻倆？」

「可不是？就是小夫妻！哪有長得這麼不一樣的兄妹？老姊姊，這回是妳眼瘸了！」

余奶奶笑著道：「我說也是，雖說是親兄妹，也不見得會這麼照應自己哥哥的。妳瞧瞧，這還是小媳婦讓我幫她男人做的呢！那小媳婦可真不容易，扮成假小子，去店裡頭給人當小二去了！」

伍大娘一聽，也對趙彩鳳他們多了幾分同情，看了一眼余奶奶手裡的布料，開口道：「一會兒我回去後，把我們家宏安的衣服拿幾件過來，估計這小夥子就能穿上了。」

「那敢情好，我瞧著宋秀才這身材，和妳家宏安倒是差不多的。」

伍大娘也跟著點了點頭，又跟余奶奶閒聊了幾句，這才起身離去。

一連幾日，趙彩鳳下班的時候，宋明軒都雷打不動地出現在了對面寶善堂的招牌底下。趙彩鳳也不生氣了，有些事情宋明軒執拗起來，跟他是說不通的，既然說不通，那還不如不說拉倒了。

等趙彩鳳出來的時候，宋明軒便迎了過去，道：「今兒余奶奶把做好的新衣服給我了，我想給她銀子她又不肯收，怪不好意思的。還有，伍大娘也給我送了幾套夏天的衣服來，說是舊的，可我瞧著都跟沒穿過的一樣。」

「余奶奶說了是幫你做的，自然不肯收銀子的。過兩天我請個假，跟你一起上街買些小東西送去，我順便還想買一些東西，讓李叔帶回去給我娘呢！聽掌櫃的說，明天李叔會來店裡送貨，可惜這兩天我都沒空出門。」

宋明軒點了點頭，他這幾天也只顧著悶頭讀書，到了京城對於他來說，不過就是換了一個讀書的地方，壓根兒和在家唸書沒啥區別。

「明兒晌午我就要出門，我打聽了一下，玉山書院在京郊，西山紫盧寺的附近，從這兒出去得有二、三十里路呢！雖然後天才有柳狀元的會講，但明兒就得出門了，到時候我在山下的村民家裡借宿一宿，後日再上山聽課，這樣就不會耽誤時間了。」

趙彩鳳依稀記得那個講課的時辰是在下午未時二刻，分明就是讓那些悠閒的富貴子弟早上慢悠悠地坐馬車過去，不緊不慢地用上一個午膳，然後吃飽喝足了再開始聽課的。可憐宋明軒雖然有了這請柬，要過去卻還得靠十一路，這二、三十里路對於馬車來說不過一個時辰而已，但對於徒步一族，少說也得走上三個時辰，宋明軒若是不提前一天去，除非他天不亮就得開始走了。趙彩鳳想了想，終究有些放心不下，雖說只有幾十里路，可要是一個人靠徒步，那也是一件非常乏味的事情，況且宋明軒又是一個悶葫蘆一樣的人，嘴又不甜，這一路上要是有個搭車的，他也不肯開口問，那還得走好些冤枉路呢！

趙彩鳳低頭想了想，忽然就笑著道：「你不是說那玉山書院靠近紫盧寺嗎？後天是十五，肯定有好些人一早要去紫盧寺上香的。後天一早，我跟你一起去，到城門口找人搭個車不就成了？到時候你去聽你的會講，我去紫盧寺拜拜菩薩，等完事了若是趕不回來，在山腳下住上一宿倒也行得通。你這一去一天一夜，我還真有些不放心呢！」

宋明軒聽趙彩鳳這麼說，心裡頭頓時一陣感動，可他又是一個面皮薄，不肯麻煩人的人，所以只小聲道：「不然還是算了吧？萬一搭不上車，可得走得累了。」

趙彩鳳卻不以為然，就他們趙家村那屁點大的地方，一到初一、十五，那些個婆子婦人們都還傾巢出動呢，如今京城這麼大的地方，十五那天怎麼可能沒有人出城去上香呢？除非都是官宦人家，那些人不願意給別人搭車倒是有的。可趙彩鳳這幾日在八寶樓裡面也學了一些認人的功夫，哪些是官家的馬車、哪些是富戶家的馬車、哪些是驛站走租的馬車，這些都能一眼看得出來了。

「放心吧，若真是搭不上車，累也認了，總比你一個人在路上亂走強些。」趙彩鳳一錘定音道。

回了兩人居住的小院，宋明軒把余奶奶送過來的衣服拿給趙彩鳳看了一眼，又把伍大娘送的那幾件衣服也擺了出來。趙彩鳳忍不住讚嘆道：「余奶奶這針腳可真是好啊，改明兒一定得好好謝謝人家！」

趙彩鳳挑了一件月白色的長袍讓宋明軒試了一下，果然是人靠衣裝，這綢緞的衣服往身上一穿，整個人都顯得精神了起來，趙彩鳳讚嘆道：「別看你瘦，居然還是個衣服架子呢！伍大娘送你的這幾件衣服還真不錯，後天你就穿這件月白的去吧，又涼快又清爽的。」

第二天，李全果然來八寶樓送菜了，見趙彩鳳在那邊幫工，小聲問道：「彩鳳，妳果然在這裡上工？妳宋大娘還讓我給你們捎了好些玉米麵呢！這是她家自己收的，用秀才舂舂成了玉米粉，都去了殼了，一會兒我給妳送過去。」

趙彩鳳聞言，感激道：「宋大娘就想著我們了，磨了細麵怎麼也不留給寶哥兒呢？真是的。」趙彩鳳想了想，又開口道：「一會兒等過了午市，李叔上我們那兒坐一會兒吧？我順帶去買一些東西，你幫我捎回去。」

過了午市，趙彩鳳去街上買了一些雜七雜八的東西，給寶哥兒買了幾個小玩意兒、給陳阿婆買了些南北貨、給宋大娘買了幾帖跌打損傷的膏藥，外加給楊老頭買了一些聞起來不怎麼嗆人的菸絲。都是些便宜東西，也花不到幾個錢。

宋明軒瞧見李全過來，很是高興，忙放下了書，到後頭廚房裡給他端了一碗涼水上來，並問他家裡的情況。

李全笑著道：「家裡頭都好，你娘讓我囑咐你，好好看書，沒事少問家裡的事情，少不得讓你分心了。」

宋明軒一一點頭應了，臉上帶著幾分笑容。

李全見他紅光滿面的樣子，也知道趙彩鳳肯定把他照顧得很好，遂伸手在他肩膀上拍了拍道：「你也不知是哪裡修來的福分，竟讓你遇上彩鳳這樣的好姑娘！」

宋明軒抬頭看了一眼正在房裡整理東西的趙彩鳳，心裡滿滿的都是歡喜。

「李叔，你今兒趕著回去嗎？」趙彩鳳想起李全駕著黃家的馬車，那十里坡倒是離玉山書院不是很遠，都是一條道的，若是他能晚一天走，明兒他們就有車搭了！

「我還是老規矩，今天先去十里坡，明天再往趙家村趕。怎麼，有事兒嗎？」

趙彩鳳便有些不好意思地笑了笑，開口道：「李叔，不然的話，你今天在我們這裡住上一宿好不好？明兒宋大哥要去玉山書院聽狀元爺講課，我怕我們兩個人到時候走得太慢，趕不及。」

「那敢情好，只是……我這一個大男人住你們兩個小夫妻這兒，會不會不大方便？」李全心道，這年紀輕輕的，最是氣血方剛，萬一半夜起來拆床，他倒不好意思了！

宋明軒聽了這話，早已經面紅耳赤，自動裝作是聾子了。

倒是趙彩鳳忍不住笑了起來，道：「李叔，你說啥呢！今晚你和宋大哥將就一晚上吧，反正也礙不了我的事。」

事情商量妥當了，趙彩鳳就急急忙忙地去八寶樓忙晚市的生意了。宋明軒聽說李全要出去給趙家村的村民們買東西，主動提出也要跟著去。

李全知道宋明軒應該不是一個愛閒逛浪費時間的，又不想他耽誤了看書的工夫，便問道：「你想買什麼？我去幫你買回來就是了。」

宋明軒支支吾吾了半天，最後才開口道：「李……李叔，我想……我想給彩鳳買一個浴桶，這大夏天的，她……她……」宋明軒說到這裡，實在是羞得沒法兒再開口了。

李全是過來人，聽了便開口問道：「我當啥事呢，原來是這事啊！是買個單人的，還是買個雙人的？」

宋明軒聞言，頓時滿臉充血，他不過是要買個浴桶而已，為什麼還有單人和雙人之分？

李全見他臉皮發紫，就知道他又臊了，自作主張道：「就買個雙人的吧，反正買了單人的，以後還要換成雙人的，不如一步到位！」

宋明軒看著李全把自己當成空氣一樣地往外頭走去，急忙喊住了他道：「李叔，咱家窮，還是先買單人的吧！」

李全想了想，開口道：「單人的多不方便？不過你說的也有道理，還是先省著點錢讓你考科舉用吧！」

宋明軒一顆高懸的心終於鬆了下來，但看著李全離去的背影，還是覺得有些不放心。萬一他真的買了一個雙人的回來，那宋明軒真是跳進黃河也洗不清了！就趙彩鳳那聰明勁兒，肯定會以為自己對她有什麼不軌的心思！

宋明軒抬起頭看看天色，頓時覺得自己很無辜，明明是自己的媳婦兒，可是卻看得見吃不著。宋明軒嘆了一口氣，決定坐下來好好看書，只要考上了舉人，就可以光明正大地娶彩鳳過門了！

這小小的心思頓時就像長了翅膀一樣，在宋明軒的心裡飛翔了起來，讓他連看書都覺得心情愉悅了不少。

第十二章

趙彩鳳在八寶樓也沒閒著，就她這幾天觀察下來，發現八寶樓晚上的生意是最好的，而最大的原因就是，在裡面那幾家做皮肉生意的店裡頭吃喝實在太貴了點！這個年代的人其實還是很窮的，花那麼多銀子，無非就是想享受一些真玩意兒，這要是進去喝了酒，把正事給耽誤了，可不就白白浪費銀子了？

趙彩鳳正對自己的精闢推理表示讚賞的時候，就聽見小順子從樓底下喊了一聲——

「小趙，蘭花苑兩位客人，招呼著！」

八寶樓分成上下兩層，下面是大堂散客，上面的房間則隔成好幾個包間，其中有一間是黃老闆平常過來處理雜事的地方，其他的房間則是按四季鮮花的名字分成的雅間。蘭花苑正是那日蕭家那幾個少爺吃飯的包間，那房間前門靠著大廳，後窗靠著大街，是這八寶樓裡最好的房間了。

趙彩鳳聽說有人上樓，忙先開了包間的房門，進去把圓桌又擦了一回，裝出一副殷勤的樣子。黃老闆是一個非常懂得經營理念的人，在這個年代，他居然有著把客人當上帝的自覺，這讓趙彩鳳也沒有想到。對於這八寶樓的每一個夥計，黃老闆的要求是：面帶微笑，不許偷懶。雖然聽著似乎很簡單，但其實要做到這兩點卻並不容易。趙彩鳳就覺得，笑多了人的臉會僵，而事情太多則會忍不住想去後廚躲一會兒。趙彩鳳是新來的，小順子很罩著她，沒事都讓她去後廚幫忙，後廚那個地方只要不是客人多的時段，其實還是最能擠出時間偷懶的。

趙彩鳳擦完桌子，樓梯上咚咚咚的腳步聲也近了。

蘭花苑裡。

「明兒我不去成嗎？」

「不成！夫子說了，人人都要去。」鄭玉一本正經地開口道：「你好意思啊，千金難得的請柬給了你兩份，你倒好，還不想去了。」

「我文章還沒寫呢，去了也沒有用。那夫子出的什麼題目這叫？不以規矩？依我看，世上要那麼多規矩做什麼？像我父親一樣，誰不聽話就一頓打，那不就成了嘛！」

蕭一鳴這番話說得鄭玉拍案笑了起來。「你爹那難道就不是規矩了？軍法也是一種規矩，今上提倡以德治國，對規矩更是要求嚴格，凡有逾矩之人，必先處置，這才是治國的根本。」

蕭一鳴聽得一個頭大，擺了擺手道：「咱不說什麼規矩不規矩的，反正這文章我也寫不出來，不然你替我寫一篇，我明天就勉為其難地和你一起走一趟。」

鄭玉一聽，全明白了，原來是要他代筆捉刀啊！怪不得這蕭老三今兒這麼爽氣，約他來八寶樓吃飯，還說吃完了一起去長樂巷裡頭逛逛！明兒就要去聽會講了，文章還沒寫，今夜逛哪門子妓院啊？少不得得回去給他弄一篇出來啊！

「我說你這蕭老三！」

「得了，一百兩銀子，寫不寫？明天一早，西城門口，帶著文章，不見不散。」

鄭玉一臉憤懣地看著蕭一鳴，補充道：「這一頓你請！」

趙彩鳳端著菜上來，依稀就聽見裡頭在辯論什麼規矩不規矩的，後來又談到了蕭一鳴讓那個白面的紈袴公子捉刀的事情。趙彩鳳細細想了想，難道這是他們書院夫子布置的題目？

蕭一鳴既然有玉山書院的請柬，那必定也是兩個月後秋闈的一員，這個時候要作的文章，定是玉山書院裡頭夫子布置的作業。

古人大多有愛才之心，像宋明軒這種，其實只是少了些運氣，還沒有遇到自己的伯樂罷了，這若是能遇上一個，不嫌棄他是寒門出身的，那以後的路可就順遂很多了。

趙彩鳳送了菜進去，臉上帶著少有的殷勤的笑，還給兩人滿上了酒，而後規規矩矩地在一旁服侍著，想聽聽看還有沒有什麼別的內部消息？

蕭一鳴見她臉上帶著笑，以為她是感激自己讓出了那請柬，頓時覺得有些不好意思，忍不住抬頭偷偷地看了一眼趙彩鳳，見她抿著薄唇，乖巧地站在一旁，他反倒尷尬了起來。

「我說小二，我們這裡不需要妳服侍了。」

趙彩鳳原本就是想再聽些內部消息的，見蕭一鳴忽然間就變臉了，嚇得連忙退後了兩步，一溜煙就跑下樓了。

晚上打烊的時候，照例是宋明軒在門口等的趙彩鳳。方才李全已經把買來的浴桶放在了趙彩鳳的房裡，臨出門的時候，宋明軒還燒了一鍋熱水，這會兒趙彩鳳回去，正好可以泡一個熱水澡。宋明軒想到這裡，就覺得心裡很舒坦，見趙彩鳳出來，視線都變得比以前熱切很多。

趙彩鳳還在想那個題目的事情，瞧見宋明軒來了，也不打招呼，只像往常一樣，她在前頭走，他在後面跟著，直到走了有一小段路之後，趙彩鳳才開口問道：「你唸的書裡面，有沒有哪裡是說到規矩的？」

宋明軒不愧是熟讀了四書五經的人，眼皮一眨便開口道：「妳說的是《孟子》裡〈離婁章句上〉的那個不以規矩，不成方圓嗎？」

趙彩鳳也不知道自己聽得真不真切，反正大差不差也就行了，便開口道：「要是以這個為題目，讓你寫一篇經義出來，你能寫得出來嗎？」

宋明軒雖然有些納悶，但還是點頭道：「這也是個老題目了，自然是能寫出來的。」

趙彩鳳見他答得肯定，便笑著道：「那就好，你今兒回去就寫，若是寫晚了也不打緊，反正明兒我們有順風車坐，耽誤不了你去聽課的。」

「今晚就要寫嗎？」宋明軒瞧著趙彩鳳那興奮的模樣，倒是越來越覺得奇怪了。

「你別問那麼多啦，要你寫就寫，我還能害了你不成！」趙彩鳳心裡暗自思索，等這文章寫好了，看看明天有什麼法子，能讓那些老夫子瞧見了才好。趙彩鳳一邊想，一邊又回頭對宋明軒道：「好好寫啊，發揮你最好的狀態，寫一篇曠世奇作出來！」

宋明軒聽了「曠世奇作」這幾個字，不禁暗暗咋舌，媳婦兒這到底是要做什麼呢？雖然宋明軒對趙彩鳳的行為有些納悶，但是媳婦兒吩咐的事情，無論如何，他都要盡全力做好的。所以，宋明軒一回到家，就準備好了蠟燭、蒲扇、筆墨紙硯，一副要挑燈夜戰的樣子。

趙彩鳳累了一天，也確實打算歇歇了，回房的時候忽然看見房裡多了一個大木桶，不禁嚇了一跳。再轉身瞧了一眼宋明軒回房的背影，正想叫住他呢，那人倒是先回過了頭來。

「灶房裡已經燒了熱水了，妳先泡一個澡再睡覺吧！」

趙彩鳳原本還想埋怨宋明軒浪費銀子的，可等她坐到浴桶裡頭，被溫暖的熱水包裹住的時候，心裡那一點點小彆扭也沒了。宋明軒真是太瞭解她了，沒有熱水澡洗，真的是要死人的！她來了古代這兩個月，今兒才算是活出了人樣。趙彩鳳簡直是要感動得熱淚盈眶了，她決定早些睡覺，明天起早給宋明軒做些好吃的！

等趙彩鳳洗好澡，才發現宋明軒把自己的陣地從房間裡搬到了屋外的葡萄架下，再一聽隔壁房間裡李全高低起伏的呼嚕聲，趙彩鳳頓時就明白了。

大夏天的，特別多蛇鼠蟲蟻，宋明軒在外頭又不好點驅蚊的草藥，得一隻手拍打著蒲扇，一隻手握著筆寫幾個字。那宣紙雖說有紙鎮壓著，但是晚風一吹也忍不住翹起邊來，趙彩鳳見了，便穿好了身上的衣服，走到宋明軒跟前坐下，接過了他手中的蒲扇。

宋明軒正專心寫文，冷不防被嚇了一跳，抬起頭來，正要開口說話，只聽趙彩鳳道——

「你安心寫文章，我來幫你打蚊子。」

趙彩鳳小的時候，家裡的經濟條件也不算好，有一年電扇壞了，晚上又特別熱，趙媽媽就是這樣一邊搧扇子，一邊趕蚊子，陪著趙彩鳳做作業的。趙彩鳳那時候不覺得怎麼樣，可如今想起來，心裡卻覺得暖暖的。這世上能對自己做到這分上的，大概也只有父母了。至於自己對宋明軒嘛……應該是看他可憐才這麼做的吧……

宋明軒一隻手空了下來，就越發專心地寫起了文章，他時而擰眉思考，時而用筆尾支著額頭，時而振筆疾書，時而放下手中的筆活絡一下筋骨。

趙彩鳳一開始還很稱職地充當電風扇和蚊香，可畢竟一天下來，她也累得很了，因此不過一會兒，她便忍不住開始打起了瞌睡，等宋明軒謄好文章放下筆的時候，趙彩鳳早已經趴在石桌上睡得很熟了。

宋明軒眼底泛著水光，溫柔地看著趙彩鳳，輕輕地拍了拍她的肩膀，見趙彩鳳沒有半點動靜，便彎腰將她抱了起來，十五歲少女的身體既輕盈又柔軟。睡夢中的趙彩鳳往宋明軒的懷裡靠了靠後，安然地繼續睡覺。

宋明軒送了趙彩鳳回房，出來收拾好了一應的文章筆墨後，便進自己的房間睡覺去了。

李全正在一旁打雷一樣地呼嚕著，宋明軒起先實在是睡不著，但後來睏極了，也就漸漸入睡了……

第二天一早，趙彩鳳照例天亮就醒了。她起床洗臉漱口之後，在灶房熬起了小米粥，上面蒸著窩窩頭。今兒去玉山書院，少不得得到明兒才能趕回來，所以乾糧也要備齊了，免得到時候在外頭餓肚子，那可遭罪了。

三人吃過了早飯後，李全把要帶的東西都帶全了，便拉著趙彩鳳和宋明軒往回趕去。

宋明軒身後揹著書簍子，裡頭放著昨晚作的文章和他平時常看的幾本書，心裡頭卻有些忐忑不安起來。他雖然讀書勤勉，但鮮少得到這些名師指導，因此一有這樣的機會，就有些患得患失了。

趙彩鳳問他。「宋大哥，昨晚那文章寫得如何？」

宋明軒皺著眉頭，小聲道：「我私下覺得尚可一看，至於曠世奇作，怕是還夠不上的。」

趙彩鳳噗哧地笑了出來，道：「我那就是隨便說的，這世上誰能用一晚上的時間寫一篇曠世奇作呢？司馬遷寫《史記》還花了幾十年呢！我那麼說，只是想讓你打心裡重視起來，畢竟今兒你去見的那些人，沒準會成為你的伯樂。」

宋明軒看著趙彩鳳，竟一時無言以對，忽然有了一種惺惺相惜的感覺，彷彿世上只有趙彩鳳一個人能看懂他、明白他。「彩鳳，文章我是寫好了，只是……若是夫子們看不上，妳可別失望。」宋明軒對自己終究是少了一份自信，大概上一回考舉人失利一事，還是在他心中留下了陰影。

「我失望什麼呀？你若是寫得好，夫子們自然能看上；你若是寫得不好，他們自然看不上。玉山書院的教書先生若是連文章的好壞也分不出，那我倒是覺得，我們來不來這一趟都無關緊要了。」

宋明軒一聽趙彩鳳這話，頓時又有了幾分信心，開口道：「妳說的有道理，那麼多學子都趨之若鶩的玉山書院，裡面有泰斗級的夫子，還有最優秀的學生，怎麼可能看不出文章的好壞呢！」

坐馬車就是快，不過一個時辰，就已經到了紫盧寺的附近。因為今日他們特意起了個早，所以這時候才剛剛到巳時。

李全聽說趙彩鳳要去紫盧寺上香，笑著道：「快去快去，聽說紫盧寺後山有一眼狀元泉，妳去求一些給明軒喝一下，沒準這一科他就能中了！」

趙彩鳳對這個是一點兒也不相信的，喝水都能中狀元，那還不如拜菩薩呢！於是看了一眼宋明軒，問他。「你想要喝嗎？想要的話，我就給你求去。」

宋明軒這時候倒也遲疑了，說實話，他這種亂七八糟的東西還真沒少吃，小時候許氏就喜歡拿一些奇奇怪怪的、在佛祖跟前供奉過的東西給他吃，說是包治百病的。宋明軒記得最清楚的一回，就是他生病老不好的時候，許氏去一個道觀求了一碗符水給他喝下，那滋味他這輩子都能記得。不管怎麼樣，最後宋明軒的病倒是出其不意的好了……但是，若要給他選擇的機會，他打死也不會再去喝什麼符水。

趙彩鳳看著宋明軒這遲疑的樣子，知道他內心的糾結，他其實很想這一科能高中，卻又實在不大想喝那泉水，可又怕不喝泉水呢，沾不到好運氣，所以才這麼矛盾。

趙彩鳳覺得，宋明軒其實也是選擇困難症患者，所以就替他作了一個決定。「這樣吧，生水喝了容易鬧肚子，一會兒我偷偷求一些回來，放在水囊裡，咱回去燒開了喝！」

宋明軒覺得，趙彩鳳越來越像他肚子裡的蛔蟲了，他無論想什麼，趙彩鳳都能準確無誤地說出來，而且還直中要害！

其實趙彩鳳這也不算什麼特異功能啦，因為她自己就是過來人，深知當一個人沒有百分之百的信心，卻又極度想要取得成功的時候，這種患得患失的心態是很折磨人的。

宋明軒低下頭，靦覥地點了點頭，又道：「要是人多的話，那就別求了。」

趙彩鳳一聽這話，就知道宋明軒沒打算和自己一起去後山取水，他這死要面子的德行，還真是讓人覺得有些好笑呢！不過想想，算了，將心比心，要是趙彩鳳自己碰上這事情，肯定也不會親自去取水的，畢竟要是喝了水還沒考上，那真是丟人丟到姥姥家了！

趙彩鳳體貼地道：「行吧，一會兒你找個安靜的地方休息一下，我去後山跑一趟好了，應該不遠的，午時在山門口會合。」

今日是十五，來求狀元泉的人也比往常多一點，趙彩鳳以前讀過一些關於古代科舉的書，說是每每到了科舉的年分，京城的房價和物價都要漲，因為有太多的考生湧入京城，造成了資源的稀缺。趙彩鳳看著前頭四、五十個排隊的人，心道過不了多久，這口狀元泉大概也快枯竭了吧……趙彩鳳排在最後一個，也沒什麼心思好想的，就只能等著了。過了一小會兒，她忽然聽見身後傳來兩人爭執的聲音——

「一鳴，我聽這廟裡的師父說，這狀元泉要親自求來的才能奏效，我已經讓長勝在前面排隊了，一會兒輪到他的時候，你過去親自把水取了。」

「母親，妳這是聽誰說的？難道長勝取的水就不是水了？非要兒子親自去，兒子的臉往哪兒擱啊？」

「這又不是什麼丟人的事情，哪個考科舉的不希望自己高中的？不過就是取個水而已，又沒讓你上刀山，下火海的。」

「兒子情願上刀山，下火海！」蕭一鳴一臉不情願地看著前面排隊的眾人，恨不得一瞪眼就能把那一眼泉水給瞪沒了。

「你這孩子，又胡說八道！你父親征戰一生，身上連一塊好的皮肉都沒有，我是捨不得你跟他一樣，這才讓你棄武從文的，眼下你才中了一個秀才就不想學了，那怎麼好呢？你若是能考上個舉人，憑你父親在朝中的威望，也能幫你求個一官半職下來，總比那些直接撒錢捐官的二世祖強一些！」

蕭一鳴臉上的表情依舊隱忍，正這時候，忽然就瞧見趙彩鳳往這邊回了一下頭，他時常在她面前大爺一樣的做派，如今讓她瞧見這副窩囊樣子，頓時覺得很沒面子，冷著臉大聲道：「母親，這狀元泉誰愛喝誰喝，兒子是絕對不會喝的！萬一喝了也沒中，豈不是讓人笑話？」蕭一鳴說著，一轉身就溜之大吉了。在他看來，考舉人幾乎是一件難於上青天的事情，可偏偏有人為了這事情疲於奔命、絞盡腦汁。天下的路千萬條，卻偏偏選這一條走，這讓蕭一鳴很是鄙視。

蕭一鳴走到了半道上，原本是連那個會講都不想去聽，直接就要打道回府的，可內心卻又充滿了好奇心。也不知道上回和那小媳婦一起來京城的男子有什麼了不起的，竟讓那小媳婦對他如此上心。蕭一鳴想到這裡，就決定去會一會宋明軒，看看他到底值不值得一個姑娘家對他如此的付出。

誰知這事情還真是巧合，蕭一鳴正打算去玉山書院會會宋明軒，才走到紫盧寺門口，卻見到有人在寺廟門口的銀杏樹底下看書，那人穿著一件月白色的褂子，臉頰白皙瘦削，不是上次馬車上的那個書生又是誰？蕭一鳴一下子就提起了精神，走過去才瞧見宋明軒手上拿著的並不是書，而是一紙答卷，上頭用標準的蠅頭小楷寫著，題目分明就是「不以規矩」！蕭一鳴眼睛一亮，摸了摸下巴，忽然就有了主意。

「這位公子，我出五十兩，買你手中的文章，如何？」

宋明軒抬起頭，看了蕭一鳴一眼，恍惚間就認出了他來，笑著道：「原來是……」雖然有過一面之緣，究竟沒有問過他的姓氏，因此宋明軒頓了頓，這才繼續道：「原來是仁兄。」

「仁兄不敢當，我看你學問挺好的，是來進京趕考的？」

宋明軒聽他這麼問，老實地點了點頭。

蕭一鳴笑著道：「你們這些寒門學子要考科舉也不容易，進京拖家帶口的，還讓小娘子出門賺銀子，不就是銀子不夠使了嗎？」蕭一鳴想著趙彩鳳女扮男裝在酒館裡打工，自然也能猜出他們手上拮据。

「這……」宋明軒從來沒富有過，自然也不好回答，只聽蕭一鳴繼續道：「怎麼樣？五十兩銀子，買你手上的這篇文章，賣不賣？」

宋明軒低頭看著自己昨夜一夜的心血，心裡當真是很捨不得，可想起趙彩鳳日日早出晚歸的勞累，終究還是覺得心疼得緊。若是自己能賺一些銀子，那彩鳳就可以在家好好休息，不用這樣奔波勞碌了……宋明軒正打算狠下心腸答應的時候，蕭一鳴又繼續開口了。

「你瞧瞧你那小媳婦，那麼俊俏的人，讓她在酒樓裡面當跑堂的小廝，你也真狠得下這心！萬一要是被惡霸給看上了，可怎麼辦呢？」

「你……」宋明軒臉上越發難看了起來，抬起頭看著蕭一鳴，開口道：「這位仁兄，她是我娘子，我自然會照顧好她的。」

蕭一鳴輕哼了一聲，才想開口，只聽宋明軒繼續道——

「要買我的文章可以，只是五十兩太少了，一百兩我就賣！」

蕭一鳴一拍掌心，開口道：「成交！」

宋明軒從蕭一鳴的手中接過一百兩的銀票，生平第一次，他覺得這銀子來得這麼容易，卻也這麼讓自己難受，可是想起方才蕭一鳴的話，宋明軒也覺得沒什麼好可惜的。趙彩鳳畢竟是個姑娘家，雖然是村裡頭出來的，但為了自己這樣拋頭露面、沒日沒夜的幹活，確實是自己無能！

宋明軒目送著蕭一鳴遠去的背影，低下頭看著手中的銀票，上頭「彙源錢莊」的印章鮮紅鮮紅的，刺得宋明軒的眼睛有些疼。宋明軒低下頭，蹲在了銀杏樹下，垂著腦袋不知道在想什麼。一想到昨晚趙彩鳳坐在他邊上一邊打扇，一邊給他趕蚊子的情景，宋明軒又覺得對不起趙彩鳳。怎麼能把自己的文章賣了呢！宋明軒憋了半晌，雙眼通紅，眼底似乎有什麼亮晶晶的東西就要落下來，但他畢竟是個男子漢，吸了吸鼻子，重新憧憬起有了這一百兩銀子之後的生活。

有了這一百兩銀子，趙彩鳳可以不用再去八寶樓打工，他們也可以不用每天省吃儉用，深怕銀子不夠花了；有了這一百兩，等回了河橋鎮就可以把胡老爺的五十兩銀子先還了，就不用揹著人情債了；有了這一百兩，若是省些花銷，還可以給寶哥兒添一些東西，讓他吃得好一點，稍微長一些肉……

宋明軒努力讓自己覺得不後悔，到最後他終於說服了自己，覺得這文章賣得太值了！自己本就不是什麼曠世奇才，也就是遇上了這位公子，若是遇上了不識貨的，只怕一吊錢也賣不出去。想到這裡，宋明軒居然還覺得自己挺幸運的。

卻說趙彩鳳排了小半個時辰的隊，終於求上了一水囊的狀元泉，再看看其他人，好些都是派家奴來取的，恨不得把從今日起到考科舉那日的所有水都給抬了回去。趙彩鳳瞧著他們那架勢，再看看自己手裡的這個水囊，暗笑著道：「好歹讓他安心罷了！」

趙彩鳳來找宋明軒的時候，宋明軒已經調整好了心情，在銀杏樹底下看起了書來。這時候正好是午市，太陽很大，也就銀杏樹底下有那麼一小塊陰涼的地方。

宋明軒見趙彩鳳出來了，忙不迭要起身迎過去，但是因為坐的時間太久了，腿腳有些不靈活了。

趙彩鳳走了過去，開口道：「咱倆就在這樹蔭底下吃了乾糧再走吧，這會兒太陽大，走路也挺熱的。」玉山書院離紫盧寺不過兩里路，這會兒還早，並不急在一時。

宋明軒聽了，從書簍子裡拿了一塊桐油布出來，墊在地上，讓趙彩鳳坐下，而後抬起頭含羞帶怯地看著她。

趙彩鳳見宋明軒看著她，伸手遞給他一個窩窩頭，睨著他道：「你看我做什麼？」

宋明軒有些不好意思地低下頭，結結巴巴地道：「沒……沒什麼。」

這下趙彩鳳倒是覺得宋明軒有些不對勁了，方才出門的時候，他的眼睛明明沒有這麼紅的，不過就是下眼瞼的黑眼圈重了一些而已。

「宋明軒，你有事瞞著我？」趙彩鳳心下疑惑，也就沒留意，對宋明軒直呼其名了。

宋明軒心下一驚，原本是想著等一會兒再跟趙彩鳳說的，可她莫不是狗投胎的？這鼻子也忒靈了些，居然一下子就嗅到了不對勁的氣息。

宋明軒低著頭，從袖中掏出一張一百兩的銀票，遞到趙彩鳳的手中。

趙彩鳳沒見過古時候的銀票長得什麼樣子，因此一時間沒反應過來，等接過手認認真真地辨認了一下之後，才恍然大悟道：「這是銀票？一百兩的？你從哪兒弄來的？」

宋明軒小聲道：「我把昨天晚上妳讓我作的那篇文章給賣了。」他沒有預料到趙彩鳳會大發雷霆，他甚至以為，若是趙彩鳳知道他一篇文章能賣這麼多錢，沒準會高興得跳起來，可讓他萬萬沒想到的是，趙彩鳳當下就發飆了！

「什麼?!你把那篇文章賣了？你賣給誰了？給我去要回來！宋明軒，你是腦殘啊？你的前程難道就只值這一百兩的銀子？我是讓你挨餓受凍，還是內心受刺激了，才讓你這麼想不通，要賣了自己的文章來賺錢？」趙彩鳳其實也只是一時火冒三丈而已，她看過一些古代和科舉有關的小說，很多真正有才能的人在沒有中舉之前，其實都已經在圈中小有名氣了，那些名不見經傳最後一舉高中的人，那是少之又少的。

趙彩鳳費盡了心思，想讓宋明軒來聽課，給他做新衣服，還讓他連夜寫一篇文章出來，為的就是讓他有擠入到這群人中的資格，可宋明軒……居然為了一百兩的銀子，就這樣把趙彩鳳心目中那一篇曠世之作給賣了！

「彩鳳，妳聽我說，我是想，文章還可以再寫的，眼前先把銀子賺了，這樣妳可以過得舒坦些，畢竟妳是姑娘家，整日在外頭拋頭露臉的也不好，萬一——」

宋明軒的話還沒說完，就被趙彩鳳劈頭蓋臉的給駁了回去。「萬一什麼萬一？我在八寶樓幹了也有幾日了，誰知道我是個姑娘家？再說了，我是去學生意的，又不是只為了銀子，你一個讀書人，目光怎麼就如此短淺呢！」趙彩鳳生氣的時候，真是什麼話都能說出來，且又在氣頭上，話就跟連珠炮一樣地轟出去了。

宋明軒看著趙彩鳳一向笑容可掬的臉上此時帶著滿滿的怒意，整個人都僵硬了，只有那一雙布滿了紅血絲的眼睛越來越發熱。他低下頭，那兩滴淚終究沒有含住，吧嗒一下落到了自己骨節分明的手背上。

趙彩鳳這時候才回過了神來，再抬起頭的時候，宋明軒已經背過頭去，悄悄拭去了眼梢的淚痕，好像剛剛落下的眼淚不過是趙彩鳳看錯了而已。可他臉上那倔強的表情，分明透露著無數的委屈。他只是想讓自己的媳婦兒過得好一些而已，難道這有錯嗎？

趙彩鳳心下一疼，伸出手按在了宋明軒滴著眼淚的手背上，輕輕地摩挲了一下。

宋明軒覺得胸口悶悶的，抬起頭正好看見趙彩鳳投來的關愛目光，頓時鼻子一酸，竟忍不住又要哭出來了。

「男兒有淚不輕彈，不准哭了！」趙彩鳳嘟囔了一句，看著宋明軒努力忍住眼淚的表情，忽然覺得挺可愛的，於是緩緩地湊過去，在他的臉頰上輕輕啜了一口。

宋明軒這下子整個人都不好了，頓時脹紅了臉頰，覺得喉嚨充血，話都說不出來了。在這佛門聖地，趙彩鳳居然……居然親了他一口！宋明軒抬起頭，驚訝中帶著幾分委屈地看著趙彩鳳。

趙彩鳳低下頭，悄悄地瞄了他一眼，俏皮地笑道：「怎麼啦？覺得吃虧了嗎？覺得吃虧就親回去嘍……」

宋明軒嚥了嚥口水，紅彤的臉頰再一次低了下去。

趙彩鳳嘆了一口氣。「算了，只要你有真才實學，就是不去結交那些風流名士，中個舉人應該也是不難的。我不應該想著幫你登終南捷徑，這樣對你不好，踏踏實實地唸書作文章，才是一個文人應該做的。」趙彩鳳試著勸說自己接受宋明軒賣文章這件事情，她拿起手裡的銀票看了一眼，道：「我這輩子還是頭一次看見銀票呢，原來是長這個樣子的。」

宋明軒見趙彩鳳不生氣了，自己也稍稍緩了一點過來，這才跟著道：「我也是第一次看見。這薄薄的一張紙，居然能換一百兩的銀子，真是作夢也想不到的事情。」

趙彩鳳收好了銀票，但心裡終究還是覺得有些可惜。

宋明軒見她強顏歡笑的樣子，開口道：「我書簍子裡還放著其他文章，是我前幾日寫好了，預備給以前的同學看的，只是他們並沒有那麼早來京城，所以還沒拿出去。不然我把那幾篇文章給這書院的夫子看一看，妳覺得如何？」

趙彩鳳想了想，如今也沒有別的法子了，點了點頭道：「也只好這樣了，只是……你願意交，別人還未必願意看呢！」本來想著大家都寫一樣的題目，到時候偷偷把宋明軒的卷子魚目混珠進去，那些看卷子的夫子應該不會認出來的，可如今好了，題目不一樣，一看就知道不是書院的學生了。

趙彩鳳支著腦門想了半天，用力啃著手裡的窩窩頭，好像把所有的氣都出在了窩窩頭的身上似的，咬了幾口後，她忽然又回過頭來問宋明軒。「你還沒告訴我呢，你的文章到底賣給誰了？」

宋明軒只得一五一十地把方才蕭一鳴向他買文章的事情說了一遍。趙彩鳳聽後的第一個反應就是，蕭一鳴真是遇上了豬一樣的隊友了，那白面俊俏公子居然沒替他把文章寫出來！第二個反應則是，怕這文章蕭一鳴交上去後，也不會有人相信那是他寫的。

這樣一來，反倒好辦了。只要想個辦法讓那些人知道這文章是宋明軒寫的，那就好了。

宋明軒看著趙彩鳳臉上變化莫測的神情，心裡也頗沒底氣，開口道：「我當時沒想那麼多，看見有人花這麼大的價錢買我的文章，一下子也有些懵了。」

趙彩鳳白了他一眼，站起來拍了拍屁股道：「我看你理由一條條的，哪裡像被銀子砸懵的樣子？」

宋明軒見糊弄不過趙彩鳳，也只好低下頭，揹起了書簍跟在她的身後。

走了大約小半個時辰左右，就瞧見玉山書院的山門了。書院外頭停著一溜各式的馬車，從馬車的豪華程度也大約能看出裡頭學子的三六九等……當然，肯定沒有一個學子是像宋明軒這樣，靠著雙腳走來的。

趙彩鳳看見門頭了，自己也不好意思再過去了。雖然她是現代人，不覺得避嫌有多重要，但畢竟在裡頭的都是清一色的男子，她一個姑娘家過去，少說也是不方便的。

這時候宋明軒也停下了腳步，看著不遠處路邊的茶寮，開口道：「彩鳳，不如妳在那邊的茶寮等我，我聽完了會講，馬上就出來找妳。」

趙彩鳳點點頭道：「行了，我知道了，你去吧。對了……」趙彩鳳想了想，還是把她昨兒讓他做文章的理由給說了說。「我昨天在八寶樓無意中聽見，說玉山書院的夫子給他的學生布置了一道題，就是那個什麼『不以規矩』。我原本想著，今兒你混進去了，能不能跟著那群人一起把文章交了，若是夫子賞識你，讓你在書院裡頭多聽幾節課，那也是好的。如今你既然把文章賣了，少不得被那個不要臉的拿去濫竽充數了！」趙彩鳳說著，還是覺得有些氣憤。

宋明軒吶吶地說：「在妳的心裡……我的文章就是濫竽嗎？」

趙彩鳳這才覺得剛才那話說得有些奇怪，被宋明軒這麼一提醒，頓時就茅塞頓開地道：

「我說怎麼覺得不對勁呢，原來我用錯成語了！」

宋明軒見趙彩鳳說起話來那活靈活現、顧盼生姿的樣子，頓時覺得心裡甜甜的，誇獎道：「沒有，妳的成語說得很好。」

趙彩鳳瞥了宋明軒一眼，見他那老實巴交、睜眼說瞎話的樣子，就假裝生氣地道：「哼，你的表揚一點兒誠意也沒有！」

宋明軒急忙跟上去，可這時候想解釋也來不及了，趙彩鳳已經走遠了。

因為今兒玉山書院有會講，所以茶寮裡的生意也不錯，幾個年輕學子正在那邊討論詩文，只聽其中有一個人開口道：「你覺得這次的題目，誰會拿第一？」

「這道題又不是新題，以前也有做過，依我看，八順你應該還是能得頭籌的。」

一個十五、六歲的少年搖搖頭，蹙眉道：「夫子說我文筆華麗有餘卻沈穩不足，這道題目考的是基本功，且要結合時政，我並不敢亂寫，這次未必就能得頭籌了。」

「八順你就別謙虛了，誰不知道你這一科志在必得？你從考上秀才至今，足足六年磨一劍，夫子說，這一次解元也必定是你的囊中之物了！」

「三少爺你快別說笑了，我那些本事，都是那些年跟著你在王府和趙先生學的，我自己有幾斤幾兩重，自己心裡清楚。況且趙先生也說了，這些年科舉和時政掛勾頗多，他又是一個不愛議論政務的性子，這些都要自己琢磨，也不簡單。」

華服少年聞言，眼角略略帶著幾分得意，開口道：「沒關係，只要你這次能考過鄭玉那小子，我心裡就解氣了！」

原來這華服少年正是如今恭王府的嫡子周璘，因為功課不好，常常被其父數落，再加上恭王府和永昌侯府是世交，兩家經常會有走動，所以周璘常被拿來和鄭玉比較。

鄭玉雖然功課也不咋的，但是勝在生得一張巧嘴，慣會討老人家喜歡，大家都特別喜歡他，這樣一來，周璘總覺得自己被比下去了。好在唯一讓他覺得驕傲的事情，就是自己的跟班劉八順的功課比鄭玉好得多。

兩人談話間，瞧見一個俏生生的姑娘撐著荷葉傘往這邊來，那一張白裡透紅的臉頰在碧綠色荷葉的襯托之下，更顯得嬌俏可人，一身豆綠色的碎花裙穿在嬌小的身子上，透出幾分玲瓏之美。

周瑋瞄了一眼後，湊到劉八順的耳邊道：「這姑娘乍一看還以為是你家喜兒呢！」

劉八順聞言，抬起頭稍稍瞥了一眼，嘴角微微一笑。周瑋這是少見多怪了，其實農家的姑娘大多都是這麼個打扮，不過這姑娘確實容貌出眾一些罷了。

坐在他們邊上的另外一個男子見了，小聲道：「這是哪家的姑娘？應該不是這附近村民家的，以前沒見過。」

原來這玉山書院附近有個村莊，村裡頭住著幾十戶人家，平常玉山書院裡頭的飲食果蔬大多由這邊的村民供給，所以書院裡頭的學生和這裡的村民也很熟悉，基本上連哪家後院養了幾隻母雞都能知道。如今來了這麼一個秀氣的小姑娘，卻不知道來處，自然是有些奇怪的。

說話間，趙彩鳳已經在茶寮邊上的另一個位子坐下了，她身上的水囊裡面灌著狀元泉，所以到這會兒一口水都沒有喝，也確實是渴了。茶寮的老爺子見生意來了，笑著迎了上來，趙彩鳳要了兩碗綠豆湯，等著宋明軒過來坐下。

一碗綠豆湯下去，脾氣和身上的熱氣都降下去不少。宋明軒坐在趙彩鳳的對面，小心翼翼地喝著綠豆湯，生怕自己再說錯話惹她生氣。

趙彩鳳看看日頭，覺得時辰也差不多了，便開口道：「你進去吧，別遲到了。」

這時候坐在一旁的三人聽了，頓時猜出了他們的來意。周瑋上下打量了一下宋明軒身上的穿著打扮，再看一看他那張明顯因營養不良而過度清瘦的臉，心中狐疑了起來。

柳半塘在玉山書院會講，日子早在兩個月前就定下了，當時只發了百來份的請柬，甚至還有人為了這次的會講，不遠千里地從外地提前趕過來，為的就是能得到他的指導。可這些人都有一個共同性——都是有錢人家的子弟。至於像劉八順這樣的人能來，還不是靠了他恭王府少爺的關係，而是因為劉八順的姊夫是太醫院的太醫，前一陣子給柳家老太爺診脈，才得了這麼一張帖子。

總而言之，能來玉山書院聽課的，除了玉山書院這一屆要應考的稟生之外，其他人能得到請柬的可能性是微乎其微。

方才開口的少年頓時也來了興致，忍不住問宋明軒道：「這位仁兄也是來聽柳狀元會講的嗎？」

宋明軒見有人和他搭訕，自然不敢怠慢，謙遜道：「正是。不知貴兄弟是否也是為此而來？」

那少年笑道：「在下田瀚毅，精忠侯次子。這位是恭王府家的三少爺周璘、這位是寶育堂老闆娘的弟弟劉八順。」

趙彩鳳一聽他們的自我介紹，只覺得後背冒起了森森的冷汗，這京城真他媽的是個臥虎藏龍的地方，怪不得以前說長安街上掉下來一塊磚都能砸上三個廳級幹部！看看這幾個人非富則貴的身世，就連前幾日隨便來一個搭車的，居然還是將軍家的少爺呢！

趙彩鳳看了一眼純草根宋明軒，真為他尷尬了幾分。

誰知宋明軒似乎全然沒有被他們的身分給震懾到，起身不卑不亢地拱了拱手道：「小生宋明軒，京郊河橋鎮趙家村人士，乃是這一屆進京趕考的秀才。」

周瑋聞言，笑著拍了一把劉八順的肩膀道：「八順，你老鄉！」

劉八順臉上也帶著幾分好奇，卻又笑著道：「我不是趙家村的，我是牛家莊的。不過你既然是趙家村的，一定認識我三嬸家的王彬，他也是這一次秋闈的考生，如今正在我家住著呢！」因為沒有多餘的請柬，劉八順沒能帶著王彬一起來。

「王大哥我認識，我們是同一年考的秀才。」宋明軒謙虛地說道。

劉八順擰眉想了想，問道：「對了，你姓宋，我聽王大哥說，他那一屆河橋鎮的秀才案首就是個姓宋的，不會就是你吧？」

宋明軒臉頰微紅，稍稍點頭道：「正是晚生。」

瞧著另外兩個人看宋明軒的眼神從好奇到不屑，再到驚嘆的樣子，趙彩鳳不禁在心裡暗笑，宋明軒終究是有他拿得出手的東西的，她方才對他的擔心都是多餘的。

幾個人聊開之後，頓時有了話題，趙彩鳳這會兒主動變成了隱形人。

那兩人聽說宋明軒是案首之後，表示一定要拜讀一下宋明軒的文章，好讓他們學習學習，宋明軒便有些羞澀地把自己前幾日寫的文章拿了出來。

劉八順一眼將文章看了下來，點頭道：「好文章、好立意！可惜你不是書院的學生，不知道夫子這一次的考題，若是知道了，你也寫一篇『不以規矩』出來，怕是要技壓群芳了！」

趙彩鳳知道他們都是讀書人，見他們這麼稱讚宋明軒的文章，知道他必定是寫得不錯的，只微微一笑，總算鬆了一口氣，便索性上前問道：「各位公子，家兄這次是來參加秋闈的，但畢竟離秋闈還有兩個月，我想問一下，最近這玉山書院還收人嗎？有沒有什麼秋闈特考班之類的課程，可以讓人在裡頭多聽聽課的？」

劉八順便笑著道：「秋闈的課程，一直要上到下個月初，不過夫子講的課大多都是以前聽過的，很多京城的學子都回家自習了。一些外地的學子或是沒聽過的、在外頭沒地方住的，也都還在書院中學習呢！宋兄弟若是想在書院聽書，不如同我們一起進去，我拿著這文章給韓夫子看一眼，他必定要收下你這個學生的。」

「真的？」趙彩鳳沒料到今天出門竟然運氣這麼好，看來方才在紫盧寺上的那幾炷香還真是有些用處，遂笑著道：「那就謝謝這位公子了！」

劉八順謙笑道：「不過是舉手之勞，姑娘不用客氣。」

這時候一旁的周璘開口道：「時辰不早了，我們快進去吧，不然夫子見不到人，又要吹鬍子瞪眼了。」

宋明軒聞言，也是一陣著急，忙整理起自己的書簍子。

趙彩鳳小聲地囑咐道：「宋大哥，你一會兒跟好了這三個人中穿著最樸素的那位劉公子，我方才聽得真切，這三人一個是王府家的、一個是什麼侯爺家的，就只有他似乎是平民百姓家的，你跟著他準沒錯的。」

宋明軒對劉八順也有好感，便開口道：「妳放心吧，我聽妳的。」

趙彩鳳目送著宋明軒離去，自己坐在茶寮裡頭納起了涼，順便等著宋明軒出來。

卻說蕭一鳴買了宋明軒的卷子後，騎著馬先來了玉山書院，到了裡頭才覺得自己這文章買貴了。那窮小子一看就是窮酸相，怎麼能和鄭玉相比？自己居然也給了他一百兩銀子！想起自己癟了的荷包，蕭一鳴決定去找鄭玉，把那一百兩銀子給要回來。

「你小子拿了我的銀子也不給我把文章寫出來，到了春風樓一宿睡得跟死豬一樣！」蕭一鳴看見鄭玉正好進來，立即破口大罵。

那邊鄭玉也是作賊心虛，慌忙轉身要跑，卻被蕭一鳴幾步追上去，拉住了髮髻上的一根綢帶。

「對不住、對不住，昨晚實在是喝高了！」

「是誰說越是喝酒越是能詩興大發的？」蕭一鳴一臉怒容地看著鄭玉，他這張臉若是板起來，嚇人程度還是挺高的。

鄭玉見狀，縮著脖子，從袖子裡掏來掏去地掏了半天。

蕭一鳴見他和銀票難捨難分的樣子，一把就搶了過來，往自己胸口一塞，開口道：「反正你有了銀子也是去春風樓喝花酒，不如還是讓我替你保管著吧！」

鄭玉見蕭一鳴抬腳就要走，忙開口道：「那你的文章不要了嗎？眼下還有小半個時辰，不如我替你趕一趕吧？好歹有東西交差是不？」看著到手的銀子又沒了，鄭玉實在是不捨得啊！反正蕭老三的水平就在這邊，他半個小時胡編亂造一篇文章，應該也綽綽有餘了。

「謝了，文章的事情我自己搞定了，不勞你費心！」蕭一鳴得意洋洋地離開，臉上的神色似乎也生動了一些。

鄭玉聞言，忙不迭就跟了上去，問道：「你去哪兒弄的文章？我說你小子是故意的吧？賊精賊精的！」

「我精個屁，花了我一百兩銀子呢！」蕭一鳴想起那一百兩銀子，還覺得有些肉疼。

鄭玉追上去，央著蕭一鳴一定要給他看看這一百兩銀子買了的文章。在他的印象中，文章能賣出一百兩這個天價的人還只有他鄭玉一人，且還得要滿足一個條件，那就是買家正好是蕭老三這個冤大頭。

鄭玉看完了文章後，臉上的神色頓時就嚴肅萬分，甚至還帶著幾分狐疑，扭頭問蕭一鳴。「你這文章上哪兒買的？肯定不是我們書院裡的人是不是？」

「這你怎麼猜得出來？」蕭一鳴拿過文章看了一眼，狐疑道：「難道他寫得那麼差，完全不是我們書院裡學生的水平？」

鄭玉簡直是要被蕭一鳴的邏輯思維給氣死了，翻了個白眼道：「算了，和你這種品鑑能力低下的人說這些也沒用。我的意思是，這篇文章寫得很好，非常好，所以……應該不是出自我們書院的學生之手。」鄭玉說著，嘆息道：「我們書院文章寫得好的就那麼幾個，韓夫子素來最喜歡劉八順，每次都把他誇得天花亂墜的，但是劉八順的文章，辭藻華麗有餘，卻沒有這個人寫得平實貼切，讓人讀之暢快，所以我說，咱們書院沒人能寫出這樣的文章來。」

蕭一鳴一聽，頓時就睜大了眼睛，問道：「那你的意思是，我這一百兩銀子沒買虧？」

鄭玉無語，剜了蕭一鳴一眼，抽了抽唇角道：「好文章怎麼能用銀子來衡量呢？你覺得你沒買虧，沒準人家還覺得自己賣虧了呢！」鄭玉頓了頓，問道：「蕭老三，你是從哪裡認識這樣的人的？我怎麼不知道？改明兒也介紹給我得了，讓他給我也寫一篇，好在劉八順那群人面前長長臉。」

蕭一鳴還有些不大相信鄭玉的話呢，就瞧見宋明軒跟著劉八順一群人，自月洞門的外頭走了進來，他頓時覺得有幾分心虛，忙不迭地對鄭玉道：「快……快把文章收起來！」

宋明軒才跨進門口，就冤家路窄地看見了蕭一鳴。對於剛才被趙彩鳳一陣數落過的宋明軒來說，這時候若是那一百兩的銀票還在手中，他說不定會馬上衝過去，把自己的文章給贖回來，可眼下他卻什麼也做不了。

周璘和鄭玉雖然私下裡不對盤，但場面上的禮節還是沒少的，兩撥人互相打了招呼後，劉八順又熱情地把宋明軒介紹給了鄭玉和蕭一鳴，一個勁兒地誇他的文章寫得好。

鄭玉看著宋明軒這一臉寒酸的樣子，心裡還是有點不服氣的。周璘的功課沒自己好，偏生他的跟班劉八順就跟打了雞血一樣，什麼都比自己強，如今又來了一個寒門學子，看著不起眼，沒準又是一個厲害的，鄭玉想到這裡，看宋明軒的眼神就不怎麼熱絡了。

唯有蕭一鳴心裡清楚，宋明軒確實寫得一手好文章，因為剛才連一向自視甚高的鄭玉都那麼誇他了！

鄭玉瞧著對方的陣容越來越強大，內心就開始極度的不平衡起來，想了想，便道：「文章寫得好的，又不是一個、兩個，我這兒也認識一個人，那文章才是寫得真好呢！我拿給你們看看。」鄭玉說著，便要去抽蕭一鳴手中的卷子。

蕭一鳴一看要露餡了，如何敢把卷子給他？緊緊握著卷子，不肯鬆手。

鄭玉以為蕭一鳴小氣，想拿著這個卷子充自己的，不禁鄙視道：「蕭老三，這卷子你還是別交給韓夫子了，省得一會兒又要被他趕出山門。連我都看得出來不是你寫的，難道韓夫子還會看不出來？」

蕭一鳴被嚇得一鬆手，鄭玉就趕緊把卷子給抽了出來，遞給了劉八順和周瑋。「讓你們見識一下，什麼才叫做好文章！立意新穎，破題精準，辭藻不贅述，思路清晰，文筆又流暢，這才是好文章！」

宋明軒就這樣看著自己的文章被劉八順他們打開來，然後帶著審視的心情看了起來。他淡然地站在一旁，一語不發，眼角偶然瞥見蕭一鳴站在一旁板得跟秤砣一樣硬的臉色。

那邊劉、田、周三人已經看完了文章，宋明軒稍稍抬起頭，依舊一副不卑不亢的神色。

蕭一鳴皺著眉頭，炯炯有神的雙眸幾乎要直射出一道精光，警告著宋明軒：你小子要是敢說出來這文章是你寫的，那你就死定了！

偏生宋明軒沒有半點自覺，對蕭一鳴的表情毫無回應。

蕭一鳴覺得，今天的運氣真是背到了極點，在紫盧寺裡給菩薩磕的頭都白磕了！

第十三章

劉八順看完文章後，頓時就提出了疑問，轉身問站在一旁的宋明軒道：「宋兄，這文章寫得倒是跟你的思路有些相通之處，且這字體用的也是歐體，真是巧合得很。」

宋明軒聞言，稍稍抬頭，視線掃過蕭一鳴的臉，想了想才道：「確實，我方才看了一眼，也覺得似乎和我慣用的字體有些相似，不過看完了全文，才覺得他的立意更比我高出了一層。」宋明軒這樣誇讚自己，其實也覺得臉上有些發熱，只是他已經收了蕭一鳴一百兩銀子，那麼自然不能說出這文章是自己寫的。

蕭一鳴一聽宋明軒這麼說，頓時覺得三魂回來了兩魂半，鬆了一口氣。

那邊周璘開口道：「我看著這文章也沒比宋兄弟你的好幾分，不過就是伯仲之間而已，宋兄弟何必謙虛？不如一會兒我們把這篇文章和你寫的文章一起交給韓夫子，讓韓夫子品評一下如何？」

宋明軒一聽壞了，這群人看不出這兩篇文是出自他一人之手也沒什麼大不了，可閱盡萬卷的夫子如何能看不出來？要是兩篇文章都交上去，蕭一鳴不想露餡也要露餡了！

可是宋明軒又真的非常希望自己的文章能被夫子看見，他不想錯過這次機會，為了一百兩銀子，他今天已經錯過了一次機會，如今要是再錯過這次機會，等回去的時候，只怕媳婦兒都要沒了。「這……」宋明軒一下子為難了起來。

蕭一鳴見了，一把將那卷子搶了過去，疊起來藏在胸口道：「罷了、罷了，原本打算隨便買一份答卷交給夫子蒙混過關的，誰知道還遇上高人了！我這卷子就不交了，省得夫子瞧出來不是我寫的，又要挨一頓罰！」

周璘笑道：「蕭老三，夫子就是再老眼昏花，也不會認為這文章是你寫的。」

蕭一鳴臉一板，頓時一副又要發作的樣子。

周璘忙閉口，對宋明軒道：「他不肯交就算了，我們把你的交上去。」

這下宋明軒和蕭一鳴總算都鬆了一口氣。

不一會兒，會講開始了，大家憑著請柬進入，劉八順邀請宋明軒坐在他的邊上。

劉八順小時候也是村裡頭玩泥巴長大的，後來舉家遷到了京城之後，日子才算好過了一些，所以尤為敬佩這些寒門學子，對這書院裡面稍微窮困一些的學生都很照顧。這次遇見宋明軒，又見他文章錦繡，便引為知己。

宋明軒也是一個不愛和權貴結交的性子，他畢竟寒門出身，物質決定精神，和那些有錢人家的公子哥兒並沒有什麼共同語言，難得劉八順倒是樸實謙和，兩人頓時就一見如故了。

「這麼說，宋兄現在住在討飯街上？」各自介紹過自己之後，宋明軒比劉八順虛長兩歲，所以劉八順喊他一聲宋兄。

「正是在那邊住著，雖然條件簡陋，但那邊都是一些清苦的百姓，平常又安靜，倒是一個適合溫習的地方。」

劉八順點點頭道：「那地方就是外來戶多了一點，外地過來投親的人，自然沒有京城裡的百姓富足，不過宋兄若是覺得那裡不好，也可以來書院聽書，只是最近外地的學子比較多，書院裡的床位不夠了，好多都住在外面的村戶家。但如果宋兄想要過來，小弟在這書院裡頭還有一張榻位，可以讓給宋兄，小弟如今已是在家備考，這裡的床位空著也是空著。」

宋明軒雖然心下歡喜，可一想到要讓趙彩鳳一個人住在那院子裡，就覺得有些捨不得，因此開口婉拒道：「我那妹子和我一起進京的，若是我住在這書院裡頭，她一個人住在外面，我倒是不放心得很，所以還是在外面複習就好。」

劉八順聽他說得有道理，開口道：「那敢情好，宋兄要是有什麼要幫忙的地方，儘管跟我說，我就住在富康路劉家。宋兄要是有什麼書想要看的，也可以到我家來，我姊夫也是個愛書之人，這些年給我搜羅了不少好書，只是有些書不適合科舉，若是想看，只怕也要等過了秋闈了。」

兩人閒談甚歡，不一會兒柳半塘就來了。

柳半塘不過二十左右，文質彬彬，雖然算不得貌若潘安，但有句俗話說：腹有詩書氣自華，那一股讀書人的學子清俊，也讓宋明軒羨慕了幾分。

劉八順便開口道：「柳世兄可是我們玉山書院最厲害的學生了，我中童生的時候，他已經是舉人了，我六年苦學，這一科還沒開考，他就已經連狀元都考上了。」

有的人考試運就是極好，要嘛考不上，等一考上就跟順風車一樣。

宋明軒聽了，想起自己上一科落榜，心裡就有些不是滋味，但比起那些一輩子都沒考上舉人的人，宋明軒又覺得自己還是幸運的，至少還年輕。

會講開始，其實不過就一個時辰的講課，也起不到什麼作用，不過在場的很多人都是第一次下場子，所以柳半塘說得比較多的，還是關於下場子以後的一些注意事項。大家聽完之後都頗覺得有趣，總結了一下經驗，那就是：戒驕戒躁、平和心態、認真審題、心無雜念。當然最重要的一點就是：保重身體。

柳狀元說，他考狀元的那一次，進了場子光拉肚子的考生就不下三成，弄得整個試場裡頭臭氣熏天的，裡頭又不給點熏香，因此待他出來後，嗅覺都失靈了。雖然聽著很可笑，但宋明軒卻深有體會。那一次拉肚子當真是要了自己的命，這次他無論如何也要保重身體了，若是因此熏壞了自己隔壁的考生，那也是罪過一件。

眾人見柳狀元說得有趣，場面也漸漸熱絡了起來。

柳狀元問道：「你們當中有幾個人是下過場子的？」

宋明軒雖然有些羞澀，也略略舉了舉手。

柳半塘見狀，便喊了他上去道：「這位學弟，你過來說一下，你上次下場子的感受。」

宋明軒站起來，先向柳半塘行過了禮數，這才走到講臺前頭，想了想後開口道：「三年前的事情了，也記不大清楚，當時自己還小，只知道人山人海的，我進了考場，光找自己的試場還找了半個時辰，後來還是監考的人帶了我過去的。那試場的過道極窄，我當時只有一個想法，心道這要是個胖子，只怕要橫著才能進來。」

眾人聞言，都忍不住哈哈大笑了起來。

宋明軒又接著道：「後來就跟柳師兄說的一樣，進了試場，不過方寸大的地方，睡覺只能靠著，還有人在試場的過道裡面生火，弄得煙熏火燎的，各種氣息混合在一起，如今想起來，還沒下場子，倒是又嚇出一身冷汗了。」

眾人聽了，都安靜了下來。考秀才的時候是縣學，並沒有這麼嚴格的規矩，如今秋闈考的是舉人，竟和考進士是一樣的。大家聽宋明軒說完，這才發現他並不是玉山書院的學生，一旁的韓夫子見宋明軒雖然穿著樸素，但是談吐得當、發言幽默，便對他留下了幾分印象。

會講結束後，劉八順把宋明軒留了下來，和他們幾個一同去了裡頭拜見韓夫子。

韓夫子是當代大儒，在翰林院做了幾十年大學士，致仕後來玉山書院做山長，平常對這些學子的要求頗高，從他手底下已考中兩個狀元郎，如今他最看好的人就是劉八順。

劉八順以前師從趙辰明，和韓夫子也是世交，兩人對劉八順都讚揚有加，今天聽劉八順如此推崇宋明軒，又見他是方才在講臺上說得最好的那一位，也忍不住起了一些興趣。

韓夫子看過宋明軒的文章之後，山羊鬍子在嚴肅的臉頰上微微抽動了一下，最終眉梢一挑，放下文章道：「好啊！好！真是好啊！」

韓夫子一連說了三個好，讓跟在劉八順後面的田、周二人也心服口服，開口道：「我們也覺得宋師兄的文章寫得很好，但鄭玉卻說宋師兄寫的還不如蕭老三好呢！」

周璘平常沒少被鄭玉穿小鞋，這次逮了機會，便忍不住變本加厲了。他們不是不敢讓韓夫子看那篇文章嗎？他就非要讓他們看一眼！周璘說著，忍不住朝著田瀚毅使眼色。

田瀚毅頓時就會意了，笑著道：「夫子夫子，這次的題目，蕭老三也寫了，而且寫得很不錯，方才我們進來的時候都看見了，我和周璘都嚇了一跳呢，不信您問八順！」

劉八順雖然不屑做這樣的事情，可給他們當跟班已經習慣了，也只好硬著頭皮道：「方才是看了一篇文章，寫得很有見地，在蕭公子那裡。」劉八順畢竟是聰明人，只順著兩人的話往下說，但堅決不說那文章是蕭一鳴自己寫的。

韓夫子愛才如命，聽說又有好文章看了，忍不住吩咐身邊的隨從道：「去把蕭一鳴和鄭玉喊過來，他們的文章還沒交呢！」

隨從應聲離去，一旁的周璘使勁憋著笑，等著一會兒看蕭一鳴出醜。

沒過一會兒，蕭一鳴和鄭玉果然就來了。

蕭一鳴原本沒打算交卷子，想早些回去，無奈還沒走出山門口，就被韓夫子的人給喊住了。他心下納悶，便問了那隨從幾句，那隨從卻也一問三不知，只道：「蕭公子，夫子讓你去，你就去吧，周公子、田公子他們也都在呢！」蕭一鳴一聽，頓時覺得不好，可他這會兒要是拚了命走，以後若是東窗事發，少不得挨蕭將軍一頓鞭子。蕭一鳴想了想自己好些年沒挨鞭子的後背，於是硬著頭皮和鄭玉一起進來了。

韓夫子的書房裡，幾個看熱鬧的人早就在這邊等著他們兩個。

周璘見了蕭一鳴，只裝作不知，開口道：「蕭老三，快把你今天寫的文章交給韓夫子開開眼啊！」

蕭一鳴一臉怨恨地看著周璘，一張冷臉秤砣一樣地掛著。

鄭玉的父親也是韓夫子的學生，所以鄭玉最怕韓夫子向父親告狀了，聽周璘這麼說，一個勁兒地用手肘戳著蕭一鳴，示意他快點把卷子拿出來，反正那東西不是蕭一鳴自己寫的，韓夫子看一眼也就清楚了，今兒這架勢，硬碰硬只怕也討不到好處了。

蕭一鳴心中暗暗埋怨這個沒義氣的隊友，又瞧見宋明軒也正低頭站在一旁，他想起方才宋明軒矢口否認這是他的文章，心想他倒也是一個守信用的，說不定這一次他也不會承認，蕭一鳴想了想後，便伸手把自己藏在胸口的文章拿出來。

宋明軒看著他的動作，眼珠子漸漸睜大，心裡卻一聲哀嘆。這回……真是大水沖倒了龍王廟了，這下子自己只怕想不承認也不成了。

韓夫子拿到了卷子後，帶著幾分好奇心地看了起來，可越看到後面，就越發覺得這行文裡泛著一股很熟悉的感覺，他又拿起一旁宋明軒寫的另一篇文章，兩篇文章拿在手中比了比，最後丟下來看著眾人，一言不發。

宋明軒這時候臉已經開始脹紅了，可是韓夫子沒說，他也不敢承認，畢竟收了人家的銀子，這文章就是人家的。

「宋公子，你來看一看，這篇文章寫得好不好？」韓夫子沒直接指出來，卻把文章往宋明軒的面前一遞，問了他這樣一個問題。

宋明軒嚇了一跳，低著頭接過自己的文章，視線卻不敢往上面瞟。這是他昨夜花了一宿的時間寫出來的文章，自然是好的。

「還……還能入眼。」在韓夫子跟前，宋明軒不好意思這樣誇自己了。

「我看不止是能入眼，而是極好的，只是……只是可惜了這麼一篇好文章了。」蕭一鳴有幾斤幾兩重，韓夫子可是清清楚楚，平常就愛讓鄭玉替他捉刀，他不過是懶得指出來而已，如今弄了這麼一篇文章來，想來不過就是花了幾個銀子而已。

對於韓夫子這樣的人來說，好的文章那都是無價之寶，這樣隨隨便便把自己文章賣掉的學生，韓夫子欣賞他的才華，卻不能認同他的為人。

韓夫子看了一眼宋明軒身上的舊衣衫，也知道他必定家境貧寒，才會為生活所迫，替人捉刀，於是嘆了一口氣道：「宋公子，文人最忌浮躁，你能做出這樣的文章來，說明你的心裡還流淌著一絲清流，以後這樣的事情還是少做為好，若是沈溺於這樣求財的辦法，只怕今後你寫的文章，也會失去這層耐人尋味的感覺，最終泯然眾人矣。」

宋明軒聞言，撲通一聲跪了下來，臉色脹得通紅，一時間無言以對。

眾人見聞，都忍不住好奇了起來。

這時候劉八順才想明白了，開口道：「宋兄，蕭公子手中的文章，也是你寫的？」

宋明軒尷尬地點了點頭。

周、田二人聞言，都忍不住張大了嘴巴。

蕭一鳴見瞞不下去了，也只得硬著頭皮道：「夫子，您不要責怪他，是我強要買來的。他一個大男人出來考科舉，卻要個小媳婦養著，我看不下去了，所以就買了他的文章。」

「你還嘴硬？若不是你有貪人才華的念頭，怎麼會起買人文章的念想？你這個不知長進的東西！」韓夫子指著蕭一鳴罵了幾句，見他依舊一臉坦然的樣子，又氣了起來。

那邊蕭一鳴橫豎豁了出去，開口道：「韓夫子，您若覺得我不是唸書這塊料子，直接跟我父親和母親說了，我就算是吃一頓鞭子，也好過天天看他們的臉色，做這些窮酸文章來得好！」

韓夫子一聽，越發暴怒。「你……你說誰寫的是窮酸文章？我、我……」韓夫子摀著胸口，指著門外道：「你給我滾……滾得越遠越好……」

蕭一鳴見事情越發不可收拾了，只好乖乖地滾了。

鄭玉也嚇得屁滾尿流，急忙跟在蕭一鳴的身後出去了。

周璘和田瀚毅兩人死命憋著笑，只有劉八順一人注意到現在宋明軒這尷尬的境地。

「宋兄，你快起來吧，夫子並沒有責罵你。」

宋明軒低著頭，臉上一片死灰，心中難過萬分。「我丟了讀書人的氣節，本就是我的錯，夫子並沒有說錯。」

韓夫子低頭看了一眼宋明軒，不過十八、九歲的青澀男子，臉上帶著幾分倔強，脊背筆直地跪在自己跟前，這樣的孩子，如何讓自己不喜歡呢？「這篇文章，你多少錢賣給他的？」

宋明軒老實回道：「一百兩銀子。」

韓夫子氣得嘴唇發抖，冷笑道：「那臭小子倒是闊氣！算了，以後你若是不再做這種行當，我就收了你這學生。」終究是愛才之心戰勝了自己內心對宋明軒的一點點成見，這樣的寒門學子能有這樣的才華本就不多見，他身為玉山書院的山長，理應要一視同仁，為朝廷不拘一格地選人才。

劉八順聞言，忙一拍宋明軒的肩膀，高興道：「宋兄，還不快給夫子磕頭？夫子收下你了！」

宋明軒早已被這天大的餡餅給砸暈了，抬起頭看著韓夫子，一時間還沒反應過來。

韓夫子鬍子、頭髮都已經花白，看上去仙風道骨的，這會兒早已經收斂了怒氣，正捋著自己的山羊鬍子，滿含笑意地看著宋明軒。

宋明軒頓時就反應過來，咚咚地連連磕了幾個響頭。

韓夫子彎腰將他扶了起來，道：「小宋，你和八順算是我的關門弟子了，如今我年紀大了，就指望你們再給我添一些彩頭了。」

宋明軒的臉脹得通紅，一時間也不知道說什麼好。

一旁的周、田兩人只有羨慕的分了，他們雖然同是韓夫子的學生，但是這一屆裡被韓夫子收入門下的，不過只有劉八順一人，大家都規規矩矩地喊他一聲夫子，唯獨劉八順私下裡可以喊他一聲恩師。況且有名師指導，對於一個學子來說，肯定是有莫大幫助的。

宋明軒起身，謙遜地喊了韓夫子一聲「先生」，又稱呼劉八順做「師兄」。

劉八順忙謙虛道：「我們是同一屆的，你年歲又比我長，以後你是兄、我是弟，如此甚好！」

宋明軒見劉八順這麼說，也不推託，兩人就這麼定了下來。

韓夫子收了新學生，自然是要好好問一問新學生的境況，所以把其他三人都遣了出去，獨獨留下了宋明軒一人。

「你是從河橋鎮出來的，那你應該是周夫子的學生吧？」

「在縣學唸過幾年，後來家裡供不起了，就沒再去了，所以確實曾拜在周夫子的門下。」宋明軒恭恭敬敬地回道。

「周夫子年輕時也是作得一手好文章，就是性格孤僻了一些，在朝中受人排擠，後來韃子打來的時候，我們都去了南方，他要照顧家裡的老娘，所以就辭官沒有過去，一直在河橋鎮當教書先生了。」韓夫子說起這些有氣節的文人來，心中總是充滿了敬佩。「你能拜在他的門下，也是你的福氣。」

「周夫子對學生的教導，學生一日不敢忘。」

「他不是個沽名釣譽之人，你心裡有他就好了。這一科好好準備，若是能中個舉人回去，只怕他晚上喝酒還能多喝一杯呢！」韓夫子說著，略帶讚許地看著宋明軒，起身走到身後三排大開書架前，從架子上的一個紫檀木匣中取了兩個銀錠子出來，放到自己的桌案上，抬頭看著宋明軒道：「這兩個銀錠子，加起來也有一百兩，你回去之後，把銀子還給蕭老三。他不好好學習也就罷了，還打這種壞主意，我們是正經作學問的人，怎麼能花那種人的銀子呢！」

宋明軒見狀，連連擺手道：「不不不……學生怎麼能拿先生的錢呢？不瞞先生，其實學生雖然賣了這文章，卻被內人罵了一頓，說學生目光短淺，為了一百兩銀子葬送前程，學生至今心裡還有些難受。」

韓夫子聽了，頓時就有了興趣，開口道：「你家小娘子當真這麼說？」

宋明軒紅著臉，略略點頭。「她對學生情深義重，若不是她，學生也沒有辦法來聽今天的會講，更不可能遇見恩師您了。」

韓夫子點頭道：「好呀，你有這樣深明大義的娘子陪在身邊，舉案齊眉、紅袖添香，怕是寫起文章來，越發思如泉湧了！我方才還想請你來書院住幾日，看來，你是脫不開身了。」

宋明軒被韓夫子說中了心事，不好意思地低下頭。

韓夫子笑著道：「少年夫妻，本就應該這樣，我不笑話你。」

宋明軒對韓夫子又是一番感激。

兩人又閒聊了片刻之後，宋明軒便起身告辭了，卻死活不肯收下韓夫子的饋贈，韓夫子也只好作罷了。

幾個人出書院的時候，天色已晚，趙彩鳳在茶寮上等著無聊，還幫著茶寮裡的老爺子打點起了生意，見他們幾個人出來，忙迎了上去，眼裡卻只有宋明軒一人。

「大哥，我瞧著好多人都已經走了，你們怎麼才出來？」趙彩鳳最怕的就是別人識破了宋明軒是混進去的，把他當成壞人一頓打，如今見宋明軒好好的出來，也就放下了心。

「這位妹子，妳可快些恭喜宋兄，他被韓夫子收為入室弟子啦！」劉八順急忙把喜訊說了出來。

趙彩鳳知道古代的人向來隨興得很，可她也萬萬沒預料到，宋明軒僅憑一篇文章就能把玉山書院的山長給搞定了，這簡直是喜出望外了。看來宋明軒的學問，比她想像中的還要厲害很多。

「這可太好了，可惜李叔已經走了，不然要是把這個消息帶回去給宋大娘，宋大娘還不知道要怎麼高興呢！」趙彩鳳一高興，就忘了她和宋明軒正在裝兄妹。

這話一出口，其他的三人瞬間就明白過來了。

宋明軒見他們的神色裡都透著一絲探究的神情，臉頰頓時有些發熱。

周璘笑著道：「你先別說，讓我來猜一猜，這位俊俏的妹子，難道不是宋兄的妹子，竟是宋兄的小娘子？」

劉八順更是實誠，聞言便對著趙彩鳳作揖道：「嫂夫人好！」

趙彩鳳看了一眼宋明軒，不說話了，低下頭道：「宋大哥，我們回去吧。」

宋明軒看看天色，這時候要是走回京城，只怕也都到下半夜了。

劉八順見了，忙開口道：「兩位不如和我們一起回京吧，今兒我們正巧駕了兩輛馬車來，就讓……就讓宋兄和嫂夫人坐一輛馬車吧！」

雖然其他兩人一個是侯門少爺、一個是王府公子，可他們誰也沒法反駁劉八順，總不能他們幾個大男人和人家娘子一起坐在馬車裡吧？

宋明軒雖然覺得不大好意思，但想著要趙彩鳳陪著走路確實也很累人，便答應了劉八順的提議。

趙彩鳳和宋明軒上了馬車之後，宋明軒這才把今日在書院裡頭發生的事情一五一十地說給了趙彩鳳聽，趙彩鳳一邊感嘆宋明軒的運氣實在好，一邊感嘆蕭一鳴的運氣實在背。

宋明軒說完這些，便安安靜靜地看著趙彩鳳。馬車裡視線昏暗，宋明軒覺得在這半明半暗之中，趙彩鳳特別好看，他不自覺放軟了聲音，開口道：「彩鳳，我們把那一百兩銀子還給那個蕭公子吧？」宋明軒說這句話的時候，其實心裡頭是很擔憂的，畢竟當初要賣文章的是自己，如今銀子到手了，要還回去的也是自己，真不知趙彩鳳要怎麼鄙視自己了。

誰知趙彩鳳卻沒有半點遲疑，高高興興地點頭道：「好呀，那就去還了吧，反正我沒瞧見過銀票長什麼樣，就當是今天開了眼界了。」

宋明軒頓時覺得鼻腔發熱，看著趙彩鳳的視線滿滿的都是溫柔。「彩鳳，妳不怪我嗎？這些銀子本來可以讓妳過得更好一些的。」

「我沒覺得現在過得不好啊！」趙彩鳳看著宋明軒，一本正經地道：「雖然現在的生活離我的預想還有很大的差距，但是沒有一口氣吃成的胖子，只要我們努力，以後的日子就能越過越好。宋大哥，我不想你賣掉自己的文章，是覺得總有一天，你的文章不止一百兩這麼便宜。」趙彩鳳也不知道今兒是怎麼了，忽然就說出這麼幾句感性的話來，可她說完之後，又覺得自己沒說錯。連玉山書院的山長都這麼看得起宋明軒，那他將來一定會是一個有出息的人。和有進取心的人在一起，趙彩鳳覺得自己身上也充滿了力氣。

「彩鳳……」宋明軒看著趙彩鳳，心口怦怦怦地跳個不停，彷彿有一肚子的話要說出來，卻怎麼也說不出口。他攏在袖中的手不自覺地握成了拳頭，一次比一次的用力，終於忍不住伸出手，將趙彩鳳攬入懷中，低頭，把那平常巧舌如簧、說得自己半句話也答不上來的櫻桃小嘴含在了口中。這種酸酸甜甜的滋味，宋明軒也是第一次品嚐，只覺得渾身都繃得緊緊的，雙手按住趙彩鳳的後背，竟然不知道要放在什麼地方，只有他的舌尖似是無師自通一般，靈活地探入了趙彩鳳的口中。

趙彩鳳一時沒反應過來，待舌尖被吮吸的觸覺陡然傳至腦海，她才驚訝地發現，自己居然被宋明軒給強吻了！趙彩鳳用力推了推宋明軒的肩膀，卻見那人身體僵硬，似乎沒有半點兒反應。過了片刻，宋明軒才鬆開了她，黑暗中看不清他紅透的臉頰，只聽見他結結巴巴地說話。

「是……是妳叫我親回來的。」

趙彩鳳這時候才明白，自己是搬石頭砸了自己的腳呢！男人這種東西，有時候真的很容易學壞，尤其他們在這方面還有一種天生的、無師自通的本領……這讓趙彩鳳這樣的現代姑娘都自愧不如。

待馬車進了城門，宋明軒下車和其他三位公子話別之後，劉八順便讓車夫直接將宋明軒和趙彩鳳送到了討飯街的巷口。

第二天一早，宋明軒起得比趙彩鳳早很多，趙彩鳳醒來的時候，宋明軒已經寫好了一篇經義，又燒好了熱水。對於做飯這件事情，宋明軒並不擅長，所以還是留給了趙彩鳳。

趙彩鳳洗漱過後，去附近的菜場買了一些時下新鮮的蔬菜，隨便炒了兩個菜，做了小米和白米混合的米飯出來，然後便換上了小廝的衣服，往八寶樓上工去了。

趙彩鳳臨走的時候，把那張一百兩的銀票藏在了貼身的衣服口袋裡，轉身對宋明軒道：「那將軍府的下人見了我們這樣的人估計也不會開門，倒不如等那蕭公子去八寶樓吃飯的時候，我還給他好了，也省得你跑這一趟了。」

宋明軒覺得挺有道理的，便點頭道：「那就聽妳的，到時候把銀子還給他就好，也別說什麼了……」宋明軒到底臉皮薄，雖然當時也不是對方強買強賣的，可最後終究還是沒能瞞得過去，說來說去，還是自己搞砸了人家的計劃。

趙彩鳳見他那模樣，覺得好笑。「行了，一百兩銀子也不是小數目了，沒準他拿回去了還自己偷樂呢，你好好看書吧！」

趙彩鳳一連帶著銀子在八寶樓等了好幾天，卻一直沒有等來蕭一鳴。這天還沒開午市，趙彩鳳站在門口往外頭看了一眼，也不知道蕭一鳴今天會不會來。

小順子見趙彩鳳這幾日沒事就往外伸脖子的樣子，忍不住好奇地問道：「小趙，我說你這脖子是不是有些問題？」

趙彩鳳瞪了他一眼，也沒搭話。

小順子又笑著道：「前幾天來這邊吃飯的那個程公子，你可知道？那不是個公子哥兒，是個姑娘家！」

八寶樓因為地理位置的原因，基本上沒有什麼女客，長樂巷裡頭的姑娘也沒有這個閒錢來下館子，所以要是難得有一個姑娘來這邊吃飯，都快被這群小廝們看出個窟窿來了。

趙彩鳳心想，小順子都能看出那程公子是個姑娘家，那會不會也看出自己是個姑娘家？她小心翼翼地問道：「你是怎麼知道那程公子是個姑娘家的？」

「切……她說她自己是程將軍府上的，可程將軍家的兩個兒子都娶媳婦了，哪裡有她這麼年輕的？而且我以前聽永昌侯家的小爺說過，程將軍家的四姑娘最是貪玩，經常女扮男裝出門，所以我猜那程公子應該就是那位姑娘！」

趙彩鳳看了一眼分析能力極強的小順子，佩服地點了點頭。

這時候，忽然有一輛馬車從遠處行駛而來，停在了八寶樓的門口。

小順子眼明手快，笑著迎了出去，開口道：「這不，鄭二少爺來了！快快快，裡面請、裡面請……」

只見鄭玉從馬車裡面探出頭來，對小順子道：「小順子，讓後廚快些做一隻八寶鴨，一會兒送到蕭將軍府上，給三少爺。」

「今兒不在這裡吃嗎？」小順子瞧著鄭玉臉上的表情，有些捉摸不透。

「我倒是想在這兒吃呢，可惜沒時間，蕭老三又來不了！」

「蕭公子怎麼沒跟您一塊兒來呢？」小順子知道他倆平常出雙入對的，是最好的狐朋狗友了，如今見鄭玉一個人過來，忍不住開口問了幾句。

趙彩鳳見他們提起了蕭一鳴，便豎起耳朵打算聽個清楚，只聽那鄭玉開口道——

「別提了，昨日將軍正好回府，也不知道從哪兒聽來的閒言碎語，說是上回去玉山書院聽課時，蕭老三買了別人的文章欺騙夫子，結果被韓夫子給抓了個正著，將軍一頓鞭子下去，蕭老三到今兒都沒能爬得起來呢！這不，又想著你們樓裡的八寶鴨，所以非要我來給他訂一隻送過去。」

小順子聽了，忽然覺得自己後背有些疼，顫巍巍地問道：「這八寶鴨太重口了，蕭公子受了傷，得忌口吧？」

趙彩鳳站在一旁聽完這些話，先鄙視了鄭玉一番，明明買文章騙夫子什麼的都確有其事，倒讓他說得好像是別人冤枉了蕭一鳴一樣。只是……這動不動就打得爬不起來，也忒狠了一些吧？趙彩鳳不免對蕭老三有些惻隱之心了，也開口道：「對的，這八寶鴨重口，確實不利於傷口癒合。」

鄭玉哪裡聽得下這些勸告？開口道：「你們給我做就行了，少囉哩叭嗦的，我還欠他一百兩銀子呢，當然什麼都得聽他的。」

趙彩鳳聞言，忍不住噗哧地笑了一聲。這蕭三公子看著面癱，原來卻是喜歡到處撒錢的習性嗎？

鄭玉安排完了外賣，見時辰不早了，便著急地道：「一會兒記得幫我送過去，銀子直接記在帳上，下回來補上。」

小順子見鄭玉要走了，忙點頭哈腰道：「那二爺您慢走啊！一會兒大廚做好了，就給您送去將軍府。」

小順子去後廚下了單子，這時候店裡頭的客人也多了起來，趙彩鳳便忙著招呼起了客人。一般大戶人家點外賣，那都是派了自己家裡人來取的，偏生鄭二少爺這個猴急性子，交代了兩句就走了。

這會兒掌櫃的聽小順子說了，也蹙眉道：「從這兒到將軍府還有三里路呢，要是近一點，你提著去也就得了，這麼遠怕還得叫輛車送過去……叫車的銀子也給記在帳上得了。」

小順子笑著道：「我還沒坐過幾次馬車呢，謝謝掌櫃的！」

「謝什麼謝？這麼清閒的差事難道就便宜你了？一會兒店裡就忙起來了，少了你怎麼行？把小趙喊過來，讓他跑這一趟吧！他長得俊俏些，也不像你，一雙招子喜歡亂轉，省得進去後嚇壞了將軍府上的小丫鬟！」

「掌櫃的，你這什麼話啊？我小順子哪就長得一副夜叉臉，還能嚇著別人了？」

謝掌櫃笑著道：「少貧嘴了，店裡少不了你行了吧？小趙剛來，你好歹照顧些人家！」

小順子撓了撓頭道：「行咯，掌櫃的還不是知道老闆說要讓小趙跟著你學算帳，所以心疼自己徒弟了！」

謝掌櫃瞪了小順子一眼，見外頭客人又進門了，忙開口道：「快招呼客人去！」

趙彩鳳到了謝掌櫃跟前，才知道自己被派去給蕭老三送外賣了。她摸了摸貼身藏著的一百兩銀票，心道也不知道能不能見到蕭老三，要是可以見到，今兒就把這燙手的山芋給還了。這事情一天不解決，宋明軒心裡總有一個疙瘩。

謝掌櫃叫了一輛黑漆平頭馬車，趙彩鳳拎著放菜的籃子，從前頭爬了上去。

一旁的謝掌櫃囑咐道：「你送了過去就早些回來，那些大戶人家規矩大，可千萬別出什麼錯。」

趙彩鳳一個勁兒地點頭，摸了摸手心，居然還出汗了，看來果真是到了古代，跟沒見過世面一樣，去一次高門大戶居然還緊張得跟什麼似的。

趙彩鳳坐在馬車裡頭細細地想了想，今兒既然有這個機會來將軍府，不如就把這銀子還給蕭一鳴得了，可她到底要怎麼才能進去呢？趙彩鳳擰眉想了一會兒，忽然就有了主意。

蕭夫人這時候才看過了蕭一鳴，正打算回正院去，就遇上了外頭進來的小丫鬟。

小丫鬟向她福了福身子，道：「回太太，永昌侯家的二少爺派了小廝來給三少爺送吃食，說是還有話要帶給三少爺呢！」

一旁的蔣嬤嬤開口道：「三少爺還沒醒呢，妳讓那小廝放下了東西，留個口信吧。」

「奴婢也是這麼說的，只是那小廝說他們家二少爺有東西讓他親自交給三少爺，所以奴婢便讓他先在二門口等著了，回來瞧瞧三少爺醒了沒有。」

蕭一鳴一聽說鄭玉送的東西到了，哪裡還能睡得下去？忙不迭地在裡頭喊道：「我醒了，讓那小廝把東西快送進來吧！」

蕭夫人在院中聽了，嗔怪道：「少吃外頭不乾不淨的東西，如今你身上有傷，我讓廚房給你熬個烏雞三七湯過來。」

蕭一鳴忙道：「母親放心，我知道的！」

趙彩鳳沒預料到她這一招還真的挺管用的，想來那個鄭玉也有可能經常換小廝，不然這丫頭見了陌生的人怎麼就半點疑心也沒有呢？

趙彩鳳拎著菜籃子在門口等了好一會兒，她早飯吃得早，中午又沒吃，這會兒聞到籃子裡透出來的八寶鴨的香味，忍不住嚥了嚥口水。

大約過了片刻，果然見一群丫鬟擁著一個婦人從院子裡頭出來，趙彩鳳抬眸略掃了一眼，見正是那日在紫盧寺遇見的蕭夫人，趙彩鳳急忙低下頭，恭恭敬敬地站在一旁。

這時候，方才為她通報的小丫鬟也跟著出來了，見了她開口道：「你跟我進去吧，到了裡頭不要東張西望，知道不？」

「知道知道，多謝姊姊指點！」趙彩鳳學著平常小順子油滑的口氣說了一句。

那小丫鬟嗔怪道：「誰是你姊姊了？好一個油嘴滑舌的小廝，怪道我們家少爺都被你家少爺給帶壞了，沒事還討了一頓鞭子！」

趙彩鳳瞧那丫鬟臉上透出一股心疼的模樣，心裡笑道，這世上果真什麼人都有人疼呢！

進了蕭一鳴住的院子後，那小丫鬟讓她在門外候著，自己先打了簾子進去，只聽裡頭傳出嬌滴滴的聲音道——

「那鄭二少爺也真是的，才剛走又派個小廝過來，一天到晚的有什麼話要說？妳出去回了那小廝，就說三少爺還睡著呢，並不想聽他什麼話！」

這時候只聽東裡間傳來蕭一鳴的聲音。「雲珠，妳再這樣，改明兒我就把妳送給鄭玉得了，省得妳一天到晚在我的房裡念叨他。」

武將世家的公子哥兒並沒有那些個文臣世家的公子哥兒嬌貴，蕭一鳴房裡總共就八個丫鬟，除去四個貼身服侍的，還有四個小丫鬟都是打雜的，其他的事情都是粗使婆子幹的。

這個雲珠就是蕭一鳴房裡一等丫鬟的頭頭，不過蕭一鳴早就看出來了，這丫鬟每次見了鄭玉就不大一樣。蕭一鳴平常性子冷，對家裡的丫鬟也就是這樣冷冷冰冰的，倒是鄭玉很會說話，每次來都能把這一屋子的鶯鶯燕燕哄得開開心心的，自然就大受歡迎了。

雲珠輕哼了一聲，吩咐那個通報的小丫鬟道：「去把那小廝喊進來吧，讓他在門口把鞋底擦乾淨了再進來！」

小丫鬟應了一聲，到門口的時候上下打量了一眼那小廝，見他雖然穿著粗布衣裳，但都漿洗得很乾淨，腳底下的鞋子也很乾淨，並沒有多少灰塵在上頭，便開口道：「你隨我進來吧，我們家少爺還躺著呢，你要有什麼話就快些說，別耽誤了他養傷！」

趙彩鳳一個勁兒地點頭道謝，小心翼翼地跟著她進去。說起來，這還是趙彩鳳第一次進大戶人家的房間裡頭，那簾子一掀，便似有一陣清風拂過，涼陰陰的，把外頭的暑氣一掃而光。趙彩鳳忍不住四下裡看了一眼，就見房間的四個角落裡都放著一尺見寬的窖冰，架在寬口的青花瓷大缸上頭，散發著絲絲的涼意。

這就是有錢人家的做派啊……趙彩鳳看見這些窖冰，忽然就有點捨不得把那銀子還給蕭一鳴了。一百兩銀子，對於蕭一鳴來說，也許真是九牛一毛都算不上，可對於自己和宋明軒，那真是天上砸下來的一筆鉅款啊！但在短暫的思想鬥爭之後，趙彩鳳立馬就打消了這樣的念頭。人家有錢那也是人家的錢，她趙彩鳳再窮，也沒有到仇富的境地。

小丫鬟引了趙彩鳳進去，裡頭瀰漫著淡淡的藥香，或許是某一種金瘡藥的味道吧，趙彩鳳心下暗想。這時候，手裡的籃子已經被小丫鬟接了過去，趙彩鳳進去，就瞧見蕭一鳴趴在床上，一個容貌清秀的小丫鬟上前給他遞上一盞茶。

蕭一鳴低頭抿了一口，抬起頭的時候瞧見了趙彩鳳，他一個驚訝，噗地一口，竟把剛剛喝下去的茶吐了一半出來！

站在床前服侍的雲珠嚇了一跳，忙放下了茶盞，拿帕子上前輕輕擦了擦他的嘴角道：「我的爺，您這是怎麼了？」

蕭一鳴清了清嗓子，稍稍緩過一口氣來，開口道：「妳們都出去吧，我和這位……這位小兄弟還有些話要說。」

眾丫鬟聞言，福了福身子，都退了出去。

趙彩鳳站在離蕭一鳴大約兩丈遠的地方，低著頭小心地打量著蕭一鳴，確認一下他的床上會不會有什麼危險物品，讓他隨便一甩都足以要了自己的命。

「妳……妳妳……妳好大的膽子，連我家都敢來！」

「三少爺誤會了，是鄭二少爺來八寶樓訂了鴨子，讓我們送過來的，我想著還有東西要還給三少爺，所以就順便進來瞧一瞧。」趙彩鳳不卑不亢地開口，稍稍側過身子，伸手從裡頭貼身衣服的兜裡把銀票給取出來。

「喂喂喂，妳脫衣服做什麼！」蕭一鳴大驚道。

從蕭一鳴的方向看過來，這動作還真有點像在脫衣服。趙彩鳳把銀票從兜裡取了出來後，走上前去，放在了中間的一張紫檀木束腰圓桌上，繼續道：「你想多了，我不過是要把這一百兩銀子的銀票拿出來還給你而已。」

蕭一鳴抬起頭看了一眼，就見那銀票已經攤平了放在桌上，遂開口道：「這銀子我已經給了那個書呆子，妳還回來做什麼？我可沒有強買強賣，是他自願賣給我的。」

「我知道，可是我們現在不想賣了。」趙彩鳳開口道。

蕭一鳴這會兒也是真火了，他已經夠倒楣的了，買了東西被人識破就算了，誰知道回家又討了一頓打，討了一頓打也罷了，不料如今賣家竟然還跑出來說他不想賣了！這簡直是狠狠地在打自己的臉啊！

「我已經買了，概不退還！」蕭一鳴堅持道。想起這件事情還堵心呢，他現在認定了，趙彩鳳是故意拿著銀子來恥笑他的！

趙彩鳳這時候也有些不理解了，敢情古代這個年紀的小男生，得中二病的也不少？一個是賣了東西，反悔的；一個是買了東西，沒撈到好處也就算了，還偏偏不肯退貨的。

趙彩鳳這會兒也覺得有些迷茫了，看著蕭一鳴那張冷冰冰的臉上還帶著幾分怒氣，納悶道：「你為什麼不肯收下這銀子呢？這本來就是你的，再說宋大哥那文章也值不了這麼多錢，你都沒弄清楚行情就隨便給錢，買虧了也不知道，如今給你送回來，有什麼不好呢？」

蕭一鳴心裡正賭氣，哪裡肯要這銀子？看著趙彩鳳問道：「小媳婦，妳這腦子是不是也被那書呆子給同化了？好好的銀子不要嗎？妳在八寶樓打工，一個月能賺幾兩銀子？你們上京趕考，兜裡藏了多少盤纏？哪裡有像你們這樣，得了銀子還往外推的人呢？」

趙彩鳳想了想，他說的還真有些道理，這世上有幾個人是會把銀子往外推的？可這銀子不得不推啊！要是收了，宋明軒只怕還是得彆扭死，況且，這銀子也確實不該他們得。

「君子愛財，取之有道，這件事就當是我們的不是，連累蕭公子挨了一頓鞭子。宋明軒的那篇文章真的不能賣給你，做學問是不能弄虛作假的，我不希望他將來回想起這件事情的時候扼腕嘆息，如果我們收下了你的銀子，這將會成為他一生的污點。」趙彩鳳對那些文人氣節雖然說不上有多崇敬，但還是可以理解的。

「這些寒門學子就是這樣，窮酸得要死了還要打腫臉充胖子，也不知道妳喜歡他什麼！」蕭一鳴抬起頭，看了趙彩鳳一眼，忽然覺得她怎麼越看越順眼了？想起她如今跟著宋明軒，肯定是吃不飽、穿不暖的光景，好不容易得了一些銀子，還被宋明軒哄著送回來，不禁嘆息道：「小媳婦，要不這樣吧，妳悄悄地把這銀子收起來，不告訴他不就得了？妳嫁了這樣的男人，也是妳命苦，但我敬佩妳對他的情意，這銀子就當是我給妳的！」

趙彩鳳張大了嘴巴，下巴差點兒要掉下來了，想了想自己如今的處境模樣，覺得這蕭一鳴的觀察夠細微，連這些都考慮到了。也許在別人的眼中，她當真是對宋明軒情深義重啊！

趙彩鳳忍不住笑了起來，摸了摸額頭道：「誰告訴你我是他媳婦了？少自作聰明。不管我們是什麼關係，這銀子我是不能要的，蕭公子還是好好養傷，爭取考上個舉人，在將軍和將軍夫人面前爭一口氣吧！」

蕭一鳴聽了，氣得吹鬍子瞪眼的，這小丫頭的毒舌程度簡直是無人能比啊，哪壺不開提哪壺，還掐得這麼準！現在誰跟他提科舉，他都要跟誰急的！

趙彩鳳看蕭一鳴被自己激怒了，忙不迭地道：「話我已經說完了，銀票也送回來了，總之多謝蕭公子那日在八寶樓替我解圍，也多謝蕭公子把那會講的請柬扔給我。」趙彩鳳說完，急忙轉身走了。

蕭一鳴想喊住她，才一動身體，後背上就傳來劇烈的疼痛，只好撐著床沿，對趙彩鳳喊道：「妳回來……這銀子我也不要！」

這下動靜一大，外頭的丫鬟都進來了。她們幾個沒弄清楚情況，只見圓桌上放著一百兩的銀票，雲珠便小聲問道：「三少爺，這是永昌侯二少爺還回來的嗎？前幾日我聽二少爺房裡的丫鬟說，鄭二少爺騙了我們三少爺一百兩銀子，我還當是自己聽錯了，這麼說竟是真的？那這銀子，要不要拿去還給鄭二少爺呢？」

蕭一鳴一聽，一張冷臉拉得更長了，沈聲道：「少管閒事！」又看了一眼自己跟前這幾個丫頭，心裡嘆息道：怎麼自己的丫鬟就沒有一個像趙彩鳳這樣的呢？人家對自己的男人那叫一個好，而自己的丫頭卻一個個都胳膊肘往外拐……

趙彩鳳從蕭一鳴的院子裡出來，忽然覺得渾身都輕鬆了，抬起頭重重地舒了一口氣，心道她還真不是那種可以安心享受不義之財的人，果然，銀子雖然沒了，但是心裡頭卻舒暢了很多。

這時候，正好有兩個小丫鬟端著盤子從趙彩鳳的面前經過，兩人閒聊著——

「慧珠姊，妳說這紫盧寺的狀元泉有用嗎？太太下令從現在起，三少爺所有吃用上需用到的水，都派人去狀元泉打回來，萬一三少爺這次沒中舉人，那豈不是又要受罰了？」

另外一個穿雪青色裙子的丫鬟笑著道：「妳這丫頭，做妳的事就好了，多什麼嘴呢？依我看，我們這個三少爺呀，就是喝一輩子狀元泉，只怕也難考上狀元的！」說完後，兩人心照不宣地對視了一眼，噗哧一聲就笑了起來。

趙彩鳳這才想起，她也給宋明軒打了一水囊的狀元泉呢！可惜回來之後，那水囊就掛在了灶房的牆上，兩人誰都沒想起這個事情來，如今算算，都已經過去好幾天了！

趙彩鳳心道，這泉水應該沒有過期變質這一說吧？今晚回去趕緊就燒熟了，讓宋明軒象徵性地喝上一口，也就完事了。

第十四章

因為把銀子還給了蕭一鳴，趙彩鳳今兒做事也特別有精神，晚上忙完了夜市之後，幾個夥計先走了，留下趙彩鳳和小順子兩人一起關門打烊。平常這個時候宋明軒早已經在對門的寶善堂門口等她了，可今兒趙彩鳳往外頭看了幾眼，愣是沒瞧見宋明軒的人影。

趙彩鳳心想，難道是宋明軒看書錯過了時辰？或者是勸了他這麼久，如今終於肯聽話，放心讓她一個人回家了？也不知道為什麼，宋明軒沒有出現，趙彩鳳心裡就覺得空落落的，做事也沒有方才索利了。

那邊小順子把樓上的房間掃了一遍，見趙彩鳳還沒把樓下大廳裡的凳子往桌子上搬好，開口道：「小趙，你好歹索利點，早些回去！」

趙彩鳳忙應了一聲，匆匆把凳子往桌子上搬，再抬起頭的時候，忽然瞧見外頭有一個熟悉的身影已經站在了寶善堂的門口，只是看著神色匆匆，有些心不在焉的樣子。

趙彩鳳見宋明軒來了，心裡頓時就覺得有著落了一般，搬起桌子就更快了，可等她搬好桌子，再抬起頭一看，宋明軒怎麼又不見了呢？

趙彩鳳把抹布往肩頭上一甩，忙走出店外看了一眼，就見宋明軒正彎著腰，躲在一個小角落裡低著頭，也不知道在做什麼。

原來今兒宋明軒一個人在家複習，中午的時候去灶房拿吃的，忽然就看見牆上掛著的那個水囊。那水囊裡的水還是前幾日趙彩鳳去紫盧寺上香的時候親自排隊去為他取的，宋明軒想起這些，便覺得心裡暖暖的，拔開了水囊，稍稍地抿了一口，覺得那泉水很是甘甜，這時候恰巧是三伏天氣，熱得要命，他一時覺得有些口渴，就又多喝了兩口。

直到下午看書的時候，他才覺得有些不對勁，跑了三、四趟的茅房，最後實在是扛不住了，便在床上稍微休息了一會兒，結果就睡過了時辰，差點兒來晚了。

誰知道剛到了這裡，腸胃又難過了起來，他一時沒能忍住，就扶著牆吐了出來。

「宋大哥，你這是怎麼了？」趙彩鳳見宋明軒這樣，忙不迭就迎了過來，直到她走到宋明軒的跟前，才發現原來宋明軒正在嘔吐！

「沒……沒事，大概是吃壞了肚子。」

「你吃什麼吃壞了肚子？」趙彩鳳著急地問道。她是一個注重衛生的人，從來沒給宋明軒吃過隔夜飯，每天都是早上做好飯菜才來店裡幫忙的，雖然家裡條件不大好，但他們家沒什麼葷腥，連蒼蠅都沒有幾隻，應該不可能吃壞肚子的。

宋明軒哪裡敢說自己誤喝了那水囊裡的水？這會兒他又難受，又不好意思，臉就越發脹得通紅，就跟做錯事的孩子一樣，見趙彩鳳著急，又勸道：「沒事，我真的沒事。」可話才說一句呢，人又吐了起來。

趙彩鳳這下可是真著急了，忙扶著他往八寶樓裡頭坐下，向小順子打聽道：「小順子，這附近有大夫嗎？」

小順子掃好了地直起腰來，看見宋明軒面色蒼白的樣子，也上前關心道：「小趙，你哥病了啊？」

趙彩鳳點點頭。

小順子想了想，道：「對面寶善堂坐堂的陳大夫家離這兒近一點，不然我去幫你們喊，不過都這個時辰了，人家未必願意出來，況且……」小順子看了一眼趙彩鳳和宋明軒，寶善堂的大夫出診的銀子向來不便宜，就他們兩人，只怕未必能負擔得起啊！

趙彩鳳瞧著宋明軒這光景，倒是有幾分像急性腸胃炎，這病在現代算不了什麼，到醫院掛一晚上抗生素就能壓下去了。可在古代，上哪兒找什麼抗生素啊？還不得熬中藥？可中藥在趙彩鳳的記憶中，不吃上個十天半個月不會起到療效的。

「去吧，都什麼時候了，還在乎這些。」趙彩鳳看宋明軒捣著肚子的樣子，就知道他忍得很難受，遂開口道：「後頭有茅房，你先進去方便一下吧。」

宋明軒扶著牆進去，不久又扶著牆出來。

小順子也算腿腳快，沒過多久，果然就把陳大夫給請來了。

陳大夫喊了寶善堂裡值夜的夥計開了門，把宋明軒請了進去，細細地把過脈後，開口對趙彩鳳道：「令兄原本就寒濕困脾、脾胃虛弱，大概是吃了什麼不潔之物，所以觸發了病根。」

趙彩鳳又盯著宋明軒看了一眼，見他拉得眼神都有些呆滯了，感覺到她的視線，又忍不住緊張了幾分，倒有幾分驚弓之鳥的樣子。趙彩鳳看著他這副模樣，也不好意思怪他了，畢竟生病吃藥，受苦的總歸是他自己，如今考科舉的日子又近了，總要養好了身子才行。

趙彩鳳付好了診金、抓過了藥材，已經是亥時三刻左右，這時候路上一個人也沒有，趙彩鳳一手拎著中藥，一手扶著宋明軒，兩人借著路邊店鋪外頭點著的長明燈，緩緩地往討飯街走去。一路上，宋明軒一句話也沒說，趙彩鳳也一句話沒問，畢竟大夏天的，沒準吃到了蒼蠅屎也是有的。

趙彩鳳看著他那一臉苦相，問道：「好些了沒有？」

宋明軒吐得口乾舌燥，拉得腳底打飄，但心裡卻還擔心著趙彩鳳會來質問他，因此一直都緊繃著神經，如今見趙彩鳳居然沒問他原因，頓時覺得自己都有些過意不去了，忙點頭道：「好多了。」

趙彩鳳便道：「回去後你先回房裡躺著，我熬好了藥端給你。明天也不著急看書，在家裡躺一躺，把身子養好了再說。」

宋明軒便老老實實地點了點頭，偷偷看了一眼趙彩鳳的臉頰，見她並沒有怒容，這才開口道：「我……我今天看見灶房牆上掛著的水囊，裡面放著狀元泉的水……」

宋明軒說到這裡，趙彩鳳就全明白了，原本還不生氣呢，這會兒火氣全冒了上來。「那水都隔了好幾天了，你怎麼會想到去喝呢？」

宋明軒低下頭，其實自己也不知道為什麼會犯這樣的錯誤，可當時一想到這水是趙彩鳳辛辛苦苦排隊取來的，他就鬼使神差的多喝了兩口……

趙彩鳳見他這一臉小雞啄米認錯的模樣，也不好意思說他了，反正事情已經出了，肚子已經拉了，銀子也已經花了，如今再把他罵一頓，似乎也沒啥用處了。

趙彩鳳嘆了一口氣，抬起頭看了一眼漆黑的天空，嘆息道：「今天才把那一百兩銀子還給了蕭公子，這下子你生病又要花銀子，看來我們真的是要省儉著點花錢了。」

宋明軒聽說趙彩鳳把銀子還了，心情也豁然開朗了幾分，問道：「蕭公子今兒去你們八寶樓吃飯了？」

「沒有，他因為買文章的事情被蕭將軍知道了，挨了一頓鞭子，如今還躺在床上爬不起來呢！」

宋明軒嚇了一跳，想起蕭一鳴挨鞭子終究和自己脫不了關係，不禁有些同情他，開口道：「說起來，要是我當時堅持不把文章賣給他，沒準他也就不會挨打了。」

趙彩鳳看著宋明軒被病痛折磨得蒼白的臉色，笑著道：「你還同情他呢，你怎麼知道他不向你買，就不會去問別人買了？」趙彩鳳心中暗想，要不是那鄭玉掉鏈子，沒給蕭一鳴捉刀寫一篇出來，蕭一鳴也不會出此下策，所以說來說去，蕭一鳴的悲劇其實也就在於交友不慎這方面了。

兩人走兩步歇一步地挨到了家，這時候討飯街上安安靜靜的，只有幾家院子裡養的狗聽見了動靜，汪汪地叫上幾聲。

趙彩鳳扶著宋明軒回房裡先躺下後，便到院子裡給他熬藥，所幸灶房的角落裡頭放著一個煤爐，平常趙彩鳳嫌棄點火不大方便，從來沒用過，不過今兒要熬藥，也只能把煤爐燒上了。她花了小半刻的工夫，才把煤爐給點起來，把藥給熬上了。

宋明軒這時候也是夜不能寐，肚子一會兒疼，一會兒又拉，足足折騰了好一陣子，這大夏天的，一折騰又是一身汗，他也睡不著，索性就在房裡點上了蠟燭，就著火光看起了書來，反正這會兒也沒什麼學習效率，不過就是消磨一下時間罷了。

趙彩鳳往房裡看了一眼，見宋明軒正在窗邊坐著呢，那樣子就跟得了雞瘟的雞一樣沒精打采的，看著真是讓人又同情又痛恨，因此忍不住開口道：「下次看你還敢不敢亂吃東西了，自己的身子是個什麼光景，你自己不清楚嗎？上回鄉試是怎麼灰溜溜地回去的，你也忘了嗎？」

宋明軒被趙彩鳳說得滿臉通紅，支支吾吾了半天也說不出話來。

趙彩鳳又繼續道：「藥好了，趕緊過來喝下去後早些睡覺，這時候還看什麼書呢？一眼看進去的，轉頭就上茅房給拉了！」

宋明軒見趙彩鳳說得實在好笑，也忍不住笑了起來，拖著軟綿綿的兩條腿來到院中，低著頭站在趙彩鳳的跟前。

趙彩鳳從藥爐子上拿起藥罐子，咕嚕咕嚕地倒出一碗藥來，對宋明軒道：「涼一會兒再喝，別燙著了。」

宋明軒這會兒是拉得臉色蒼白，再怎麼不好意思也紅潤不起來了，認命地點了點頭。

趙彩鳳打了一個哈欠，去廚房裡頭打了水來，洗洗睡覺去了。

第二天一早，宋明軒睡過頭了，難得不用來來回回地跑茅房，這一覺睡得確實舒服。

趙彩鳳臨走前把藥熬好了，又留下了中午和晚上的飯菜，這才去八寶樓上工了。

誰知道到了店裡，趙彩鳳才知道黃老闆的老娘去世了，謝掌櫃要趕著回去當帳房，便把這收銀和結帳的事情交代給了趙彩鳳。趙彩鳳低頭研究著謝掌櫃留下來的帳本，心裡正得意時，忽然間，覺得下身某個地方嘩啦啦的一股熱流滑落下來，趙彩鳳心道一聲不好，臉頰頓時紅成了一片。

這幾日太忙，再加上古代又沒有個日曆，趙彩鳳一下子就把日子給過糊塗了，連大姨媽要到訪的日子都給忘了。

最近天氣又熱，店鋪裡的小二都穿著短打，趙彩鳳便也跟著穿短打，可這樣一來，當真是連一塊遮屁股的布都沒有了！趙彩鳳兩腿僵硬，急得團團轉，這會兒又有客人過來結帳，她只好笑著打起精神來，把帳先給人家結了。

這時候小順子從樓上招待完了客人回來，正想著走到櫃檯前和趙彩鳳嘮嗑幾句，就被趙彩鳳給喊住了。

「小順哥，咱倆是不是兄弟？」

小順子瞧著趙彩鳳那張紅撲撲的臉頰，頓時心跳跟漏了一拍一樣，一個勁兒地點頭。

「那我有什麼事，你能替我保密嗎？」

小順子又看一眼趙彩鳳，瞧著不像是個有壞心眼的人，便又點了點頭。

趙彩鳳苦著一張臉，湊到小順子的耳邊，小聲說了幾句。

小順子聽完，一雙眼珠子已經瞪得和銅鈴一般大了，敢情這一陣子和自己稱兄道弟的小趙居然是個……是個大姑娘?!小順子努力盯著趙彩鳳的臉看了半天，終於認定是自己眼瘸了，這麼明顯的大姑娘他怎麼就沒認出來呢？小順子想起方才趙彩鳳交代的事情，擰眉垂下了腦袋，頭也不回地走了。

終於，在半炷香之後，趙彩鳳換上了小順子借給她的乾淨褲子，徵用了掌櫃平常記雜事打草稿用的毛邊紙，算是度過了人生中第一個大難關。

趙彩鳳熬到了晚上，總算是結束了一天的工作，也總共花掉了謝掌櫃一打的毛邊紙。趙彩鳳想了想，明天少不得要自己帶點過來補上才好，不然謝掌櫃回來後，還以為自己在店裡頭吃紙了呢！

趙彩鳳把今天一天的流水帳都登記好了，又清點了一遍匣子裡的銀子，最後拿鑰匙鎖上了匣子，抬起頭的時候，就瞧見宋明軒已經在對門的藥鋪招牌底下等著了。

這時候小順子正在關門打烊，見了宋明軒便開口道：「小趙，妳哥來了。」如今他也終於知道為什麼宋明軒天天來接趙彩鳳下班了，這樣的大姑娘，大半夜的自己走回討飯街那樣的地方，確實不大安全。

趙彩鳳收拾妥當後，出門走到宋明軒的跟前，見他臉色還是不大好，便開口問道：「今兒還拉嗎？」

宋明軒垂著腦袋搖了搖頭，一臉不好意思的表情。

趙彩鳳笑著道：「沒事就好了，藥有沒有按時吃？」

宋明軒又點頭道：「藥吃了，飯也按時吃了。家裡燒了熱水，妳回去可以泡個澡。」

趙彩鳳累了一整天，這時候渾身痠痛，但今天是大姨媽第一天，因此搖搖頭道：「今兒不想泡了，有些累。」

宋明軒以為趙彩鳳還在生氣他吃壞肚子的事情，一路上都不敢再吭聲。

走著走著，趙彩鳳忽然就停了下來，身子繃得緊緊的。這該死的姨媽，每次都在她最沒有防備的時候，給她最致命的打擊！

宋明軒見趙彩鳳忽然不走了，也嚇得停下了腳步，足足等了半晌，也沒見前頭的趙彩鳳有動靜，因此一直提心吊膽的。忽然，他瞧見趙彩鳳似乎是鬆了一口氣一樣，往前邁出了一步，可下一刻卻又僵住不動了。

「彩、彩鳳，妳這是怎麼了？」饒是一向比較鎮定的宋明軒見了趙彩鳳這個模樣，也忍不住緊張了起來。

走在前頭的趙彩鳳正面如死灰地接受著姨媽的折磨，方才她才覺得好一些了，誰知道一邁步子，頓時就覺得大腿上有熱熱的東西往下滑！看來這毛邊紙的吸水程度真是沒法和衛生棉相比。趙彩鳳狠下心又往前走了一步，結果又是咕嚕一下，讓她不得不又釘在了原地。

這時候，面如死灰的趙彩鳳已經心如死灰了，她咬了咬唇瓣道：「宋大哥，你走過來一些，我告訴你怎麼回事。」

宋明軒一臉茫然地走到趙彩鳳跟前。

趙彩鳳這才低著頭，紅著臉道：「我……我癸水來了。」

宋明軒頓時就明白了過來，略帶蒼白的臉頰頓時也泛起了一絲紅暈，吶吶地開口道：「那……那妳別動，我揹妳回去。」

趙彩鳳看了一眼這兩天拉稀拉得臉頰都凹進去的宋明軒，一臉擔憂地道：「你自己走路都打飄呢，能揹得動嗎？」

宋明軒覺得胸口一痛，莫名就受到了千萬點的傷害，最後硬著頭皮道：「那……那咱們慢慢走回去，妳看行不？」

幸好這會兒是大晚上的，照明全靠月光，且又沒有行人，所以也沒人會注意到趙彩鳳血染的屁股。又過了良久，等趙彩鳳覺得下面潮濕的感覺略好了一些，兩人這才又開始往小院前進。

趙彩鳳一回家就進了自己的房間，在翻了一遍自己的包裹之後，發現自己居然忘記帶月經帶了。趙彩鳳這會兒真是連脾氣也沒有了，略略地洗乾淨了，問宋明軒借了幾張毛邊紙應急後，便找了面料和剪刀出來，跑到灶房摳草木灰去了。

灶裡頭才燒過，裡面的灰還熱呼呼的，趙彩鳳一邊摳灰一邊就覺得委屈極了。其實在古代，怎樣惡劣的生活條件她都能忍，唯獨這一點不能忍啊！她還記得她來這兒後第一次來大姨媽，那時候剛穿越過來不久，就一直窩在家裡頭，月經帶全是楊氏給她準備好的，自己都沒經過手。如今想起來，願意為自己準備這些東西的人，除了自己的親媽還能有誰呢？趙彩鳳想到這裡，忽然就不難過了，咬了咬牙，用小簸箕裝了一些草木灰，放到一旁備用。

因為時辰不早了，趙彩鳳縫了兩個就覺得眼睛睜不開了，哈欠一個連著一個。

宋明軒知道這事情羞於啟齒，所以也不好意思來打擾趙彩鳳，在房裡一邊看書，一邊往灶房這邊聽一聽動靜，直到聽見趙彩鳳起身去睡的聲音，宋明軒這才站了起來。

趙彩鳳累了一天，頭沾了枕頭就睡著了，雖然來了大姨媽，但她身下墊了油布，也煩不了了。

宋明軒走進灶房，借著月光瞧見趙彩鳳做剩下的布料和針線，還有小半簸箕的草木灰放在一旁。

他是個成年人，自然知道這些東西是做什麼用的。雖然說不出為什麼，但許氏總告訴他，男人接觸這些女人的東西是要沾晦氣的，以至於以前如月做這些事情時，都是背著自己的。

可這時候的宋明軒卻執拗地想，就算沾了晦氣那又怎樣？他有彩鳳在身邊，天大的晦氣對他來說都算不了什麼！宋明軒想也沒想，點上了油燈，坐下來用剪刀把面料剪成了長方形的塊狀，縫成了一面開口的小袋子，將草木灰放進去，又用針線絞了起來，做成一個個小枕頭一樣的東西。他曾經偷偷地瞧見過如月，就是把這個小枕頭一樣的東西放在那月經帶上墊著的。宋明軒早上起得晚，這會兒倒是不睏，越做越來了精神，索性又憑藉記憶中偷看見的、晾在角落裡的月經帶的造型，做了幾個出來，都摺疊整齊地放在桌沿上。

做完這些後，宋明軒覺得頭暈眼花的，伸了一個懶腰，揉著眼睛進房間睡覺去了。

趙彩鳳第二天一早特意起了一個大早，一來是今天起要提前上工了；二來也是想著當著宋明軒的面洗那些鮮血淋漓的東西似乎有些不大好，可當她瞧見廚房裡四腳桌上整齊放著的那一排小枕頭時，一向覺得自己很難被感動到的趙彩鳳頓時就紅了眼眶。

這會兒天色剛亮，趙彩鳳靜靜地聽了聽，房裡傳來宋明軒略帶粗重的呼吸聲，看來是睡得很熟。趙彩鳳撇嘴笑了笑，抱著這些東西收到自己的房裡頭，而後去泡上了中藥，開始給宋明軒熬起藥來了。

趙彩鳳熬好了藥，做好了早飯後，宋明軒也醒了。

他昨晚睡得太晚了，這時候醒來還有些頭昏腦脹的感覺，再加上前兩日身子不適，因此渾身都有氣無力，在床上坐了半刻，強撐著要起來，頓覺頭重腳輕的。

宋明軒覺得臉上熱熱的，摸了摸額頭，果真是有些燙，他見到趙彩鳳在門外忙裡忙外的，也不好意思跟她說，又怕趙彩鳳知道了會數落自己，索性就又躺了下來，閉上眼睛裝睡了。

趙彩鳳知道宋明軒平素不是一個貪睡的人，若不是身子不好，他也是屬於聞雞起舞的類型，見他這個時候還沒醒，以為是他昨晚替她熬夜做月經帶給累著了，只在門口往裡頭看了一眼，瞧見太陽已經升起來了，便換了衣裳到八寶樓上工去了。

宋明軒聽見外頭趙彩鳳關門的聲音，這才鬆了一口氣，勉強起床洗了一把臉，覺得腳底輕飄飄的，臉上燒得難受，便絞了濕帕子在額頭上稍微敷了一會兒，努力讓自己打起精神，就著鹹菜吃了一口小米粥之後，把中藥喝了下去。

這時候正是辰時初刻，天氣還沒熱起來，外頭葡萄架底下涼風習習的，宋明軒身上卻有些發冷，遂躲到了房裡頭，勉強靜下心思看書，稍稍看了一小會兒，又覺得頭昏腦脹了起來。宋明軒揉了揉眉心，突然聽見余奶奶在門外敲門。

「宋秀才，有人來你家找你來了！」

宋明軒起身迎出來，只見兩個年輕男子正站在自家門口，一個穿著石青色的杭綢直裰，另一個穿著靚藍色綾緞袍子；一個看上去不過十五、六歲，正是蘭芝少年，另一個則是二十出頭模樣，看著有些老氣橫秋。

宋明軒見了，忙開口道：「原來是八順兄弟和王兄！你們怎麼來了？快請裡頭坐！」宋明軒見到他們過來，心情好了不少，頓時就忘了病痛，忙著去灶房倒水。

他和趙彩鳳平常並沒有喝茶的習慣，所以家中沒有茶水招待人，宋明軒找了兩個乾淨的杯子倒了兩杯白水出來，原本就熱辣辣的臉上溫度更熱了，有些尷尬地笑著道：「寒舍沒有茶水，兩位稍微喝一口解解渴吧。」

劉八順把手裡提著的幾樣東西往葡萄架下的石桌上面一放，笑著道：「正好我帶了好茶來，是我姊前些天帶回來孝敬我爹的，我爹說他喝不習慣這太平猴魁，說是太淡了，所以送給我喝，我喝了幾次，覺得這茶清淡可口，做文章的時候泡上一壺，倒是絕好的享受。」一旁的王彬笑著道：「先坐下來再說吧！我們過來也不是為了喝茶，就是來看看你。自從你不來縣學之後，我們總有兩年沒見了。」

宋明軒聞言，招待兩人坐下，也高興地道：「可不是？一晃是得有兩年了，也不知道這兩年來周夫子身子可好？」

「夫子身子很好，只是很掛念你，我也是上個月才來的京城，當時夫子還念叨著，說也不知道這一回你還考不考舉人？我們縣裡頭也就咱幾個還有些希望能中舉人了。」

宋明軒聽了，心下一熱，又想起幾位恩師對自己都期望頗高，頓時就有些過意不去，他這一著急，就越發頭暈腦脹了起來，有些沒信心地開口道：「只怕這次要讓夫子失望了……」

劉八順方才進來的時候就聞見院子裡有些奇怪的味道，這會兒聽宋明軒這麼說，又覺得他和幾天前在玉山書院見到時的自信模樣不大一樣，便開口問道：「宋兄，你是不是身上有些不舒服？」

劉八順有一個開藥鋪的姊夫，又有一個開寶育堂的姊姊，不過片刻就分辨出來他進來時聞到的奇怪味道應該是中藥的氣息。

宋明軒見劉八順看出來了，便勉強點頭，小聲道：「前幾日不慎吃壞了肚子，昨晚好像又著了一些風寒，這會兒確實有些乏力。」宋明軒一邊說，一邊還覺得臊得慌，要是讓這兩位知道自己是喝了狀元泉的水才這樣的，豈不是要被笑話死了！

劉八順見宋明軒臉上燒得通紅，便伸手探過去摸了一把，結果驀地被自己指尖的溫度給嚇到了，忙不迭地問道：「宋兄，你還好嗎？」

宋明軒昨晚熬了夜，今兒起來就一直迷迷糊糊的，剛才看見他們兩人來拜訪，一下子高興了起來，難免打起了幾分精神，這會兒卻又萎了，用手撐著額頭，擺擺手，有氣無力地道：「不打緊，今兒你們來了，我們正好在一起好好討論討論今年秋試的考題，看看都會有些什麼題目……」

劉八順瞧著宋明軒的身子緩緩地往一邊倒過去，眼看著就要栽下去了，連忙一把拉住了他，對一旁的王彬急道：「王大哥，快去喊個大夫來，宋大哥好像病得不輕啊！」

王彬聽了，嚇了一跳，也跟著伸手摸了一下宋明軒的額頭，喊道：「宋賢弟？宋賢弟！」

宋明軒還在迷迷糊糊地說話，其實這時候他差不多已經燒糊塗了。

劉八順一把將宋明軒揹了起來，送到了房裡去，進去之後，才發現裡面的簡陋程度已經超出了自己的想像。

宋明軒的書都放在角落裡自己的書簍子中，不過幾本快翻爛的四書五經；桌上放著一打的毛邊紙，平常劉八順都已經不用這些紙，全給了喜兒描繡花樣子了。

劉八順皺了皺眉頭，看著宋明軒擱在硯臺上那支剩下半截筆桿的毛筆，忍不住搖了搖頭，轉頭對王彬道：「王大哥，麻煩你去廣濟路上的寶善堂裡請個大夫，順便在隔壁的文房店裡頭買幾摞上好的紙箋和幾支一品小狼毫過來。」

王彬也瞧見了宋明軒如今家徒四壁的樣子，一邊往外走，一邊點頭道：「你放心好了，一會兒就都給買回來！我就說宋兄弟最缺的就是這些文房四寶吧，你還不信。」

劉八順也很鬱悶，上次雖然知道宋明軒住在討飯街上，可他穿的好歹也是綢緞衣服，且又一表人才的樣子，而且他還當著韓夫子的面，承認自己賣了一篇文章給蕭一鳴，足足賺了一百兩的銀子，可有了一百兩銀子的宋明軒，怎麼還活得這樣狼狽呢？劉八順把宋明軒安頓好後，隨意地翻看了一下宋明軒這幾日寫的文章，發現裡頭夾著一篇「君之愛財，取之有道」，從頭看到尾之後，他才明白了過來，原來宋明軒一早就存著把銀子還給蕭一鳴的想法了，他嘆了一口氣。

這時候，王彬已經找了大夫回來，手裡還抱著亂七八糟的各種紙筆，一股腦兒地放在了宋明軒那張簡易的書桌上，問劉八順道：「宋兄弟的媳婦呢？怎麼我們來了這麼久，都沒見到弟妹呢？」

劉八順也弄不明白，開口道：「也許是出去了吧？這個時辰應該是趕早市的時辰。」

王彬搖頭道：「大夫都來了，她趕個早市怎麼可能沒回來？應該是有事不在吧？」

那大夫替宋明軒把完了脈搏後，又把家裡頭原有的藥材翻開來聞了聞，這才開口回劉八順。「舅老爺，這位公子是脾胃虛弱、飲食失調導致的腹瀉，兼又著了風寒，所以看著有些來勢洶洶。這原先的藥包上打著我們寶善堂的字號，應該也是出自寶善堂的大夫，我就不另外開了，稍微添上幾味解表的藥材，等熬的時候放在裡頭，一起熬製就可以了。」

劉八順聽大夫說沒什麼大問題，頓時也鬆了一口氣，要知道，再過一個半月就是秋試了，這會兒若是真刀實槍的病一場，到時候多半是不能堅持下來的。雖然如此，這時候生病也是一件讓人很著急的事情。

王彬去藥鋪抓了藥材回來，重新熬了一回。

這時候宋明軒算是清醒了過來，見兩人在自己家裡忙來忙去的，很是不好意思。

劉八順笑著道：「宋兄跟我有什麼好客氣的？我是來告訴宋兄，過幾日韓夫子要在書院做會講，這應該是秋試前的最後一次了，過了那日，書院就要正式開始放大假，直到秋試放榜為止。到時候我過來接了宋兄一起去吧？」

宋明軒一聽，頓時來了興致，忙不迭地把王彬送上來的藥一口喝了下去，問道：「先生可有交代要做什麼題目？」

劉八順笑著道：「說起來還真是巧合，夫子這次出的題目，宋兄已經寫好了，題目是：君之愛財，取之有道，用之有度。」

宋明軒聞言，覺得臉上熱辣辣的。韓夫子故意出這樣一個題目，並且讓劉八順轉告自己，大約也是有著警示自己的意思。宋明軒低頭道：「之前的那一篇不過就是有感而發，夫子親自取的題目，自當重新認真揣摩。」

劉八順聞言，笑道：「夫子常說，文章有感而發才能言之有物，好文章就是要先感動自己再感動他人的。依我看，師兄這一篇已是極好的，不如我先帶給夫子瞧一瞧？」

宋明軒雖然帶著幾分羞澀，卻也不好意思回絕劉八順，只得勉強答應了下來。

兩人又陪著宋明軒閒聊了幾句，見灶房裡頭一應的吃食都準備得好好的，也沒有他們什麼事了，於是約定好了同去玉山書院的時間後，就起身告辭了。

第二天是量最多的日子，趙彩鳳壓根兒就不敢坐下來，就算是客人不多的時候，她都筆直地站在櫃檯裡頭。小順子便趁著沒人的時候幫她看著點，讓她去茅房裡頭替換草木灰的小枕頭。

趙彩鳳看著宋明軒縫的小枕頭，雖然古代的衛生條件真的是……無法用語言來形容的差，但人的身體似乎也因為條件的改變而改變著。不過趙彩鳳覺得，這樣的小枕頭要是用上個幾年，沒有婦科疾病也要生出疾病來。趙彩鳳嘆了一口氣，閉著眼睛換上了乾淨的月經帶後，從茅房出去。

也許古代女性沒有辦法成為有效勞動力的原因，就是因為每個月的這幾天吧。在沒有衛生棉的古代，這樣的日子只有在家裡躺著才是最好的選擇。

趙彩鳳才在櫃檯裡站好了，就瞧見劉八順帶著一個年輕公子哥兒往裡頭來，趙彩鳳猝不及防，和劉八順看了個對眼。

劉八順一聲「嫂夫人」差點兒就要喊出來了，見了趙彩鳳身上的打扮，才硬生生地給憋了回去。

趙彩鳳見劉八順把到了嘴邊的話給憋了回去，這才笑著招呼道：「這不是劉公子嗎？來八寶樓吃飯嗎？我是宋秀才的弟弟，您還記得嗎？我們在玉山書院見過的。」

一旁不明真相的王彬開口問道：「八順，我怎麼沒聽你說宋兄弟還帶著一個弟弟來？再說了，宋家也沒有弟弟啊！」

趙彩鳳本來就不認識王彬，雖然兩人是同村的，但趙彩鳳穿來的時候王彬並不在，因此趙彩鳳聽了王彬這話，頓時就有些納悶了，忍不住看了那人一眼。

王彬也跟著再仔細地辨認了一下趙彩鳳，接著恍然大悟道：「原來妳是趙大叔家的彩──」

趙彩鳳一看要穿幫了，急忙道：「這位兄台，你說得對，我是趙家的小武啊！你認識我嗎？」

王彬如何不認識趙彩鳳呢？不過他聽趙彩鳳這麼一說，也知道趙彩鳳不能洩漏自己的真實身分，因此跟著點頭，尷尬地笑道：「原來是小武啊，這麼巧，那……」王彬往劉八順那邊看了一眼，見劉八順點了點頭，頓時明白了，笑道：「原來妳就是宋兄弟的弟弟啊……」

王彬比趙彩鳳年長個五、六年，可以說是看著趙家村的那些孩子長大的，這幾年他在外求學，鮮少回趙家村去，如今冷不防瞧見趙彩鳳出落得這麼好看了，也忍不住在心裡讚嘆了一下。前幾個月他聽說了一些關於趙彩鳳的事，如今瞧見她居然跟了宋明軒，倒也感到意外。

他並不知道許如月死了，所以劉八順說「嫂夫人」的時候，他一直以為說的是許如月。

劉八順見趙彩鳳似乎並不怎麼認識王彬，便介紹道：「嫂……小趙，這是王彬王大哥，也是你們趙家村人，不過他這幾年不在趙家村住，也許妳不認得。」

趙彩鳳聽劉八順這麼一介紹，頓時就想起來了，開口道：「是王燕和王鷹的堂哥吧？聽說在外頭求學呢！」

王彬見趙彩鳳認出了自己，笑著道：「燕兒前幾天從王府出來瞧我，還提起妳來著，要是知道妳來了京城，一定很高興。要不這樣，改日約個時間，讓妳們見見？」

趙彩鳳也有好些日子沒見到王燕了，上回的事情雖然她沒去，但還是要好好謝謝人家的，便答應道：「那敢情好，等我忙過這幾日。這幾日我們東家家裡有事情，掌櫃的和東家都不在，我要看著店呢！」

王彬瞧趙彩鳳精神奕奕地站在櫃檯裡頭，小氈帽戴在腦袋上，一副掌櫃學徒的樣子，遂高興道：「瞧著有幾分學徒的樣子，只是妳在外頭忙，可別疏忽了宋兄弟，他病得不輕啊！」

趙彩鳳一聽，慌忙問道：「宋大哥他怎麼了？你們今兒去過我們家？」

劉八順開口道：「我們剛從那邊回來，他一個人在家，燒得厲害。不過妳放心，我們重新請了大夫瞧過，如今已喝過了藥，睡下了。」

趙彩鳳聽劉八順這麼說，才稍稍放下了一點心，蹙眉道：「我今兒早上走的時候，瞧著他還沒醒，就沒進去喊他，想著他許是昨晚熬夜累了。」

劉八順便道：「如今雖說沒有到臨考那幾日，但也用不著天天熬夜，畢竟文章是看不完的。」

趙彩鳳指覺得臉上熱辣辣的，若是跟前的這兩個人知道宋明軒熬夜是為了給她做那個東西，不知道會是什麼表情……「我也是這麼勸他的，可是他偷偷地熬，我也不知道。」雖然這麼說，趙彩鳳心裡卻甜甜的，但一想到躺在家裡病著的宋明軒，又有些心疼。

趙彩鳳給劉八順和王彬安排了雅室，介紹了幾個八寶樓的招牌菜給他們。

忙完午市之後，趙彩鳳終是不放心一個人在家的宋明軒，抽了一空，往討飯街回了一趟。

進門的時候就聽見小院裡頭小孩子嘰嘰喳喳的說話聲音，原來對門的那一對龍鳳胎正在自家院子裡呢！宋明軒在葡萄架底下看書，兩個小孩子蹲在葡萄架邊上，一旁的小板凳上放著一簍子洗乾淨的葡萄，兩個小孩你一個、我一個，吃得正歡。

宋明軒聽見開門的聲音時，眼睛還盯在書上呢，開口道：「余奶奶，小涵和小淼都很乖，並不吵著我看書。」宋明軒說完才抬起頭來，卻瞧見趙彩鳳站在門口，臉上還一臉擔憂地看著自己。

趙彩鳳瞧著宋明軒看起來憔悴不堪的臉頰，三步併作兩步地往前，奪過了他手裡的書，伸手探上他的額頭，見上面還殘留著燙人的溫度，便狠狠地瞪了他一眼，道：「都什麼時候了，還不好好躺著，你這樣怎麼去考舉人？難道要豎著進去橫著出來嗎？」鄉試特別考驗體力，體力不好的學子，豎著進去橫著出來的遍地都是，趙彩鳳這麼說可不是嚇唬宋明軒的。

宋明軒見趙彩鳳生氣了，忙開口道：「彩鳳，我睡了一早上了，藥也吃過了。方才余奶奶說有事要出去，請我看著兩個孩子，我想著乾坐著也是坐著，就隨便翻了幾頁書。」

宋明軒因為生病，說話的口氣軟綿綿的，別有一種溫柔的情態，讓趙彩鳳覺得入耳都是軟的，竟然連一句重話都捨不得說了，又伸手摸了摸他的額頭。「還燙著呢，我去把裡頭的躺椅搬出來，你在這葡萄架下躺一會兒，這種天氣熱傷風最難過了。」

宋明軒看趙彩鳳不生氣了，心裡也覺得暖暖的，見她轉身要去搬椅子，忍不住拉住了她的手，紅著臉問道：「那個……我昨晚做的那個……能用嗎？」

趙彩鳳一記眼刀立即射了過去。明明是那麼正經的一句話，可宋明軒這樣小心翼翼地問出來，倒是讓趙彩鳳有點繃不住了，強忍著笑，慢悠悠地道：「我聽我娘說，男人是不能動女人這些東西的，會沾上晦氣，你怎麼不聽勸呢？」

宋明軒低下頭，避過趙彩鳳的視線，臉上越發熱辣辣的，開口道：「那個……我是讀聖賢書的，怎麼會相信那些無稽之談呢？」

趙彩鳳撇嘴道：「誰說這是無稽之談的？這不就應驗了嗎？原本你不過就是拉肚子而已，如今又拉肚子又發燒的，可不就是沾了晦氣了？以後不准再弄這些了。」趙彩鳳說著，聲音就越發低了下來，最後如螞蟻一樣地嗡嗡出聲。「雖然，還挺好用的……」趙彩鳳一說完就轉身走了。

宋明軒的耳朵倒是很尖，偏生就聽見了這一句，覺得身子骨都輕飄飄了起來，病似乎都好了一大半了！

趙彩鳳搬了躺椅出來，讓宋明軒在葡萄架下納涼，又絞了濕帕子敷在他額頭上降溫，直到余奶奶回來，帶著兩個孩子回去了，趙彩鳳才趕著開夜市的點，急急忙忙地回八寶樓去了，臨走的時候還千叮嚀萬囑咐宋明軒，今晚不准再去八寶樓接自己了。

宋明軒瞧著自己如今這樣子，也確實心有餘而力不足，所以就點頭答應了。

一轉眼幾天過去了，宋明軒的病也好得差不多了。其實趙彩鳳明白，宋明軒這病的主要原因是因為他自身的免疫系統薄弱而已。大多數窮人都是皮糙肉厚的，但也有很少一部分的窮人雖然很窮，身體卻不會因此而放低標準，這就是所謂的小姐身子丫鬟命，換到宋明軒的身上，那就是少爺的身子小廝的命。

趙彩鳳得知宋明軒要去玉山書院聽講課，就幫他整理起了行囊來。昨兒謝掌櫃回來，她早已把手中的帳務給交了出去，謝掌櫃還准了她一天的假，如今她身上是無事一身輕。

宋明軒這幾天身子雖然好了，但在趙彩鳳的堅持之下，還是不准他熬夜、不准他去八寶樓接她。好在小順子知道趙彩鳳是姑娘家之後，特別仗義，每次都是送了趙彩鳳到討飯街的門口才自己回去的。

難得今兒趙彩鳳有個假期，所以她一早就去了討飯街巷口的小集市上，買了一截蓮藕、半個豬肚，打算回去給宋明軒熬製一道蓮藕豬肚湯，這道菜還是八寶樓的首席大廚徐師傅親自傳授給趙彩鳳的。

宋明軒也早已經起來了，正所謂一日之計在於晨，這幾天他覺得身子好一些了，便開始越發用功了，況且今兒還要去一趟玉山書院，少不得要早起準備一下。

趙彩鳳見宋明軒出來洗漱，便招呼他道：「桌上涼著薏仁小米粥，後頭灶房鍋裡還蒸著窩窩頭，你先吃，剩下的帶著路上吃。我是用宋大娘新送來的玉米粉做的，可香了！」

宋明軒鼻子尖，才出來就問到一股子香味，便問道：「彩鳳，妳一早忙什麼呢？」

趙彩鳳也不瞞著他，開口道：「你腸胃不好，陳大夫說不能吃油膩的東西，只能溫補一下，這不吃什麼補什麼嘛，所以就買了一個豬肚給你熬湯喝。」

宋明軒雖然不去集市，但也知道這些葷菜肯定不便宜，遂開口道：「何必浪費這銀子呢？我已經好得差不多了。」

趙彩鳳放下戳豬肚的筷子，站起來走到宋明軒的身邊，伸手捏了捏宋明軒的臉皮。「這就叫好了？瘦得只剩下一層皮了！」

宋明軒知道趙彩鳳心疼自己，臉上不由得紅了起來。

趙彩鳳繼續道：「你以為跟著你來京城是好差事嗎？大家夥兒可都看著呢，這兩個月你要是平平安安還能長幾兩肉也就算了，你要是回去的時候瘦得只剩下皮包骨頭，她們還不知道怎麼說我呢，沒準以為我在京城虐待你了！」

宋明軒聞言，急忙道：「怎麼會呢？妳又要照顧我、又要上工，這麼辛苦，大家都看在眼裡呢！下次等李叔過來，我就讓李叔帶話回去，就說妳把我照顧得很好！」

宋明軒話音才剛落下，就聽見外頭傳來一個渾厚的中年漢子的聲音——

「又要我帶什麼話呢？我今兒可是把人給你帶來了！」

趙彩鳳聽了這聲音，便知道李全來了，忙不迭就上去開門，結果見楊氏懷裡抱著趙彩蝶，竟跟在李全的身後呢！

趙彩鳳心下一高興，脫口喊道：「娘！妳怎麼來了？」

楊氏身上揹著一個小包袱，開口道：「還不是妳姥姥、姥爺，說不放心妳一個人在城裡，讓我過來看看，正好這幾天妳姥爺身子也比較硬朗些，非讓我上城裡來看看，我就帶著小蝶一起來了，打算看一眼就回去。」

趙彩鳳高興道：「既然來了就住幾天吧，等下次李叔過來的時候再帶妳們回去就是了！」趙彩鳳想了想，還是老實地交代道：「正好這幾天宋大哥身子也不大好，妳來了，他一日三餐都有熱飯吃了。」趙彩鳳招呼楊氏和李全進了門。

楊氏這才瞧見宋明軒的樣子，瞧著確實比剛出來的時候瘦了一些，楊氏便問道：「這是怎麼啦？怎麼好端端的竟病了？」

宋明軒哪裡敢說是自己喝了那狀元泉的水才病的，忙開口道：「水土不服、水土不服！」

楊氏把懷裡睡著的趙彩蝶放進了趙彩鳳房裡，幾個大人這才在葡萄架下圍坐了下來。

趙彩鳳端了幾碗茶上來，問道：「妳們都吃過早飯了嗎？這兒有現成的窩窩頭和小米粥。」

楊氏說吃過了，又看了一眼這小院，整理得乾乾淨淨的，還當真有那麼幾分小家庭的樣子，因此欣慰地道：「我還一個勁兒地擔心，如今瞧著妳比我還會過日子呢！就是後來聽妳李叔說妳在酒樓裡當夥計，有些不大放心。」

「娘妳放心，我就是去學學怎麼做生意的，這不學不知道，一學嚇一跳，要把這店開起來，還當真是不大容易呢！」趙彩鳳說到這裡，稍稍低下頭，又繼續道：「看來還是得從小本生意開始，明兒我就在附近的廣濟路一帶打探打探，看看有什麼便宜的門面。」

楊氏聽了開口道：「我還是那句話，明軒考科舉比較重要。妳瞧瞧，這不才一個分心，他就給病上了？咱辦事得分個輕重緩急，明白不？」

宋明軒見楊氏還真數落上了趙彩鳳，頓時就一陣汗顏，低著頭小聲道：「大嬸，這事真不怪彩鳳，是……是我自己……」

趙彩鳳見宋明軒臊得不好意思說了，笑著道：「咱不說這個了。對了娘，告訴妳一個好消息，玉山書院的韓夫子收下宋大哥當學生了，今兒還有人要來接了宋大哥去書院裡頭聽會講呢！」

楊氏也不知道玉山書院是個啥地方，但聽趙彩鳳這樣興致勃勃地說出來，那必定是個好地方，因此一個勁兒地點頭道：「那敢情好！這麼說，明軒這一科是滿打滿算要中了吧？」

兩人一聽楊氏這話，頓時就覺得沒有啥共同語言了……也對，不管什麼年代的父母長輩，大概都是這樣只重視結果、不注重過程的吧？

宋明軒吃過早飯，在房裡整理好行裝後，外頭劉八順就來了。

劉八順十五、六歲的樣子，長得白白淨淨的，看著就讓人眼前一亮，又不像是那種有錢人家的公子哥兒，渾身上下自帶發光的金毛一樣，所以楊氏見了便笑著上前招呼道：「喲，這誰家的公子哥兒？長得可真好啊！」

宋明軒揹著書簍子從房裡出來，笑著道：「大嬸，這就是隔壁牛家莊劉老爺家的劉公子。」

楊氏一聽是牛家莊劉家的，眼睛頓時就發亮了，開口道：「原來是劉家的？可是那個家裡有個姑奶奶嫁給京城寶善堂的那個劉家？」

劉八順素來知道劉七巧在京城這一帶的名聲，就沒有哪個中年婦女是不知道的，因此笑著道：「回大嬸的話，妳說的那個正是我姊呢！」

楊氏讚嘆道：「真是好福分的孩子，攤上這樣能幹的姊姊，如今一家子都發達了。」

劉八順被人羨慕習慣了，也不覺得有什麼了，笑著道：「趙家妹子不也很能幹嗎？這麼小的年紀都在八寶樓當起掌櫃的了。我姊這麼大的時候，也不過就是王府裡的一個丫鬟。」

楊氏見劉八順這麼會說話，越發就高興了起來。「瞧這孩子，可真會說話啊！我家彩鳳能有啥能耐？不過就是腦子靈活些罷了，又沒什麼拿得出手的本事，不像你姊姊，會給人接生。」

趙彩鳳見楊氏這樣長別人志氣、滅自己威風，也頗是無語，可誰叫自己確實沒能耐呢？找人算命的時候怎麼就沒算出來自己會穿越呢？不然她一早就去學一身技術出來了。

趙彩鳳這會兒一回想，就想起前世她算命的那檔子事了。那時候她二十七、八了還沒找到一個合適的人選結婚，家裡頭長輩特著急，老媽就拉著她去廟裡頭算命，據說算命的老和尚是很準的，在那一帶享譽盛名，所以老媽聽了那和尚的話，高興得晚上都睡不著覺了。那和尚說的是——趙彩鳳不出三十歲，必定會找到一個文曲星下凡的乘龍快婿！

趙彩鳳原本並沒有把這當一回事，可如今一想，卻冷不防嚇出一身冷汗來。她就死在了三十歲生日的前幾天，渾渾噩噩來了古代，居然就遇上了一心要考狀元的宋明軒。趙彩鳳此時再看宋明軒的眼神，都覺得有些不對勁了。文曲星下凡……說的會是他嗎？趙彩鳳睜大了眼睛目送宋明軒出去，還是沒在他身上看見類似光環之類的東西……

楊氏一路把宋明軒和劉八順送到了門口，這才關了門折回來，見趙彩鳳傻愣愣地站在那邊，問道：「彩鳳，妳這是怎麼了？」

「啊？沒、沒什麼！」趙彩鳳也不知道怎麼的就有些心虛，蹲下來戳那燉在煤爐上的豬肚。

李全把人送到後也走了，楊氏瞧見趙彩鳳目送宋明軒離開時的眼神不大對，以為她有事情瞞著自己，心下又擔心了起來，便走到趙彩鳳的跟前，在石桌邊的凳子坐下了，開口道：「彩鳳，妳跟娘說實話，妳和明軒有沒有那個了？」

趙彩鳳這時候正被這濃濃的豬肚香熏得直流口水，也沒聽明白楊氏這話的意思，扭頭問道：「娘妳說哪個？」

楊氏雖然是過來人，但古代婦女對這種事情都是諱莫如深的，哪裡敢直接說出來？於是就皺著眉頭說：「就是那個那個……」

趙彩鳳一臉迷茫地看著楊氏，表示沒有聽明白。

楊氏沒辦法，只好開口道：「就是想問問，你們有沒有做那給我添外孫的事？」

趙彩鳳忍不住笑出聲了，然後又急忙捣住了嘴，深怕自己的唾沫噴到底下的湯裡頭，笑著道：「娘，瞧妳說的！我就算是想，可妳看宋大哥這身子，像是能幹這事的樣子嗎？」

楊氏聽趙彩鳳這麼說，也放下心來了，卻又開口道：「那妳可錯了，男人在這方面和身子的壯實應該沒啥關係，腦子一熱不就成了嗎？我這次出來，主要也是放心不下這個。妳如今還沒過明路，身上又攤了那樣的事情，孤男寡女住在一起畢竟不好，有我這個老婆子來了，也能少些別人的閒話。」

趙彩鳳聽楊氏這麼說，也是一陣感動，見楊氏眉梢的皺紋又深了幾分，開口道：「娘一點兒也不老，怎麼會是老婆子呢？我瞧著也就看上去比我大幾歲的樣子，哪裡老了？」

楊氏伸手摟著趙彩鳳的身子，一遍遍地梳理著她的長髮，感嘆道：「老不老，我心裡清楚。自從妳爹去了之後，我就老了。」

趙彩鳳知道楊氏是又想念起趙老大了，便勸慰道：「娘，等過了這一陣子艱難的日子，到時候我們一家人住在一起就熱鬧了，那時妳就不會覺得自己老了。」

楊氏笑著道：「到時候又要給妳帶孩子，不老也老了。」

趙彩鳳一聽，頓時也沒話說了，楊氏抱著老年人的思維，想不老也難了。

楊氏趁著趙彩蝶睡覺的光景，把小院裡裡外外都打掃了一遍，就連趙彩鳳種下的生薑、蔥那一小塊地都給翻了一遍，又燒了滿滿兩鍋的熱水，讓趙彩鳳舒舒服服地泡了一個澡。

趙彩鳳發現，其實有時候自己還真是小孩子心性，比如在楊氏跟前，她就會忍不住多出幾分依賴的情愫，大概是因為原本的這個趙彩鳳也是這麼依賴楊氏的。

趙彩鳳洗完澡出來時，楊氏已經幫她改好了一件衣裳，讓她穿上了，道：「還是穿著姑娘家的衣服好看，我方才進城的時候，瞧見這城裡的姑娘個個都打扮得花枝招展，就想著我家彩鳳要是這麼打扮一下，準把她們給比下去！」

趙彩鳳就任由楊氏為自己打扮了一番，她對著臉盆裡的水照了一下，楊氏梳頭的手藝確實比自己好上很多。

趙彩鳳才穿好了衣服，就聽見外頭傳來重重的敲門聲，有人喊道——

「八寶樓的小趙是住這邊嗎？我們是順天府尹的人，來這邊找你有事！」

楊氏一聽順天府尹，三魂早嚇走了兩魂半。

趙彩鳳倒是很鎮定，一邊往房裡去換衣服，一邊道：「你們稍等片刻，我去裡頭喊他。」趙彩鳳向楊氏做了個手勢，楊氏遂往門口去開門。

見院門口站著兩個彪形大漢，楊氏又嚇了一跳，顫巍巍地問道：「你……你們找我兒子，有什麼事嗎？」

那兩個大漢見是個中年婦人，開口道：「原來是趙家嬸子，也沒什麼事情，就是請小趙去順天府尹做個證人。昨晚南風館的小馬兒死了，有人瞧見說是八寶樓的小順子殺的，可那小順子說昨晚和妳兒子在一塊兒呢，所以我們就過來一趟，請妳兒子去順天府尹問個話。」

楊氏畢竟是村婦，去過的最大公堂就是縣衙，這會兒聽說是順天府尹的人來了，抖著問道：「那……不會給我兒子用刑吧？」

兩個捕快聞言，哈哈笑了起來，道：「大嬸妳多慮了，不過就是問句話而已，哪裡能用上刑呢！」

楊氏這才稍稍鬆了一口氣。

這時候趙彩鳳已經換上了小廝的衣服，戴著一頂氈帽出來了，她粗略地看了一眼兩人的打扮，就知道是順天府尹的捕快。「兩位捕快大哥，我就是小趙，你們找我有事嗎？」

楊氏忙迎上去道：「他們說是一個八寶樓的夥計惹上了人命官司，想請妳去做個證人呢！」

兩個捕快又把方才說給楊氏的話說給了趙彩鳳聽。

趙彩鳳心下一愣，小順子怎麼會惹上這事情呢？小順子素來是個熱心腸的好人，對那個小馬兒也是真好，怎麼就出了這樣的事情？

趙彩鳳跟著兩個大漢往外頭去，穿過討飯街的巷子，來到路口，就瞧見呂家老夫妻倆正忙完了早市收攤回家呢！

巷口停著一輛馬車，擋著他們進來的路，呂大爺推著小車四處張望，迷茫地喃道：「這大白天的，哪裡來的馬車呢？」討飯街門口鮮少會有馬車，這裡住的都是窮人，來往的也都是一些窮親戚，平常十天半個月也難見到一次馬車的。

趙彩鳳也正納悶呢，就見其中一個捕快開了口。

「別急別急，那馬車是我們的，你們靠邊，等我們先過去！」

趙彩鳳看了一眼那馬車，雖說是普通的平頭油布馬車，可畢竟也是馬車啊！現代請人作證不過就是發個信通知一下，沒想到到了古代竟然還有專車接送呢！

這時，趙彩鳳身後的大漢不輕不重地推了她一把，開口道——

「快上車吧，一會兒錯過了開堂的時辰，你那好兄弟可就沒命了！」

第十五章

卻說楊氏送走趙彩鳳之後，就關上門繼續忙家務去了，只是沒過一會兒，門外忽然又傳來了敲門聲。楊氏覺得有些納悶，這一早上的，怎麼就這麼熱鬧呢？

「來了來了！這又是誰呢？」楊氏上前打開門一看，見是兩個年輕一點的捕快，穿著和方才那兩個稍微年長一些的捕快一樣的衣服。

「這位大嬸，請問八寶樓的小趙是住這兒嗎？」

楊氏雖然心裡納悶，但還是不由自主地點了點頭，回道：「是住這兒。你們這順天府尹出來找人怎麼也不相互打個招呼？方才我閨……兒子才跟你們的人走了。」

那兩個捕快聽了，疑惑道：「大嬸，妳說什麼呢？跟我們的人走了？我們這才剛從順天府尹出發，足足走了小半個時辰才到這討飯街的，妳說妳兒子跟人走了，是跟誰走的？」

這下楊氏也奇怪了，瞪著雙眼，來回打量了一番門口的這兩個人，開口道：「當然是跟你們順天府尹的人走了呀！剛才不是你們的人說，小趙在八寶樓的一個朋友惹上了官司，讓她去公堂上給那人作個證的嗎？」

「這話是不假，可咱才剛來，妳兒子到底是跟誰走了？」其中一個年輕捕快已經一臉嚴肅地看著楊氏，覺得楊氏沒準是在妨礙公務了。

楊氏一聽這話，再回頭想了一想，頓時就著急了起來，哭道：「什麼？方才那兩個彪形大漢不是你們順天府尹的嗎？那是從哪裡來的？他們兩個明明也穿著這樣的衣服啊！這下糟了，我的閨女被你們給弄丟了！」

楊氏心下著急，便顧不得人在門口，撲通一下就坐到地上哭了起來。「完了，我的彩鳳，我的彩鳳被人給騙走了！」楊氏一邊說，一邊抱住了其中一個捕快的大腿，哭著道：「這位官爺，求您救救我家彩鳳，我家彩鳳被人給騙走了！」

那捕快見楊氏這急得哭天喊地的樣子，也覺得事有蹊蹺，但還是為難地道：「大嬸妳別著急，我們是來找妳兒子的，妳女兒丟了不歸我們管啊！」

楊氏這時候也顧不得隱瞞什麼身分了，開口道：「你們要找的小趙，就是我閨女彩鳳啊！她剛才跟著兩個和你們一樣打扮的人走了！那兩個人說自己是順天府尹的，帶著彩鳳要去公堂上給人作證呢！」

兩個捕快一聽，頓時就明白了過來。

「不好，有人把證人給帶走了！難道是要毀屍滅跡？」

楊氏聽了，嚇得眼皮一翻，頓時就要暈倒過去。

另一個捕快忙把楊氏給扶住了。「大嬸，妳別著急啊！這也不是什麼大事，應該出不了人命的。」又抬頭埋怨另外一個捕快。「韋大哥，你嚇唬這大嬸做什麼？咱還是快點找人去！」

這時候，附近的呂大娘聽見了外頭的動靜，也跟著出來看熱鬧，看到一個沒見過的婦人正在趙彩鳳家門口哭鬧，還以為是來找茬的，遂開口道：「妳在人家家門口哭什麼呢？哪裡招來這麼多官爺？這到底是怎麼一回事？」

那兩個捕快見了呂大娘，越發就糊塗了起來，心道，怎麼鄰居反而不認識這租客的老娘？於是便問道：「妳認識住在這裡的人嗎？」

呂大娘點點頭道：「怎麼不認識？住了好一陣子了，是一對小夫妻。」

「那妳認識這位大嬸嗎？」

呂大娘看了楊氏一眼，搖搖頭。「沒見過！」

兩個捕快又不約而同地看了楊氏一眼，問道：「大嬸，妳究竟是誰？」

楊氏這會兒也愣住了，抬起頭看了一眼呂大娘，接著開口道：「我就是你們要找的小趙的娘啊，今兒一早才來找我閨女的！你們還不去找我閨女嗎？幹麼都看著我呀？我閨女呢？」

呂大娘見楊氏這麼說，這才恍然大悟了過來，開口道：「原來妳是彩鳳她娘啊！彩鳳沒走丟啊，我們剛才才見到她的，她不是跟著……」呂大娘說著，轉頭看了一眼這兩個捕快，有些奇怪地道：「她不是跟著你們走了嗎？」

那兩個捕快聽聞，這才知道差點兒鬧了烏龍，忙問道：「這位大娘，妳說妳們瞧見小趙跟著我們走了？妳們瞧清楚了沒有？小趙到底跟著誰走了？」

「反正是跟你們穿著一樣衣服的人，這不，還駕著馬車來的呢！我們回來的時候那馬車正好就擋在巷口，其中一個還上去牽走了讓路的。」呂大娘又看了一眼這兩個捕快，搖頭道：「你們找人也不興這麼找的，還來兩次啊！」

這時候楊氏又哭了起來，道：「這位大娘，彩鳳被人騙走了，這兩個才是順天府尹的捕快，剛才那兩個是假的！」

呂大娘一聽，頓時也懵了，開口問道：「不……不會吧？他們騙走彩鳳要做什麼啊？」

楊氏拉著呂大娘的手，哭得唏哩嘩啦的。

兩個捕快一時也不知如何是好，問呂大娘道：「大娘，妳看清楚那兩個人長什麼樣子沒有？」

「看是看清了，可也沒覺得有什麼特別的……其中有一個，鼻子有些歪，其他也就沒什麼了。」呂大娘一邊安慰楊氏，一邊對兩個捕快道。

這時候，忽然有個聲音從兩個捕快的身後傳了過來——

「除了鼻子有點歪，還有沒有別的特徵？比如皮膚是什麼顏色的？頭髮多長？眼睛是單眼皮還是雙眼皮？身高大概是多少？」

呂大娘抬眸一看，見兩個捕快身後忽然就多了一個十六、七歲的公子哥兒，雖然板著個臉，但看著還算面善。

「喲，這位小公子一下子問這麼多，我這老太婆還真是要好好想一想了。」呂大娘擰著眉頭想事情。

兩個捕快一回頭，見了來人，臉上頓時便顯出幾分恭敬的神色來，開口道：「三少爺，您怎麼會在這兒？」

說起來也是意外，蕭一鳴雖被蕭將軍打了一頓，但蕭夫人卻還是不死心，依舊覺得他是塊考科舉的料子，所以讓丫鬟們好好照顧著，等好了還讓他去書院唸書。

蕭一鳴雖然唸書不行，可他本質上還是一個孝順的孩子，所以也就答應了。再加上這一次韓夫子會講是秋試前的最後一次了，蕭一鳴便也準備乖乖的去了，臨去的時候也不知道為什麼，鬼使神差一樣地想起了趙彩鳳，順帶想起了趙彩鳳帶著的窮秀才來。

想想窮秀才要考科舉不容易，蕭一鳴便打算做個好人，帶著宋明軒一起去聽一聽，經過那次事件之後，他知道宋明軒是個文章寫得好且又人品貴重的人，何況反正也是順路。

蕭一鳴自己學習不好，所以特別敬重學習好的人，雖然宋明軒害得自己吃了一頓鞭子，卻也對他恨不起來。

蕭一鳴知道趙彩鳳他們住在討飯街上，至於是哪個地方卻不清楚，一路走便一路問，這麼問著問著，就聽見了方才那兩個捕快和楊氏的對話。

順天府尹趙家是蕭夫人的娘家，這兩個捕快對蕭一鳴自然是認識的，且蕭一鳴雖然是不上不下的老三，卻特別得趙夫人的喜歡，因此這順天府尹的捕快還不個個都拍他的馬屁？

「韋老大、小松，這到底是怎麼回事？怎麼好端端的，京城還出了拐賣姑娘的勾當？」

蕭一鳴開口問那兩個捕快。

韋老大算是捕快中的頭頭了，但見了蕭一鳴還是點頭哈腰的，把事情的來龍去脈都說了一遍。

蕭一鳴一聽，頓時覺得大事不好，趙彩鳳這一去，還真是凶多吉少了。「你的意思是，如今能證明那小順子清白的，就只有八寶樓的小趙了？」

「是啊，所以大人才讓我們過來請了小趙去給那小順子作證的，可誰知道居然遇上了這樣的事情！您說邪門不邪門，我們接到大人的命令就出門了，居然還被別人給趕了先了！」

蕭一鳴擰著眉毛想了半天也想不出一個所以然來，心裡卻忍不住緊張了起來，問道：「知道小趙能證明小順子清白的人有幾個？」

「這可多了，今兒是公審，公堂外頭都是看熱鬧的百姓，大人審出了這條線索後，就急忙喊了我們過來請人，哪裡知道這還能被別人給截胡了！」

這時候呂大娘也想起了剛才那個人的具體樣子了，開口道：「回這位公子，那個人大約四十來歲，麥色皮膚，頭髮有些鬈，個子約莫和這位小兄弟差不多高。」

那韋老大聽呂大娘這麼一形容，頓時眼神一亮，開口道：「我知道是誰了！那人一直都在人群裡頭聽審呢，我和小松才進去接了這個命令，出來後這人就不見了！」

蕭一鳴忙說道：「趕緊找去，看看那個人究竟是個什麼來路！」

這時候楊氏也已經哭得差不多了，見蕭一鳴一表人才的樣子，就知道他應該是個管事的，抹了抹眼角的淚，跪在地上向蕭一鳴磕頭道：「這位公子，您一定要救救我家彩鳳呀！她才十五歲，都還沒嫁人呢！」

蕭一鳴也不知道為什麼，聽見楊氏說趙彩鳳還沒嫁人的時候，心裡頭就像被戳了一下似的，頓時就渾身不自在了起來。

卻說趙彩鳳在跟著那兩個大漢上車之後，就隱約覺得有些不對勁了。雖說她才剛來京城沒幾天，但順天府尹的捕快卻也見過不少，有幾個專門負責長樂巷這一個地段的捕快，平常也愛去他們八寶樓吃個便飯什麼的，謝掌櫃和那幾個人很熟悉。

趙彩鳳低頭看了一眼跟她一起上車的那個捕快握刀的動作，隱約覺得和平常見過的那幾個人不大一樣，臉上便堆著笑問道：「兩位官爺，今兒怎麼沒瞧見左捕快和崔捕快呢？平常這一帶的治安都是由他們兩人負責的。」

那個臉上長滿了青黑色鬍渣的大漢聽了，隨口回道：「他們兩個負責巡邏，我們是負責捉拿人犯的。」

趙彩鳳聞言，雖然臉上還堆著笑，可心裡卻已經咯噔一下，心道這次完蛋了，遇上壞人了！她根本不認識什麼左捕快和崔捕快，剛才是為了試探人現編的！

趙彩鳳稍稍穩住情緒，一邊自責，一邊想辦法。果然是到了古代的時間太長了，接觸的都是一些老實巴交的村民百姓，居然忘了這世上也是有壞人的，竟連前世的一點基本防範守則都忘得一乾二淨了。遇上這樣上門查問的人，第一就該問問他們有沒有證件才對啊！

趙彩鳳收起臉上的笑，偷偷地看了一眼那捕快，正要伸手去挽馬車的簾子，那人忽然瞪大了眼睛。

「你幹什麼?!」

趙彩鳳嚇了一跳，忙開口道：「我……我看看是不是快要到公堂了？」

那人瞧了一眼趙彩鳳，冷冷地道：「公堂那邊輪不到你去了，你只要乖乖地跟著我們走一趟，等這案子判下來後，我們就放你回去。」

趙彩鳳裝作不懂地道：「官差大爺，您說這話是什麼意思呢？這案子不是等著我去給小順子作證嗎？怎麼就不要我去了？我怎麼就聽不懂了？」

正這時候，外頭傳來另外一個歪鼻子大漢的話語——

「少跟他囉嗦！主子吩咐了，先關起來，等過兩天後直接送到碼頭，扔到船上運南邊去，到時候就算他能回來，也不知道是哪年哪月的事情，案子早判了。」

趙彩鳳這時候已經完全聽明白了他們的意思，看樣子這兩個人才是和殺害小馬兒有關的人，而自己意外地成為了小順子的時間證人，所以要被……滅口這兩個字還沒想出來，趙彩鳳忙笑著道：「哎喲，我說兩位大哥，我當是什麼大事，這種事誰攤上了都是躲還來不及呢！你們一句話，我保證守口如瓶，啥都不說，哪裡用得著這樣小題大做的呀！」

「臭小子，算你腦子還靈活，不過，這種事情我們卻信不得你，還是小心駛得萬年船！」

車裡頭的那大漢卻開口道：「大哥，其實用不著這麼麻煩吧？關起來還浪費糧食呢，不如直接咯嚓他算了！」

車外的大漢沒回話，似在認真思考這個提議。

過了一段人多的路段後，馬車的速度忽然就提了上去，趙彩鳳心中估摸著已經出城了，忙開口道：「兩位大哥，我發誓還不行嗎？要是我說出去半個字，我就……我就不得好死！」

那大漢看趙彩鳳一臉膽小怕事的樣子，臉上的表情倒是有些鬆動了，便開口道：「大哥，瞧這小兄弟挺識時務的樣子，不如咱就放他一條生路吧？他要是敢出爾反爾，咱就把他那秀才大哥的手打斷了，看他還能不能去考科舉。」

趙彩鳳一聽，心裡頭咯噔一下，這回真是遇到歹人了，居然連家裡還有個宋明軒都知道！趙彩鳳一聽，撲通一下就跪下了，求道：「兩位大爺、兩位好漢，你們說咋樣就咋樣吧，可千萬別動我哥啊，我們全家都指望著他呢！」

車外頭的大漢聽見趙彩鳳這嚇得魂不附體的口氣，想了想後，道：「瞧這小子的慫樣！爺爺我就放你一馬吧，但你若是不老實，敢逃走，就別怪我們不客氣了！方才那院子裡的人是你的老娘吧？我們兄弟可都看清楚了！」

趙彩鳳心下又是一陣著急，楊氏這次可真是來錯了時辰，鐵定是出門沒看黃曆。

「兩位爺放心，你們要咋樣都行，只別動我的家裡人。」趙彩鳳嘴上一味的服軟，心裡頭卻也不禁擔心起小順子來。順天府尹若是真的判下了罪行，這殺人的大罪，只怕沒判個斬立決，也要判個發配邊疆的，要是自己真的被他們關上幾天，恐怕閻王爺也救不了他了！趙彩鳳咬了咬唇瓣，透過車簾的縫隙看見外頭一路上過去的綠樹、田地，路過某一段路的時候，聽見一陣陣叮叮咚咚敲鑿山石的聲音，趙彩鳳閉上眼睛靜靜地思考，忽然就想起了這是通往玉山書院那條路上要經過的一處採石場！

宋明軒不過比她早出來一會兒的時間，而自己坐的這馬車又這麼快，沒準這時候都已經超過了他們的馬車了！可這車裡坐著一個漢子呢，她又不能掀開簾子看……趙彩鳳越想越著急，越著急就越想不出辦法來！

蕭一鳴這時候也帶著幾個捕快，開始在全城搜索了起來。根據呂大娘提供的線索，最後鎖定歹徒駕的馬車從西城門出去了。

蕭一鳴原本是坐著馬車來的，可這時候事態緊急，他哪有心思坐馬車？直接徵用了城門守軍的馬，一個翻身就上去了。

兩個捕快出門又沒騎馬，只好上了後頭長勝的馬車，順便問道：「長勝，三少爺這是怎麼了？這翻身上馬咋還齜牙咧嘴的？」

長勝看了一眼蕭一鳴飛奔在前頭的背影，偷偷對兩人道：「咱少爺幾天前才吃了我們將軍一頓鞭子，這會兒後背的傷還沒好呢！」
「那他跑個啥呢？這事情應該先回順天府尹，報告了大人再作定奪啊！」
「這我就不知道了，我能作得了我們少爺的主嗎？」長勝看了一眼韋老大，問道：「韋大哥，你這是要回順天府尹呢，還是跟著我們少爺？」
韋老大想了想。「還是跟著你們少爺吧，萬一遇上什麼壞人，那可就不好辦了！」
卻說宋明軒和劉八順一行人雖然早早的就出門了，但他們並不趕時間，且劉八順和周、田兩人說好了，在去往書院的路口和他們會合，所以到了岔路口的茶寮上，馬車便停了下來稍作休息。
這時候近巳時，天氣已非常炎熱，宋明軒站在茶寮的棚子裡遮陽，遠遠的瞧見一輛馬車飛快地行駛過來，他以為是周、田兩人來了。
劉八順看了一眼，便開口道：「這不過是一般的商用馬車，不是恭王府的馬車。」
宋明軒雖然也知道京城裡頭的馬車有其規制，但還沒弄明白到底是看什麼地方分辨的，少不得請教了劉八順一番。
馬車從茶寮邊上的官道上飛馳而過，帶起一片塵土。宋明軒瞧見駕車的人是一個歪著鼻子的中年男子，頗為著急趕路的樣子。
兩人要了一壺茶，一邊聊一邊等人，過了片刻，還沒等來周、田兩人，卻看見蕭一鳴騎著馬飛快地朝這邊飛奔而來。

宋明軒對蕭一鳴還有幾分愧疚之情，如今見他騎在馬上意氣飛揚的樣子，心道他的傷應該是好全了，心裡也好過了一點。

兩人見蕭一鳴的馬騎得飛快，並沒有想要下來打招呼的樣子，所以也沒迎出去。

蕭一鳴在經過茶寮的時候，微微朝著茶寮裡看了一眼，忽然間，手上的韁繩一緊，那馬長嘯一聲，揚起前蹄，片刻間就停了下來。蕭一鳴從馬上翻身而下，扯動了身後的傷口，疼得臉上的表情都變了，見了宋明軒，劈頭蓋臉地問道：「剛剛有沒有看見有輛馬車從這邊經過？」

宋明軒被問得愣了一下，剛才經過了好幾輛馬車，這兒是官道，沒馬車經過就奇怪了。

劉八順素來知道蕭一鳴和周、田兩人有些不對盤，又怕上次的事情會牽連到宋明軒，便上前一步回道：「這兒是官道，過路的都是馬車，蕭公子這話問得奇怪。」

蕭一鳴收了收掌心的馬鞭，他一本正經的時候臉就跟秤砣一樣硬，讓人看著不敢接近，瞪著宋明軒道：「你媳婦被兩個壞人給抓走了，看城門的人說他們就從西門出來，趕車的是個歪鼻子鬈髮的大漢，你最好想一想，見過這人沒有？」

宋明軒一聽這話，頓時就反應過來了，急問道：「彩鳳怎麼會被壞人給抓走了？你怎麼知道的？歪鼻子鬈髮……」宋明軒這時候急得跟熱鍋上的螞蟻一樣，哪裡還能想起什麼歪鼻子鬈髮來？況且他們停下來是喝茶的，也不是來觀看路人的啊！

宋明軒急得雙手都忍不住顫抖了，閉著眼睛回想，視線不停地在地上掃來掃去，看著眼前的兩個岔路口，不知道載著趙彩鳳的那輛馬車究竟往哪裡走了……忽然間，宋明軒腦中一閃，視線一瞬也不瞬地停留在馬路中間的一小片黑灰色痕跡上。

趙彩鳳坐在飛馳的馬車中，腦中一片混亂。她試想了很多種辦法，比如突襲制勝，快速跳車，然後飛快地逃走，但是最後每一種想法都被自己給否定了。

趙彩鳳如今只是十五歲的身體，就算能推開眼前擋著的大漢跳車，跳下去之後也未必就能不受傷，萬一到時要是扭傷個腿腳什麼的，別說逃走，就是想爬走都不容易了。這會兒這兩個人還沒起殺人滅口的心思，這要是一反抗，把他們激怒了，直接來個喀嚓一刀，趙彩鳳只怕連吭氣都來不及。

思來想去，趙彩鳳覺得得不動聲色，順便想看看有什麼辦法，能不能給人留下一些信號。趙彩鳳摸了摸隨身帶著的小背包，裡頭別無長物，只有兩個昨天用剩下來的小枕頭。她今兒一早去茅房的時候發現大姨媽已經走了，但出門的時候倒是忘了把這東西給拿出來。

趙彩鳳想了想，悄悄地側過身子，用手指死命在面料上摳出一個小洞來。馬車的地板上有一個大約一公分的裂縫，可以看見車下面枯萎的雜草。趙彩鳳把那小枕頭往縫隙裡面塞了塞，伸手用力擠了擠，裡頭的草木灰就順著馬車行駛過的地方一路落了下去。

雖然不知道這樣腦洞大的痕跡會不會被人發現，但目前趙彩鳳可以做的也只有這些了。

草木灰越來越少，待手中的小枕頭只剩下兩片薄薄的面料時，趙彩鳳手腕一抖，那面料便順著馬車地板的縫隙落到了地上。

對面絡腮鬍子的大漢正在閉目養神，外頭歪鼻子大漢手裡的馬鞭揚得飛快，一下下地打在正在飛奔的馬背上。

「你看什麼呢你？問你話呢！」蕭一鳴追到這裡，也沒轍了，這是出西門之後的第一個拐彎口，這裡一條是通往京津碼頭，另外一條通往西北。蕭一鳴朝著兩邊的路都看了一眼，兩條路上都布滿了馬車車輪的痕跡。

蕭一鳴見宋明軒還愣在那裡呢，便開口道：「實在不行，就扔銅板吧！正面往左，反面往右！」

站在一旁的劉八順聽了，一臉惡寒，強忍著笑看了蕭一鳴一眼，最後憋不住地低下頭去，抖了抖肩膀。

宋明軒蹲下來，伸手摸了摸地上那一根細線一樣的灰色粉末，一路順著往前頭走了幾步，在左邊的岔路口停了下來道：「我們往左邊，那馬車應該去了左邊。」

蕭一鳴一臉不解，也跟著湊上來看了一眼，問道：「你怎麼知道是左邊？萬一他們去了右邊呢？」

宋明軒這會兒已經鎮定下來了，時間緊迫，要救出趙彩鳳，他也必須讓自己鎮靜。「感覺。如果你覺得是右邊，那你去右邊找，我去左邊。」

宋明軒才說完，就急忙往馬車過去。

劉八順見狀，也忙吩咐了茶寮裡的老大爺道：「老大爺，一會兒要是遇見兩位公子在這兒等人的，讓他們不必等了，直接先去玉山書院吧，我和這位公子還有些事情要辦。」交代清楚後，他也急忙走向馬車。

宋明軒見劉八順二話不說就來幫他，感激地道：「劉兄弟，你把馬車借給我就好，我一個人去就行了，你還是跟著另外兩位公子去書院聽夫子會講吧！」

「宋兄快別這麼說，嫂夫人出了事情，就算我去了書院，只怕也難以安下心來聽書，還是跟宋兄一塊兒先去把嫂夫人找回來吧！」

宋明軒聞言，更是感激不盡，兩人遂上了馬車。

宋明軒在車夫趕車的地方坐下了，一路上搜尋著那黑灰色的印記，見斷斷續續的，但的確是往左邊方向而去。馬車走到一個地方時，宋明軒忽然看見一片手絹一樣的白布躺在地上，急忙讓車夫停了下來，下了馬車去撿起來一看，這不是他給趙彩鳳縫的癸水枕又是什麼？

這時候蕭一鳴也翻身下馬，見宋明軒手裡拿著一個東西，便湊過來問道：「這是什麼東西？」

宋明軒覺得有些不好意思說出口，便含糊其辭地道：「這是彩鳳的東西。」

蕭一鳴看見那白白的面料上沾著塵土，看著有點像手絹一樣，心裡兀自感嘆道：窮人家真是可憐，連一塊大一點的手絹都沒有……

趙彩鳳手裡的第二個小枕頭剛剛撒光，馬車忽然就停了下來，她心下一緊，忙老老實實地坐好。

車裡的大漢從腰裡抽了一根腰帶出來，忽然間一把上前就要去蒙趙彩鳳的眼睛。

趙彩鳳嚇得往後讓了讓，小聲求饒道：「我自己閉著眼睛行嗎？」大漢眼珠子一瞪，趙彩鳳也不敢再反抗，閉上眼睛，任由他把自己的雙眼蒙了起來。那人蒙好眼後，在趙彩鳳後背推了一把，示意她快點往裡頭走。

趙彩鳳只得跌跌撞撞地往前頭去，差點兒被門口的門檻給絆倒了，順手就在牆上扶了一把。從下馬車到跨進一個院子，總共走了大約兩百步的路，進了院子又是一層一層的，一共過了四道門，到最後一道門的時候，她聽見有人跟這兩個大漢搭訕了起來。

「老胡，生意不錯嘛！又來一個新的？」

「這不是店裡要的，主子交代先在這邊關著，之後要賣去南方的。」

「這麼好的貨色不留店裡？」

趙彩鳳雖然看不見那人的長相，可聽著那聲音，總有一種青樓老鴇的感覺，頓時起了一身的雞皮疙瘩。

「最近風聲緊，不想多惹事了。」
「怎麼，城裡頭又出事了？」
「可不是？昨晚又弄死了一個。」
那人聽了，連半點震驚的表現也沒有，麻木地「喔」了一聲，又道：「死了就死了唄，那種地方死幾個人還不正常？」
「這回可不正常，被人給告了。」
「告了能有啥用？胳膊擰不過大腿，過幾天還不是老樣子？」
趙彩鳳聽了他們的對話，倒是依稀分辨出了一些門道，莫不是小順子看見了什麼，把那人給告上了公堂，然後那夥人惡人先告狀，說是小順子殺的人？趙彩鳳這會兒心裡也是又急又怕，卻一點兒辦法也沒有，只被人拉著，往一個房間裡頭推了進去。
這門一開，就聽見裡頭一片嗚嗚咽咽的聲音，趙彩鳳跌跌撞撞地靠到了牆角，反手往上，扯下了蒙住眼睛的布條，這一眼看過去，自己也嚇了一跳。
陽光從大門的縫隙裡擠進來，黑壓壓的房間角落裡坐著十來個男男女女的孩子，大多都只有十二、三歲出頭的樣子，見了趙彩鳳，都三五成群地抱在一起，用膽怯審視的眼神打量著她。趙彩鳳嚥了嚥口水，看來這下她不只遇上了壞人，還進了賊窩了……
趙彩鳳細細觀察了一下，這個地方大概就是那群人在京郊的賊窩，至於這裡頭的人，只怕都是和她一樣，馬上就要被發賣的。趙彩鳳認清了現實之後，發現自己正處在一個非常危險的境地。她迅速地掃了一圈這房間裡的眾人，見有一個人一直背對著自己，默默靠在牆角，一頭烏黑的長髮散在腦後，蓋住了瘦削的身體。

「……姑娘？」趙彩鳳試探地喊了她一聲，那人卻沒有半點動靜，趙彩鳳只好稍稍提高了一些聲線，又喊道：「姑娘？」

這下她總算有了一點動靜，回過頭來，眼神木訥地看著趙彩鳳，薄薄的唇瓣微微抿著，雖然臉色憔悴，可依稀還能分辨出幾分秀美的姿色來。

那姑娘見了趙彩鳳這身打扮，嚇了一跳，身子連連往牆角退了兩步，口中喃喃自語道：「你……你別過來……」

趙彩鳳這才想起自己如今是一身小廝的裝扮，左右看了眼後，壓低聲音道：「我是女的，姑娘妳別怕，先告訴我這裡是什麼地方？」

那姑娘將信將疑地看著趙彩鳳，眼底似乎還有一絲疑惑，在瞧見趙彩鳳那雙指尖纖細的手之後，才微微確定了幾分，放下了一絲絲的防備，小聲道：「這是人牙子關人的地方。妳是哪家的丫鬟，怎麼也淪落到了這種田地？」

趙彩鳳聽她這麼說，心下也微微猜測出了她的身分。看她身上的穿著打扮，和其他幾個人不同，雖然頭髮亂糟糟的，可通身都是綢子的面料，手腕上還戴著一個小銀鐲子，手上好幾處都是被捋傷的傷痕，想來是有人要奪她的東西，她拚死護住造成的。

「我不是丫鬟，我是八寶樓的小廝。姑娘，妳知道這地方怎麼出去嗎？」

那姑娘見趙彩鳳這麼說，落寞地垂下眼瞼，小聲道：「我連這是在哪兒也不知道，哪裡知道怎麼出去呢？」

趙彩鳳見她一臉頹喪的表情，心道只怕也是問不出什麼來的，便嘆了一口氣。

那姑娘幽幽地道：「我聽說，他們要把我們這些人賣到南方去，南邊有一條秦淮河，河邊上都是勾欄妓院，京城裡賣不出去的人都被送到了那裡去。」

趙彩鳳心裡咯噔一下，敢情這一群人是專門給青樓販賣人口的？

「姑娘妳別擔心，這不還沒把我們運走嗎？我們想想辦法，看看能不能逃出去。」

那姑娘看了趙彩鳳一眼，又搖搖頭道：「哪裡能逃出去？光這個院子都有好幾進，進來的時候雖然被蒙著眼睛，但跨過的那些門檻我還是記著的。」

趙彩鳳眼睛一亮，又看了那姑娘一眼，卻見她頹喪的眼底似乎透著幾分倔強，倒不像是完全失去了希望一樣，便點頭道：「進來的時候走的是角門，一共進了四道門，外面有一個小花園，花園裡種著薔薇花，花園裡應該還有一座假山，因為有流水的聲音。」

那姑娘聽趙彩鳳這麼說，原本死氣沈沈的臉上忽然多了一抹亮色，抬起頭來，帶著幾分驚訝地看了趙彩鳳一眼。

趙彩鳳繼續道：「出城的時候，走的是西城門，因為路邊有個採石場，能聽見工人鑿石頭的聲音。按照我的推斷，這裡應該是京城某個大戶人家在西郊的一處別院。」

那姑娘擰眉聽著，腦子裡也飛快地回想了起來，咬著唇瓣道：「京西的餘橋鎮上，確實有幾家公侯府邸的別院，只是我沒進去過，並不知道哪家花園裡是有假山的，況且一般大戶人家的別院都修得極好，小橋流水無一不全。」

趙彩鳳聽她這麼說，便料定了她是某個大戶人家的丫鬟，追問她道：「妳再想一想，到底有哪幾家在鎮上有別院的？」

那姑娘咬牙想了片刻後，開口道：「宣武侯府、精忠侯府、誠國公府，還有蕭將軍府上都有。還有幾家不大認識，也可能是當地的富戶。」

趙彩鳳一聽這裡頭居然有蕭將軍府，也是嚇了一跳。

這時候，門外忽然又傳來了腳步聲，兩人連忙閉上了嘴巴，低著頭躲到角落裡頭。

卻說宋明軒一行人順著那些草木灰一直往前頭走，快到餘橋鎮鎮口的時候，蕭一鳴的小廝長勝也拉著身後的兩個捕快到了。

長勝見了餘橋鎮鎮口的大石頭，便開口道：「少爺，咱怎麼跑到這邊來了？大少奶奶正帶著小少爺在這邊避暑呢，要不要去別院給他們請安？」

「省省吧，咱是來找人的，又不是來串門走親戚的。」蕭一鳴一甩鞭子，騎著馬又往前走了幾步，和宋明軒的馬車並轡而行。「你沒搞錯吧？追人追到這餘橋鎮上來了？」

宋明軒雖然不知道蕭一鳴這句話的意思，但坐在後面的劉八順卻清楚得很。餘橋鎮是離京城最近的一個小鎮，因為這邊氣候溫和且盛產溫泉，所以很多京城的貴冑侯門都在這邊建有別院，那馬車若真是一路往這邊走，那麼接下去要牽扯出來的人只怕不簡單。

宋明軒手裡拿著地上撿來的小枕頭，一臉肯定地道：「彩鳳肯定就在這鎮上！你瞧，地上的痕跡還在呢！」

蕭一鳴彎腰看了一眼，果然見那條細黑的痕跡還在馬路的中央，可是他用足了腦筋也沒想明白，趙彩鳳怎麼會隨身帶著一兜子草木灰呢？他雖然很不能理解，但見宋明軒這樣堅持，也只能順著他的意思，開口道：「那就進去找一找吧，反正這地方是天子腳下，要是真有什麼作奸犯科的人，誰也庇護不了他們。」蕭一鳴一夾馬肚子，順著草木灰的痕跡繼續往前搜尋。

兩個捕快見蕭一鳴繼續往前走，也互相不動聲色地跟著，一行人繼續往前走了有小半里路。

忽然間，韋老大喊了起來。「三少爺，那草木灰到這兒就沒了！」

眾人急忙停下了馬車。

宋明軒聞言，急忙從馬車上跳了下來，對著地上僅剩的那一條草木灰來回看了幾遍。

蕭一鳴問道：「這裡是什麼地方？」

韋老大迅速巡視了四周一圈，開口道：「這兒是誠國公家別院的東門、宣武侯家別院的西門。」

蕭一鳴擰眉想了想後，開口道：「走，咱們繞到前頭去，先去宣武侯家看看。你們兩個，身上有搜查令沒有？」

韋老大一臉為難地道：「我們出來是請人的，哪裡會帶上那玩意兒。」

蕭一鳴聽了，連連搖頭道：「算了，闖進去得了，大不了被我爹知道了再吃一頓鞭子。」

幾個人商量妥當，正要上馬往前面去時，卻被宋明軒給喊住了。

「蕭公子留步，彩鳳應該在這戶人家裡頭！」宋明軒站在誠國公家東門的門口，抬眸看著門口白牆上面幾條黑色的斑痕。

那正是方才趙彩鳳進門時假裝絆了一跤，用手上殘留的草木灰在牆上做下的痕跡！

蕭一鳴跟著過來，問道：「你怎麼就知道小趙在他家呢？」蕭一鳴看了一眼這門口掛著的燈籠，著實不想進去。得罪宣武侯府不算什麼，不過就是一個落魄的權貴，可誠國公府卻不是那麼容易對付的，且不說誠國公如今還是位高權重，誠國公府和徐妃娘娘的關係也非同一般，現下東宮未立，蕭家和誠國公府還沒有正式對立，這個時候得罪誠國公府，倒是一件棘手的事情。蕭一鳴雖然還未參政，但這些輕重緩急還是能分得清的，可若是趙彩鳳真的在裡面，卻由不得他不進去了。

因此，蕭一鳴再次問道：「你確定小趙就在他們家？」

宋明軒彎下腰，走到方才有草木灰的地方，在指尖沾了一點，再走上前來，在白牆上劃下一道痕跡。「蕭公子，你看，這牆上的痕跡和地上的草木灰劃出來的痕跡是一樣的，這很有可能是彩鳳留給我們的線索。」

蕭一鳴將信將疑地看著宋明軒，心裡還有些不相信，開口道：「這痕跡分明就是誰不小心絆了門檻，在牆上扶了一把，且碰巧手上有點髒而已，你看看，這邊上還有好幾個呢！」

宋明軒開口道：「邊上是還有好幾個相似的痕跡，但是你觀察一下這高度，若是你我這樣的男子被絆倒，這痕跡至少還要高出半尺，可如今這痕跡，分明是只有矮小的姑娘家才會弄出來的。」

一旁的兩個捕快聽了宋明軒的分析，連連點頭道：「這位公子分析得太有道理了！三少爺您瞧，這細細的，可不就是只有姑娘家的手指才會這麼細嗎？」

蕭一鳴摸了摸下巴，也覺得有些道理，想了想後道：「韋老大，你帶著他們到前門去，我先從這邊偷偷進去找一圈，要是一炷香之後我沒去前頭跟你們會合，你們就從前頭進來。」

韋老大有些為難地看了一眼蕭一鳴，擰眉道：「三少爺，我們沒有搜查令在身上，到時候怎麼進去呢？」

蕭一鳴想了想，開口道：「就說我們家養的八哥飛到了他們家院子裡頭，進去找一找唄！」

韋老大鬱悶道：「要是他們不讓我們進去，怎麼辦？」

「想辦法唄，這有什麼怎麼辦的？用腦子、用腦子！」蕭一鳴說著，一個躍身就蹦上了兩丈高的圍牆。

幾個人還想說話，蕭一鳴做了一個噤聲的動作，大家這才安靜下來，小聲囑咐道：「三少爺，您小心些，當心裡頭有惡狗！」

蕭一鳴擺擺手，一翻身就下了圍牆。

站在外頭的宋明軒急得伸長了脖子，恨不得能瞧見圍牆裡頭的光景。

劉八順勸慰道：「宋兄，我們還是跟著這兩位官爺去前頭等消息吧！」

宋明軒此時也沒有別的辦法，只好隨著兩個捕快去前門了。

這邊蕭一鳴翻進了圍牆後，見誠國公的別院裡頭下人倒是不多，安安靜靜的，看著並不像是有主人住著的樣子，他頓時也就放鬆了一些心情，順著牆根往裡頭走，才走了幾步路，就聽見不遠處傳來男人說話的聲音——

「走，忙了一早上，咱哥兒倆還餓著肚子呢！到鎮上喝一杯去！」

蕭一鳴見聲音越來越近，忙往旁邊一閃。

木門往外頭一推，從裡面出來兩個穿著順天府尹捕快衣服的大漢。

其中一個大漢開口道：「咱倆要不要換一套衣服再出去？」

「換什麼換？這套衣服可好使著呢！」

那人聽了，哈哈哈地笑了起來，跟在另外一個人身後。

卻說趙彩鳳和那姑娘在房裡聽見外頭有腳步聲，兩人嚇得連連往角落裡躲了一下，一旁那些成群的孩子也都縮成了一團團，一副嚇得魂不附體的樣子。

腳步聲越來越近了，只聽方才引了那兩人進來的老婆子在外頭開口道——

「婁管家，昨兒才送來一個小丫鬟，瞧著十五、六歲的樣子，聽說是大戶人家賣出來的通房丫鬟，應該不是個雛兒了，婁管家要不要鬆鬆筋骨啊？」

方才和趙彩鳳說話的那姑娘聽了，全身顫抖了起來，臉上一副視死如歸的表情，手腳早已嚇得冰涼。

一個略顯蒼老的聲音道：「是個什麼模樣？我先進去瞧瞧，省得跟上回一樣，遇上一個太潑的，折騰得我這老腰都不行了。」

一旁的老嬤嬤陰陰地笑了一聲，上前替他開門。

這房間裡本來頗陰暗，朝南的大門忽然間打開來，一股子刺眼的亮光穿射進來，嚇得牆根下一群孩子們不約而同地尖叫了起來。

婁管家冷著一張臉道：「喊什麼喊？明兒一早就放你們走！」

幾個孩子抱在一起嚶嚶地哭了出來。

趙彩鳳把那姑娘擋在身後，悄悄抬頭看了一眼那老管家，不是趙彩鳳看不起他，就他那樣子，都快趕上謝掌櫃的年紀了，那地方能不能起得來還是個問題呢，居然還想著這些？真是精蟲上腦了！

婁管家步步逼近，看見那姑娘跟前居然還擋著一個白白淨淨的小廝，笑著問一旁的老嬤嬤。「湯嬤嬤，這小子是哪兒來的？瞧著倒是皮滑白淨的。」

「回婁管家，這是方才老胡才送來的，也不知是得罪了哪路神仙，也讓明兒一起往南方送去。」

婁管家一雙三角眼，陰陰地笑了笑，伸手捋了捋下巴上那幾根山羊鬍子，開口道：「我活了這把年紀，還沒嚐過小男孩的滋味呢！聽說東家在城裡開的南風館生意可好了，就是沒機會去試一把。」

趙彩鳳聽了這話，噁心得都想吐出來了！她一雙眼睛滴溜溜地轉著，在房間裡找了一圈，卻沒瞧見一樣可以拿來當武器的東西。這老東西看著年紀大了，按照趙彩鳳前世的身手，想搞定他也是不難的，至於一旁的那個胖婆子……這兒這麼多的小丫頭、孩子，也不知道能不能幫自己一把？趙彩鳳還在細細策劃之中，那老頭子已經一步步地逼近了過來。

一旁的湯嬤嬤開口道：「婁管家，這小子還是個雛兒呢，賣出去也能賣個好價格。依我看，做這種事情，還是女人比男人舒服些，不如還是找那個小丫鬟吧？」

婁管家發白的眉毛抖了一下，開口道：「妳懂什麼？這叫情趣。再說了，男的有什麼雛兒不雛兒的，這不是瞎掰嗎？就他了……」

趙彩鳳瞧見婁管家那一雙枯瘦的手往自己身上搭過來，扭頭的時候忽然就瞧見那姑娘的髮髻裡還藏著一根銀簪子，立即就伸手奪過了那銀簪子，往婁管家的手掌劃了過去！

雖說老人家的手掌有些粗糙，但這銀簪還算鋒利，因此趙彩鳳一扭頭，臉上便沾到了幾滴血。

婁管家吃痛地把手收了回去，退後了兩步，摀著手惡狠狠地看著趙彩鳳，向外頭喊道：「好暴脾氣的小子！快來人，把這小子給我押到刑房去！」

趙彩鳳一聽居然還有什麼刑房，嚇了一跳，慌忙就拉著那姑娘的手往外闖，原本預料著外頭會衝進來幾個小廝把她們團團圍住，誰知道那幾個小廝竟然像丟沙包一樣地被人丟了進來，一路「啊呀呀」地喊著往裡頭爬。

趙彩鳳抬頭一看，竟是蕭一鳴手裡提著今早把自己騙出來的捕快，從外頭闖了進來！

婁管家一看有陌生人闖了進來，忙摀著自己流血的手，扯著嗓子喊道：「快來人啊，有人擅闖別院了！」

蕭一鳴一把將那大漢丟在地上，抬起頭看見趙彩鳳時，有些驚訝地道：「妳果然在這裡，那窮書生還真是聰明！」

趙彩鳳沒聽明白他這句話是什麼意思，正想開口回話時，卻見自己身後的那姑娘忽然鬆開了手，姿態優雅地向蕭一鳴跑了過去，撲在蕭一鳴的懷裡哭了起來。

「蕭公子，是我家少爺讓您來救我的嗎？我就知道，我家少爺不會眼睜睜地看著我被人陷害的！」

這回連蕭一鳴都沒反應過來，低下頭看了一眼撲在自己懷裡的姑娘，在瞧見她那張哭得梨花帶雨的臉頰之後，訝異地道：「雪燕？妳怎麼會在這兒？」

那姑娘一把鼻涕一把眼淚地哭道：「是我家夫人……說我是勾引少爺的狐媚子，把我賣到了妓院……」

原來這姑娘不是別人，正是那鄭玉房裡的通房丫鬟！前些日子聽說是被放出去嫁人了，卻不想竟然淪落到了這個地方。

趙彩鳳離他們遠，如何能聽見他們兩人說了些什麼？就是瞧見一個哭得梨花帶雨、一個神色又驚又喜，心裡不禁兀自嘆道：果然又是一個多情公子美丫鬟的標配了！

趙彩鳳這時候也顧不得多想了，見外頭有越來越多的打手圍了過來，忙開口問道：「你到底是不是來救人的？眼下這麼多人，你打得過嗎？」

蕭一鳴這才回過神來，連忙推開懷裡的丫鬟，環視了一下周圍。從門外湧進來不下十幾個打手，個個看著都彪悍有力，臉上帶著幾分粗俗和狂野。蕭一鳴平常雖然拳腳功夫不錯，但大多數都是和蕭將軍的那些部下一對一的較量，從來沒有一個人跟一群人打過，這會兒看見這麼多人往自己面前圍過來，一時也有些慌了……

第十六章

卻說門外的韋捕快等人，也正焦急地在等著消息，宋明軒更是坐立難安，伸著脖子直往裡頭看，只有一旁的劉八順看起來還算鎮定一些。

大中午的，天氣炎熱，這一條路上也沒有什麼人，難得有過路的，也是幾戶大戶人家的下人，都是規規矩矩的，並沒有什麼愛看熱鬧的。

這時候，忽然有一輛馬車從遠處行駛過來，見了他們幾個，便放慢速度，停了下來。從裡頭探出一個十三、四歲的姑娘，雖然是小廝打扮，但明眼人也能瞧出這是個姑娘。

那小姑娘問道：「劉公子，我家公子問，你們大中午的在誠國公府門口做什麼？這麼熱的天，不如去我們家喝一口涼茶吧？」

劉八順一開始並沒看出這丫鬟是誰，但聽她的聲音，頓時就反應了過來，臉上掛著笑，想了想開口道：「是這樣的，今日我們幾個在蕭將軍家做客，結果蕭三公子的八哥飛到了誠國公家，我們正想進去找一找，只是不好意思進去。」

馬車裡的人聽了，笑著道：「這還不簡單？叫門請他們放你們進去找找就是了。」說著，便吩咐那小丫鬟道：「妳過去叫門，就說是我們家的鳥飛了進去。」

劉八順一聽，心下微微一嚇，只見那馬車的簾子一閃，從裡面出來一個十五、六歲、長得珠圓玉潤、白淨俏皮的「公子」。

這位公子，正是連八寶樓小廝都認得的程府四姑娘程蘭芝。

平常這四姑娘最愛女扮男裝，也從不刻意避嫌，所以劉八順在恭王府的時候曾見過她一、兩次，故而有些印象。他上前向她行禮道：「四少爺好。」

程蘭芝見劉八順沒揭穿自己，也朝著他拱了拱手。

其他兩位捕快早已看出來了，兩個人也行過了禮，跟在後面。

宋明軒素來是個眼拙的，哪裡能看出什麼女扮男裝來？也只上前和這位公子過禮，又因為心中著急，多說了一句。「事不宜遲，我們趕緊進去吧！」

程蘭芝見了，笑道：「這位公子對那八哥倒是挺上心的呀！」

宋明軒見她打趣自己，忍不住脹紅了臉頰。

一旁的小丫鬟早已經上去叫門了，過了良久，裡頭才出來一個應門的人，見了程蘭芝開口道：「原來是親家小……小少爺，您有事嗎？」

程蘭芝笑著道：「我陪著嫂子來這邊別院避暑的，方才有一隻八哥飛走了，正巧飛進你家這院子裡，我想進去找找。」

原來，這誠國公家二房的姑奶奶正是程將軍府的大少奶奶，兩家人是姻親關係。劉八順就是知道了這一點，所以才讓程姑娘來開這個口。

那看門的小廝聽了，很是為難。這西跨院裡頭正熱鬧著呢，要是讓這些個人進來了，壞了事可怎麼好？「四少爺大概是看錯了吧？我們家連一隻蒼蠅都沒飛進來過，要是飛了一隻鳥進來，如何不知道呢？」

「有沒有飛進來，讓我們進去找找不就成了？難道要我把嫂子請過來，你才肯開門嗎？」

「哪裡……哪裡的話……」那小廝還要推託，站在程蘭芝身後的韋老大突然上前一步。

「不好，裡面動起手來了！」

那小廝猝不及防，被韋老大推到了一旁，跌在地上，眼睜睜地看著幾個人魚貫而入。小廝瞧見韋老大一身順天府尹的捕快衣服，忙扯著嗓子喊：「不好了！順天府尹的捕快來了！」

程蘭芝見狀，一臉迷糊，斥責了那小廝一句。「喊什麼？難道有人在裡頭做什麼不法的勾當不成？」

劉八順跟著韋老大他們往裡面走，見程蘭芝還在門口，回身拱了拱手道：「四少爺，多謝幫忙，這事情以後再跟妳細說！」

程蘭芝見眾人都急匆匆地往裡頭去，也沒空跟小廝較真，忙跟上去問道：「你們去哪兒……」

小院裡，蕭一鳴已經又放倒了幾個打手，站在院中累得直喘氣。他平常不苟言笑，這時候又拚盡了全力和這一群人糾纏，臉上的神色就越發狠厲了起來，雖然被一群人圍著，卻沒有幾個敢先發制人地衝上去，生怕自己也被當成了沙包扔出去。

其實這時候蕭一鳴已經是強弩之末了，趙彩鳳依稀能瞧見他後背迸裂的傷口又滲出了血來，她實在有些瞧不下去了，便伸手拿了一旁靠在牆上的笤帚，站在蕭一鳴的身後，故意挑撥那些打手。「什麼叫做虎父無犬子，蕭將軍在戰場上可以以一敵百，蕭公子在這小院裡照樣能以一敵十，你們要是不相信的，儘管上來！」

趙彩鳳雖然這麼說，可心裡卻怦怦跳。這激將法的作用是雙向的，要嘛把人嚇唬住了、要嘛一籮筐全上了，也不知道這些個打手是怎麼想的？

蕭一鳴一聽，眉心緊了緊，往後看了一眼靠在自己身後的趙彩鳳，悄聲埋怨道：「妳這到底是幫忙呢，還是搗亂呢？」

趙彩鳳硬著頭皮道：「嚇唬嚇唬他們罷了，能唬住幾個就幾個！」

一旁的婁管家摀著流血的掌心，開口道：「快上，把他們抓住了，別放他們出去！」

幾個打手聽了，頓時又重振旗鼓，凶神惡煞地衝上來，但大家都知道了蕭一鳴的身手，因此不約而同地往趙彩鳳這邊衝。

趙彩鳳揮舞著笤帚，掃開一、兩個人，一腳踹在第三個人的褲襠處，那人頓時發出一聲慘叫，跌在地上打起了滾兒。

蕭一鳴一看，也嚇出一身冷汗來，這姑娘出手可真是快、狠、準啊！

趙彩鳳回頭道：「你愣著幹麼？打呀！」她不過在前世學了幾招防狼術，並沒有什麼真材實料，況且如今這身子，細胳膊細腿的，也禁不起她這樣折騰。

蕭一鳴回過神來，幫趙彩鳳踢開了兩個打手，這時候忽然聽見耳邊響起一聲慘叫，接著就聽見那婁管家開口道——

「你們兩個再反抗一下，我就把這丫頭給殺了！」

趙彩鳳一回頭，就見方才躲在蕭一鳴懷裡哭的姑娘雪燕被婁管家給控制住了！雪燕嚇得雙腿發軟，身子軟綿綿地靠在婁管家的身上，一臉的淚痕，卻仍情深意切地道：「蕭公子，謝謝您來救奴婢，麻煩您替奴婢帶一句話給少爺，就說奴婢來世再服侍他。」

趙彩鳳聽了，心裡直冒火，都什麼時候了還來瓊瑤這一套？趙彩鳳正想出口罵人呢，忽然覺得左肩一緊，隨之而來一陣劇痛，那種骨肉分離的痛讓她有一種自己正在被解剖的錯覺，一瞬間眼裡就飆出了淚來，兩個打手也立即就把她給制伏了。

趙彩鳳抬起頭，看了一眼還在做困獸之鬥的蕭一鳴，開口道：「你走吧，喊了人再來！」

婁管家大聲喝道：「一個都不准走，都抓起來！」

蕭一鳴看著被抓住的趙彩鳳，伸手抹了抹額頭上的汗，心道：人在外面，怎麼還沒進來呢！

說時遲，那時快，韋老大和另外一名捕快從外面衝了進來，手裡的大刀一亮，便和院子裡的人打了起來。那韋老大是整個順天府尹身手最好的捕快，十幾個大漢都沒法近身的，這誠國公府的打手再厲害，畢竟也就只是有些蠻力。

蕭一鳴見援軍來了，頓時就又有了氣力，三人聯手，把這院子裡十幾個打手都打得落花流水。

宋明軒瞧見趙彩鳳被兩個打手給按住，心下一陣著急，撿起躺在地上的笤帚，奮力往兩人的身上打過去，那兩人急忙躲閃，鬆開趙彩鳳，混入人群之中。

趙彩鳳肩上的箝制雖鬆，可疼痛感卻沒有減少，搗著肩膀勉強站起來。

宋明軒急忙丟了掃把跑過去，將她扶起來，可才碰觸到趙彩鳳的胳膊，她就疼得差點兒跳起來。

「啊……啊……別動，胳膊好像脫臼了。」趙彩鳳扶著脫臼的胳膊站起來。

這時候程蘭芝也進來了，她素來喜歡拳腳功夫，見這裡頭打起來了，也幫著蕭一鳴他們打。

婁管家一看形勢不妙，丟下了那丫鬟就要跑。

程蘭芝發現了，眼明手快地牽著韁子把人給拽了回來，交給了韋老大。「韋捕快，你們這是來抓人的嗎？怎麼就只有你們兩個捕快？下次可要吃虧的！」

韋捕快被說得黑臉一紅，押了婁管家道：「謝過四少爺仗義相助。」

蕭一鳴和裡頭的人糾纏了好一會兒，早已經狼狽不堪，見韋捕快他們總算來了，這才鬆了一口氣道：「你們再不進來，我的命就要交代下來了。」

程蘭芝扭頭，看著黑臉的蕭一鳴，噗哧地笑道：「蕭老三，你皮挺厚的呀，二十鞭子才吃幾天，又跑出來打群架了！」

蕭一鳴見是程蘭芝，越發鬱悶了。兩人年歲相當，程將軍又是蕭將軍的部下，所以小時候經常一起玩，小時他挨的一半鞭子，基本上都是程蘭芝告黑狀釀成的……蕭一鳴想起這些，還覺得後背有些疼。

經過趙彩鳳的指認，韋老大將騙走趙彩鳳的那兩個人捆了起來，進門又瞧見十幾個小孩子被關在裡頭。

趙彩鳳開口道：「我聽帶我來的人說，這些孩子都是要賣去南方的，我猜這裡是一個人牙子專門販賣人口的地方。」

韋老大聽了，額頭上也不禁冒出了冷汗，開口道：「堂堂國公府，居然做這種生意！怪不得最近經常有人上順天府尹報案，說是自己家的孩子丟了。」

雪燕這會兒也被解救出來了，嬌滴滴地跟在蕭一鳴的身旁，彷彿馬上就要暈倒一樣，果然，大家才走了一、兩步，雪燕輕哼了一聲，身子已經不由自主地往蕭一鳴的身上靠了過去。

一旁的程蘭芝見了，開口道：「蕭老三，憐香惜玉這幾個字可會寫？」

蕭一鳴一聽，一張冷臉拉得好長，吩咐道：「長勝，上去扶著雪燕姑娘。」

雪燕聽了，只又挺直了脊背，一副柔弱卻堅強的口氣道：「多謝蕭公子關懷，奴婢自己能走。」

蕭一鳴「嗯」了一聲，繼續道：「能走，那就好好走。」

趙彩鳳聽了，也忍不住笑了一聲，結果扯到了肩膀上的傷，疼得又出了一身冷汗。

「彩鳳，妳怎麼樣？我們趕緊回去找大夫！」宋明軒見趙彩鳳疼成這個樣子，也是心疼得要死，忙不迭地停下來問她。

趙彩鳳搖了搖頭道：「沒關係，我還能忍得了。」手臂脫臼只要找個會治跌打損傷的大夫看一下，把脫臼的地方再接上就行了，趙彩鳳前世學解剖的時候也學過這項技術，但是換到自己身上，就不大方便了。

前頭的蕭一鳴聽了，回過頭來看了一眼趙彩鳳那掛在一旁的膀子，幾步走過來，伸手摸了一把道：「脫臼了？下手這麼狠？」

趙彩鳳被他按得疼得要哭出來了，只是還沒等自己哭出來，蕭一鳴忽然就拉起了她那條脫臼的膀子，往外面一拉，緊接著往裡面一推，只聽見喀噠一聲，脫臼的膀子又接上去了！

趙彩鳳咬著嘴唇抓住宋明軒的手，把臉上的淚痕往宋明軒的衣服上蹭了蹭。

「行了，回去用紅花油揉一揉就好了，再吃些豬蹄補一補。」蕭一鳴抬起頭看了一眼把趙彩鳳護在懷裡的宋明軒，有些依依不捨地鬆開了趙彩鳳的手。她的手背上有一處銅錢一樣大的粉色疤痕，看著有些礙眼。

蕭一鳴也不知道為什麼，心裡覺得空落落的，遂轉身對韋老大道：「證人也找回來了，咱們還是早些回去交差吧！」

把人帶到順天府尹的時候，趙大人早已經下堂了，聽說證人被帶了回來，急忙又升堂審理了起來。

小順子戴著腳鐐手銬被拖上來，見了趙彩鳳急忙喊冤道：「小趙，妳可要給我作證啊！昨天晚上亥時，我是和妳在一起的！」

趙彩鳳的肩膀還有些隱隱作痛，見了小順子這個樣子，點頭安撫道：「你放心吧，只要你是冤枉的，趙大人一定會還你一個清白的。」

這時候，蕭一鳴也站出來道：「姥爺，這事一定是誠國公府的人做的，這證人就是我們從誠國公府別院帶出來的，他們家奴才偷了順天府尹捕快的衣服，冒充捕快，把證人給騙走了！」

趙大人見自己的寶貝外孫正站在下面呢，急忙揮揮手道：「你在這兒瞎摻和什麼？回府上陪你姥姥嘮嗑去。」

蕭一鳴這一路上也累了，索性拉起袍子往地上一坐，道：「不走了，看你審完了案子，一起回去陪姥姥吃晚飯。」

趙大人實在拿他沒辦法，也不去管他了，命師爺準備好了口供冊子，開始開堂審理。

「公堂之上，所跪何人？本官問你，六月二十二晚上亥時一刻至亥時三刻，你是否與案犯李順在一起？」

趙彩鳳也不知道是倒了幾輩子的霉運，這才穿越來了幾個月，就遇上了兩樁人命官司。她在現代是做法醫的，每天看死人也習慣了，可到了古代怎麼就那麼倒楣呢？難道是前世沾在自己身上的陰魂還沒有散去？

趙彩鳳聽了一把絡腮鬍子的趙大人的問話後，開口道：「回大人，民女趙彩鳳。六月二十二，也就是昨天晚上亥初一刻，我們店剛剛打烊，李順送了我回到討飯街上的住處，從八寶樓到討飯街，大約有三里路，平常人走一個來回需要半個時辰，所以李順把我送到家的時候，應該是亥初三刻，李順就住在八寶樓後巷的民居裡頭，所以他回到自己住處的時候，應該是亥正一刻。」

趙大人聽了，略略點頭，示意師爺把口供記錄下來，又開口道：「昨晚亥正一刻，有人瞧見李順在長樂巷的南風館出沒，緊接著南風館裡的一名小倌小馬兒被發現死在了自己的房間，死亡時間由我們順天府的馮仵作查驗後初步確定，應該在亥正二刻。死者身上沒有明顯傷口，舌頭外探，臉色發紫，是被人掐按脖頸，窒息而死的。聽南風館的老鴇說，這李順經常會找小馬兒借錢，且經常不還，所以本府有理由相信，李順是因為小馬兒向其要錢，而他無錢歸還，這才痛下殺手的。」

趙彩鳳稍稍抬起頭看了趙大人一眼，深深覺得趙大人的推理手法也真是簡單粗暴得很。

小順子聽了，一個勁兒地喊冤道：「大人，不是這樣的，我沒有向小馬兒借錢，那是……那是……」

趙彩鳳見小順子吞吞吐吐的，忙開口道：「這都什麼時候了，人都死了你還怕什麼？」

小順子低下頭，哭喪著臉道：「那是因為小馬兒說南風館的老鴇太凶了，每日只要他們有了客人的賞銀，就會去房間裡搜查，要是被查出來了就要沒收，小馬兒不想一輩子賣屁眼，所以偷偷藏了銀子，讓我假借借錢的名義，天天去找他要錢，這樣老鴇就不會疑心他偷藏了銀子，我也可以偷偷地把銀子運出來，存錢替他贖身了。」小順子說完，連連磕了幾個響頭道：「那些銀子我一個子兒也沒敢動，都在家存著呢！不信大人可以請人去找，就在家中火炕下面的夾層裡！」

趙彩鳳聽小順子這麼說，越發就肯定小順子是無辜的。

趙大人又問：「那為什麼昨天南風館有人瞧見你慌慌張張地往外頭來，跑得連鞋都掉了？」

「我……我……因為我瞧見小馬兒在接客，那客人看著挺嚇人的，我膽子小，就跑了……」小順子畏畏縮縮地道。

眾人都細心聽著小順子說話，這時候，一直在一旁聽審的宋明軒忽然開口道：「趙大人，不知道那小馬兒的屍體如今在何處？能不能讓晚生看上一眼？」

趙大人並不認識宋明軒，見他站在公堂之上，開口問道：「你又是何人？公堂之上豈有你開口說話的地方？」

宋明軒向趙大人拱了拱手道：「晚生是河橋鎮宋明軒，這一屆進京趕考的秀才。早就聽說趙大人明察秋毫，是京城百姓眼裡的大清官，晚生只是有幾個問題想請教一下仵作大人，不知道是否方便？」

千穿萬穿，馬屁不穿，趙大人聽人這麼誇獎自己，也有幾分沾沾自喜。

一旁的蕭一鳴也忍不住開口道：「姥爺，你讓他去看吧，今兒要不是他，我們也找不回證人，沒準他還能有一些新發現呢！」

趙彩鳳聽了，心裡頭驗屍的癮也上來了，遂開口道：「大人，那小馬兒民女也認得，沒想到死得這麼冤枉，大人容民女過去給他磕個頭吧？」

趙大人想了想，這也不是什麼大事，便點頭道：「劉師爺，你帶著他們去邊上的停屍房裡面看一下吧，這大夏天的，早些破案早些讓死者入土為安，省得把衙門都弄得臭氣熏天的。」

劉師爺便帶著宋明軒等人去了衙門裡頭的停屍房裡，蕭一鳴也跟著進來了。

馮仵作還在那裡研究屍體，見一下子來了這麼多人，頓時有些技癢，把罩在屍體上頭的白布給掀了下來，伸手指出屍體頸子上的瘀痕，對各位講解道：「按照下官的判斷，這小倌應該是死於窒息，你們看他脖子下面這一道傷痕，左邊短、右邊長，應該是凶手用右手用力按下去所造成的；還有這合不攏的嘴，應該是強烈窒息之後，造成舌頭僵硬外探，所以無法合攏。」馮仵作說著，又把那屍體身上蓋著的裹屍布一直往下拉。

因為趙彩鳳是小廝的打扮，所以他也沒在意，這一拉之下，就露出了屍體並沒有穿任何衣服的下半身，只見那屍體的陰莖還呈現半勃起的狀態。

趙彩鳳前世見慣了各個年齡層的裸男，自然不覺得驚訝，她眼神又極好，瞬時就發現了屍體後庭滑落下來的幾滴精液。按照現代的破案手法，只需要提取精液，排查一下精液的DNA，然後選擇可疑人群比照DNA，不出半個月，凶手肯定能落網，這個案子就可以結了，應該算是最沒有什麼技術含量的案子了。可在古代，這幾滴白色液體卻起不到絲毫的作用。

蕭一鳴看了一眼屍體，噁心地偏過頭去，瞧見趙彩鳳居然盯著屍體雙腿之間那個地方看，頓時就紅了雙眼，開口道：「妳……妳……」

話還沒說出來呢，就見宋明軒上前一步，伸手拿起屍體的手背看了起來。

宋明軒疑惑道：「馮仵作，你看這屍體，只有面部有青紫，但是手指並沒有發紫，這就證明他似乎沒有用力抵抗過，不然的話，怎麼可能身上連別的傷口也沒有？」

趙彩鳳這時候也已經不去在意那幾滴東西了，閉上眼睛細細地思考了起來，忽然腦中靈光一閃，抬起頭問那仵作道：「馮仵作，驗過有沒有中毒嗎？」

馮仵作這時候倒也是一愣，開口道：「這倒是沒有查過，從他脖子上的傷痕已經推斷出了死因，嘴唇也沒有明顯中毒的痕跡，應該不會是中毒而亡的吧？」

宋明軒聽了他們兩人的對話，陷入了沈思，視線也跟著掃過了那屍體半挺著的陽根，忽然問道：「銀針驗得出春藥來嗎？」

在場的各人聞言，都臉上一紅。

馮仵作擰了擰眉頭，道：「這個……這個我也不知道，不如驗一下看看？」馮仵作被宋明軒這麼一提醒，便命人去取他的銀針過來。

宋明軒又對著屍體研究了片刻，見趙彩鳳還在邊上，便上前蓋住了屍體的重要部位，這才開口道：「前朝譚仵作的《仵作實錄》裡有這麼一個案子，是正室狀告小妾謀殺親夫的，死狀和這小倌倒是有幾分相似，不過這小倌的脖子上多了一道掐痕，但這也未必就是這小倌的真正死因。」

馮仵作聽宋明軒一提醒，把宋明軒才蓋上的白布又給掀開了，扶著那小倌半勃起的陽根，湊上去聞了一聞後，驚訝地道：「果然這陽莖裡頭有血腥味！」馮仵作眼珠子一亮，見自己的手下已經拿了銀針過來，索性開口道：「去把剪刀也拿過來，這春藥未必能驗得出來，索性剖開肚子看一眼就知道了。」

趙彩鳳倒是第一次見到古代用這一招查驗屍體的，便也好奇地湊上去，不料宋明軒見了，擋在她的面前不給她看，趙彩鳳無奈，只好遠遠地瞧一眼。

蕭一鳴聽說要開腹，也好奇地湊過去，才看了一眼頓時就噁心得連連退後了幾步。

過了好一陣子，那馮仵作從屍體的胃裡頭掏出了一樣東西，眉宇中透著說不盡的驚喜，笑道：「果然是縱慾而亡的，這腹中的斑蝥還在呢！」

趙彩鳳鬆了一口氣，見宋明軒擋在自己跟前，又不敢湊上去看，生怕宋明軒越發起疑心，只得乖乖躲在他的身後。

蕭一鳴聽馮仵作這麼說，又好奇地湊上去看了一眼，見馮仵作鮮血淋漓的手裡躺著兩隻黑漆漆的東西，看著忍不住又噁了噁口水，壓下噁心。

宋明軒開口道：「斑蝥可是西域傳過來的壯陽之物，一般都是用於泡酒，因為有毒性，很少有人吞服，看來小馬兒肯定是被逼吃下去的。」

這時候再看屍體脖頸上的傷痕，那傷痕似乎是靠下頷的位置比較近，倒像是捏開了下頷要灌東西進去的樣子。

馮仵作把手裡的斑蝥放到了一旁手下端著的盤子裡頭，在邊上的水盆裡洗了洗手，然後點上了一支清香，對著屍體恭恭敬敬地拜了三下之後，開口道：「這位兄弟，一會兒我就讓人幫你把肚子縫好，你若是沈冤得雪，千萬別記恨我這個大老粗，我上有老，下有小的。」

趙彩鳳聽了馮仵作這幾句話，抿唇笑了一下，又想起自己以前做法醫的時候，從來沒有這樣做過，那些屍體在自己的手下不過就是一具供自己研究的死屍，她從來沒有想過，在他們死之前也是一個有血有肉的人。趙彩鳳從來都以為只要自己努力工作，幫助他們找出真正的死因，就是對他們最大的尊重，卻始終少了一些屬於人性的憐憫……想到這裡，趙彩鳳覺得莫名傷心了起來，跪下來，對著小馬兒的屍體鄭重其事地磕了三個響頭。

馮仵作上完了香後，便帶著眾人離開停屍房，去大堂找趙大人，走出去的時候有一種正義凜然的感覺，讓趙彩鳳也覺得在古代當一個仵作，似乎還是一件很光榮的事情。

這時候宋明軒也鬆了一口氣，跟著馮仵作出去時，轉頭看了一眼趙彩鳳，見她還抱著自己的胳膊，便開口道：「肩膀還疼嗎？」

趙彩鳳搖了搖頭。

宋明軒便也沒說什麼，兩人一前一後地往公堂上去。

馮仵作把方才從死者腹中挖出來的兩隻斑蝥呈上去給趙大人道：「大人，下官根據這幾位公子提出的疑問，再一次檢查了一下死者的屍體，結果在他的腹腔中發現了這個東西。」

趙大人看著這黑乎乎的一團，如何知道這是啥？遂疑惑地問道：「老馮，你就別賣關子了，這是啥東西？」

「這是一種西域的毒蟲，叫斑蝥，有壯陽之用，長樂巷上有好幾家青樓妓院裡就有賣這個東西。這東西泡酒之後，會讓人精神興奮，方才那屍體陽根勃起，我只當是臨死前極度緊張引起的，後來經過這兩位公子的提醒，才想起了《仵作實錄》上的舊案，所以剖開了屍體的腹腔，取出了這樣東西。下官認為，死者應該是在被強灌了春藥和斑蝥之後，被人姦淫而亡的，這和李順一開始的口供也是吻合的，他一開始就說，無意中撞見了有人正在和死者交媾。」

趙大人見事情有了新的進展，連眼皮上的白眉毛都抖了一下，開口道：「這麼說來，那凶手肯定是另有其人，怕就是李順無意間撞見的那個人！李順，你快說，你那天晚上撞見了誰？」

李順這會子三魂已經回來了兩魂半，瞧著這一圈人都在給自己壯膽，便一咬牙道：

「那……那人草民也沒看清楚，但瞅著有點像是誠國公府二房的六爺。」

趙大人還沒發話呢，那邊蕭一鳴立即就開口道：「肯定是誠國公府的人，要不然怎麼會把小趙給抓去誠國公府的別院呢？姥爺，他們家別院還關著十幾個十來歲的孩子呢，都是被騙過去要賣到南方的！」

趙大人平常和誠國公也有幾分交情，聽小順子提起了誠國公家二房，一時也覺得有些棘手，想了片刻才吩咐道：「先去盤問一下你們抓回來的那個管家，問問那別院裡的孩子都是什麼來路？最近有不少丟孩子的人來順天府尹報案，若真的是那些丟了的孩子，這件事只怕還要繼續查下去。」

趙彩鳳見趙大人那眉心擰出來一個川字，也知道這事情怕是棘手了。不論古今，官官相護那都是常態，趙彩鳳倒也沒覺得自己有這個能力伸張正義，於是開口道：「趙大人，如今既然證明小順子是無辜的，那可否請趙大人放小順子回去呢？」

小順子聽了，也一個勁兒地點頭。

蕭一鳴忙開口道：「姥爺，得趕緊去抓人啊！這會兒若是小順子回去了，那誠國公府的豈不是知道這案子沒結，指不定人就溜了呢！趁著還沒開溜，趕緊抓人去吧！」

趙大人狠狠瞥了一眼自己這個外孫，還沒開口呢，蕭一鳴突然就轉身，露出後背那被血染紅的衣服。

「姥爺你看，這就是今兒我被誠國公府的惡狗給打的！」

原來趙大人和趙夫人格外疼愛蕭一鳴，蕭將軍打了蕭一鳴之後深怕兩老動怒，勒令家中封鎖消息，不讓趙家人知道，因此趙大人並不曉得蕭一鳴先前被打的事情，如今瞧見外孫竟被打成這副模樣，頓時氣不打一處來，驚堂木一響，下令道：「韋捕快，我現在就命你帶上二十人，去誠國公府捉拿嫌犯！李順無罪釋放！」

蕭一鳴見騙成功了，也上前給趙大人拍馬屁去了。

趙大人瞧著平常逗都逗不笑的外孫今兒似乎心情不錯的樣子，高高興興地下了公堂，跟著自己外孫一起回府上去了。

蕭一鳴跟著趙大人走了幾步，轉身看見正往門外去的宋明軒和趙彩鳳，便吩咐道：「長勝，送宋公子他們回去。」

兩人在討飯街巷口下了車，到一旁的藥鋪裡面買了一瓶紅花油，這才互相攙扶著回去，才到自家門口呢，就聽見了門裡頭傳來哭哭啼啼的聲音，宋明軒忙上前推開門，就見一群人正圍著楊氏安慰呢！

眾人聽見開門的聲音，回頭一看，見是宋明軒和趙彩鳳回來了，忙一個勁兒地拉著還在哭的楊氏，開口道：「彩鳳她娘，妳快看誰回來了！」

楊氏淚人一樣地從人群中抬起頭來，見果真是宋明軒帶著趙彩鳳回來了，越發哭得大聲了，忙不迭地爬起來迎過去。「彩鳳，妳可回來了，真是擔心死娘了！這京城真是人心險惡，改明兒我們還是回趙家村去吧！」

趙彩鳳被楊氏拉了一把受傷的手，疼得倒吸了一口冷氣。

楊氏忙鬆開了，急問道：「怎麼了這是？」

宋明軒便上前道：「被壞人捏脫臼了。」

那邊呂大娘聽了，忙喊了呂大爺上來道：「老頭子，快來給彩鳳看看，這接上了沒有？」

原來呂大爺年輕時學過一手治療跌打損傷的本事，這討飯街上尋常有人受傷了都會請他看一眼。

呂大爺摸了摸趙彩鳳的肩膀後，開口道：「已經接上了，揉上紅花油，休息一陣子應該就沒事了，不過要還想著去酒館打雜是不行了，這一、兩個月怕是端不起盤子來了。」

宋明軒一聽沒有大礙，心裡總算是放下了一塊大石頭，把手裡的紅花油拿了出來，道：「那這會兒我就進去給她揉上。」

楊氏聞言，開口道：「你一個小夥子，懂個什麼？瞧這一身灰，快進去洗洗，我來幫彩鳳揉揉。」

大家夥兒見宋明軒和趙彩鳳已經安然回來，也都散開了。

卻說蕭一鳴在趙家用過了晚膳才回了將軍府，被蕭夫人知道他並沒有去玉山書院聽會講的時候，少不得又是一頓數落，幸好有趙家的人在跟前，她也沒敢多說，省得明天老母親又要請她過去聊一聊了。

誰知蕭一鳴今兒跟著跑了這一趟之後，心裡頭卻生出了一些別的心思，跪下來對蕭夫人道：「母親，這世上的道路萬萬條，兒子不想只在科舉這一條道上走到底。兒子今兒覺得，不管做什麼，只要做得好，都一樣可以幫到老百姓，所以兒子想去姥爺的順天府尹當一名捕快，專門捉拿壞人，匡扶正義！」

蕭夫人那是一心不想要蕭一鳴再舞刀弄槍的，因此聽他這麼說，只開口道：「你這孩子，怎麼想一齣是一齣？這馬上就要科舉了，你不在家裡好好地看書，竟想起什麼捉犯人的事情來了。」

蕭一鳴見蕭夫人實在是說不通，只把臉一掛，跪得直挺挺地道：「那母親還是讓父親再給我一頓鞭子，把我打死了清靜！」蕭一鳴是鐵了心要和自己老娘叫板。

蕭夫人沒轍，只好把這事情告訴了蕭將軍，請他過來。

蕭將軍其實也知道蕭一鳴不是一塊讀書的料子，他上次之所以會痛打蕭一鳴一頓，是氣他弄虛作假，失去了一個為人立本的原則，這次見蕭一鳴有心想當個捕快，反倒對他刮目相看，問他。「你既然斷了從文的念頭，那必定還是要走我這條老路的，不然就從御前侍衛做起吧，去宮裡頭歷練個兩年，在皇上跟前混個眼熟，以後也好升遷。」

蕭一鳴卻擰著脖子道：「兒子不想去宮裡當御前侍衛，兒子只想當一個捕快，給老百姓辦事。」

蕭將軍問道：「皇上也是老百姓的皇上，你給皇上辦差和給老百姓辦差有什麼不一樣？」

蕭一鳴回道：「兒子書讀得不好，但是有句話也知道，便是『水能載舟，亦能覆舟。』如果老百姓對朝廷和皇上有怨恨了，國家就會不穩，因此兒子就想在老百姓跟前辦事。」

蕭將軍也不知道蕭一鳴怎麼忽然間就有了這樣有見地的想法，不過這一點卻也讓他欣賞，便開口道：「既然這樣，那等你後背的傷好了，就去你姥爺的順天府尹報到吧！但是我醜話說在前頭，要是讓我知道你染上那些捕快們喝花酒、賭錢的習性，回來還是要家法處置！」

蕭一鳴一臉嚴肅地向蕭將軍行了一個軍禮，開口道：「孩兒謹記父親的教誨！」

趙彩鳳在家裡休息了幾天，幸好有楊氏在，她又有了茶來伸手、飯來張口的待遇，而宋明軒這幾日也很是用功，基本上天還沒亮就起來看書了。

這天下午，趙彩鳳還在裡面午睡，就聽見外頭傳來說話的聲音，原來是謝掌櫃遣了八寶樓裡的夥計來看自己了，可趙彩鳳這時候還穿著姑娘的衣服呢！

外頭楊氏迎過去道：「你們兩個先坐一會兒，我去喊小趙出來。」

那兩個夥計笑著道：「大娘，妳別忙了，我們站一站就走了。這是謝掌櫃讓我們帶過來的東西，還有這個，是我們東家的一點兒心意。」

趙彩鳳摸了一件小子的衣服穿好了出來，見那兩個夥計看她的眼神就跟以前不一樣了，她只還跟以前一樣地招呼他們，那兩人卻有些不好意思了起來。趙彩鳳便問道：「怎麼沒見小順子來？」

站在前頭和小順子關係好一些的那人便開口道：「小順子帶著小馬兒存下來的銀子回老家去了，在這邊得罪了人，東家讓他先回去避一陣子。」

這幾天趙彩鳳都在家裡頭沒出門，並不知道外頭的光景，聽他們這麼說，便坐了下來，好奇地問道：「那小馬兒的事情究竟怎麼說呢？」

一旁的小夥計開口道：「還能怎麼說？一開始是抓住了那誠國公府二房的六少爺，可後來也不知道從哪兒冒出來一個下人，說是他弄死了小馬兒，我瞧著是誠國公家推出來頂罪的，小順子又膽小，說自己沒看清對方的長相，所以如今連順天府衙門也沒轍了，沒準過兩日就要結案了呢！」

趙彩鳳聽了，也嘆了一口氣道：「這也是沒辦法的事情，胳膊擰不過大腿，咱都是平頭老百姓，他們都是當官的，這次我能撿一條命回來都不容易了。」說到這裡，她還覺得肩膀有些隱隱作痛呢，認命道：「小順子回老家是對的，等這事淡一點了再回來也是一樣的。」

一旁那夥計點頭道：「我還聽說，那南風館背後就有誠國公府撐腰，興許還就是誠國公府的生意呢！只是本朝有規定，豪門貴冑之家是不准碰這種生意的。反正一句話，咱老百姓就是吃虧！」

趙彩鳳瞧兩人無精打采的樣子，便安慰了幾句。「你們回去吧，等過幾天我的肩膀好了再回去。」

兩人尷尬地笑了笑，不自然地對視了一眼，這才開口道：「那啥……小趙啊，小順子已經把妳的事情和東家說了，東家說不能再留妳在店裡頭了，他說等妳好了，妳若是願意，就去他府上跟在太太跟前做個帳房丫鬟，妳又識文斷字的，太太身邊正缺這樣的人呢！」

趙彩鳳一聽，鬱悶的心情就更鬱悶了幾分。在這樣的一個年代，女孩子想找一份穩定的工作，似乎除了丫鬟就是繡娘了……就連勾欄院裡的妓女，到了年紀還得提早退休呢！

不過這事情也不能怪別人，出了這檔子事，楊氏早就哭得整個討飯街都知道她是個閨女了，八寶樓裡也遲早會知道的。

趙彩鳳想了想，前幾日在八寶樓做代理掌櫃，該知道的流程她都知道了，一個飯館每天的進項和出項也知道了，每一道菜的價格是怎麼按照成本來訂的她也摸索了出來，其實再去八寶樓打工，似乎也沒有什麼特別的意義了。

「兩位替我謝謝東家的好意吧，這不，再過一個多月，我大哥考完科舉後，興許我們就要回趙家村去了，所以八寶樓的活計也確實幹不長，只是對不住東家和謝掌櫃的一片好意了。」

兩人聽趙彩鳳這麼說，也知道她有心回絕，笑著道：「妳是要當舉人太太的人，自然不會記掛著我們那座小廟。既然這樣，那我們也就不多留了，還要回去準備夜市呢！」

趙彩鳳送了兩人出門，回來的時候瞧見宋明軒正在房裡埋頭寫東西，這個時候天氣很熱，宋明軒只穿了一件薄薄的褂子，額頭上布滿了汗珠，但看著心思卻很靜，似乎對周圍的炎熱完全沒放在心上，一副聚精會神的樣子。

趙彩鳳看著倒是覺得有些心疼了，就走到後頭灶房裡，給他盛了一碗綠豆湯送進去。白天裡門都是開著的，上頭掛著布簾子，趙彩鳳腳步又輕，宋明軒並沒有聽見，趙彩鳳便好奇地走過去，看了一眼他寫的東西，才順著默唸了兩行，心下就嚇了一跳，忙開口問道：「你寫這個做什麼？」

宋明軒也被趙彩鳳嚇了一跳，手上的毛筆一抖，急忙放下了道：「我聽說誠國公府殺人的案子沒判下來，所以就想著動員一下那天我們找回來的那些孩子的爹娘，狀告誠國公府拐賣孩童，這樣數罪併罰，沒準就可以告倒了他們。」

趙彩鳳這時候已經不像初來古代時那麼天真了，在八寶樓打工的經歷讓她認識到這是一個等級制度森嚴的社會，像他們這樣的草民要告倒權貴，那基本上是不可能的事情。

「你昏了頭了，還是真的做狀師做上癮了？京城是什麼地方，也有你這窮秀才撒野的地兒嗎？你是來考舉人的，別得罪了人，到時候連考試的資格都沒了！」趙彩鳳這可不是嚇唬宋明軒，那誠國公若真是一個手段通天的人，隨便給宋明軒按上一個罪名，取消個考試資格，那不都是小菜一碟的事情！

宋明軒見趙彩鳳生氣了，也擰著一股勁，站起來倔強地道：「難道我就眼睜睜地看著誠國公府繼續坑害人嗎？難道我唸書考科舉就真的只是為了謀一個官職、討一份生活嗎？難道我想為妳討回一個公道都不行嗎？」宋明軒看著趙彩鳳，第一次這樣的激動，瞪大了眼睛道：「我差點以為妳會死掉，我的心到今天還是提心吊膽的，一想到那天的事情，我就一個字都看不進去！」

趙彩鳳看見宋明軒白皙的臉頰脹得通紅，連眼梢都帶著幾分濕潤，見趙彩鳳看著他不說話，又賭氣地低下頭去，過了良久，似乎又覺得自己做錯了，憤憤地伸手，拿起那張寫好的狀書想要撕了，趙彩鳳急忙按住了宋明軒的手。

抬起頭，兩人對視了一眼。

「等你考完科舉，我們再一起想辦法。這件事人證都還在，應該不會那麼容易結案的。」

宋明軒眼神一軟，伸手抱住了趙彩鳳，將她壓在了身後的書桌上，低下頭封住了她的唇瓣。

趙彩鳳的一隻手臂還掛在胸口，壓根兒使不出力氣，只能半推半就地任由他為所欲為。

宋明軒這次明顯比上次進步了很多，熟練的程度幾乎可以用一日千里來形容。

過了良久，趙彩鳳有些虛軟地靠在宋明軒的懷裡，眼角似乎還帶著濕意，抬眸瞪了宋明軒一眼，嗔道：「這次，我可沒讓你親回來！」

宋明軒好像是想起了什麼，摟著趙彩鳳，將自己的下頷抵在她的肩膀上，帶著幾分小無賴地道：「那要不然……我讓妳親回來？」

趙彩鳳又白了他一眼，掙開他的懷抱，扭頭走了兩步，這才轉頭看著他道：「大白天的，精蟲上腦！」

宋明軒被說得越發臉紅了，又想起那日在順天府停屍房裡頭，趙彩鳳還看過那男屍的那個地方，頓時就忍不住亂想了起來，才低下頭，就發現自己下面不知道什麼時候已經鼓起。

方才趙彩鳳一定是感覺到了他的身體變化，才會那麼說他的！宋明軒這會兒再也淡定不能了，急得跟熱鍋上的螞蟻一樣，在房裡坐立不安了起來。

誠國公府的案子牽扯不小，又在天子腳下，所以這幾天趙大人也是心煩意亂得很。誠國公親自託人送了好多禮上門，這不年不節的，趙大人自然知道是為了什麼事情。又沒有目擊證人，除了那小順子所說的見過的背影之外，再沒有任何人能提供任何線索來證明那凶手就是誠國公府的六爺，如今又來了一個認罪的，所有證詞也都沒什麼疑點，若是按照老慣例，這樣的案子，似乎也真的可以結了。

趙大人看著師爺送上來的口供，一個勁兒地搖頭。明明知道如今的這個人犯是頂罪的，可拿不出證據，還是要結案的。

正巧，蕭一鳴今兒穿了一身捕快衣服，高高興興地上趙老爺這邊來看看，見了那一份口供，氣得納悶道：「姥爺，這事難道就真的這麼結了？那些找回來的孩子送回去就沒事了嗎？那些個人難道就沒有一個要告誠國公府嗎？」

「告？你想得容易。孩子能找回來就不錯了，命要緊，還告呢！」趙大人又看了一眼手裡的證詞，搖搖頭，拿出蘸飽了紅泥的官印，正打算蓋上去呢，蕭一鳴卻抬手給攔住了。

「姥爺，這官印蓋上去後，想要翻案可就難了。」

趙大人擰眉道：「那你說說，這到底應該怎麼辦呢？」

蕭一鳴擰眉想了好一陣子，也沒想出辦法來，只覺得腦子亂糟糟的，索性便開口道：「姥爺你先別著急蓋，我出去吃個中飯，沒準吃過回來就想出辦法來了。」說完便往外走去。

趙大人忙喊道：「你去哪兒啊？你姥姥讓你回我們家吃去！」

「今兒第一天上值，我請兄弟們下館子去！」

蕭一鳴請客吃飯的館子，自然是在八寶樓，可這八寶樓明明不是離府衙最近的館子，且蕭一鳴來了之後才想起，趙彩鳳的肩膀受傷了，想必最近不能來八寶樓上工了。

這時候，正巧兩個夥計從他身邊經過，聽他們議論道——

「小趙也真是的，東家請她去府上當女帳房，她反倒不願意了。」

「可不是？她一個大姑娘家，在我們這樓裡頭當小二，也是夠大膽的了，也不看看這是在哪條街上！」

「你現在知道她是大姑娘了？這大半個月來，也沒見你瞧出她是個姑娘啊！」

「還說我呢，你不也是嗎？難道你瞧出來了？」

蕭一鳴聞言，稍稍愣了一下，看來趙彩鳳的姑娘身分已被這樓裡的人給知道了。他開口問道：「兩位小哥，你們說小趙她不過來樓裡上工了？」

夥計見蕭一鳴問起了趙彩鳳，笑著迎上去道：「喲，原來是蕭公子呀！我偷偷告訴您一件事情，您可別往外說。」

蕭一鳴點了點頭，小聲回道：「你們說。」

「那小趙原來是個姑娘家呢！我們東家知道了，想請她去府上做女帳房，可她不願意，說是等她那個兄長考完了科舉，一家人就要回趙家村去了！」

蕭一鳴聽了這話，頓時覺得心裡空蕩蕩的，怎麼都像少了一塊似的，這飯也吃不下了，丟下了銀子，招呼韋老大等眾人道：「各位大哥，這飯在下請了，不過在下突然有些事，就不陪著你們一起吃了。」

韋老大他們只當蕭一鳴是來鬧著玩幾天的，過幾天累了沒準就走了，所以也不跟他客氣，就隨他去了。

蕭一鳴出了八寶樓後，卻在門口停住了，他也不知道這時候出來要做什麼，呆呆地往討飯街的方向看了幾眼，忽然轉身對裡頭的謝掌櫃喊道：「掌櫃的，給我來一隻八寶鴨、一份糖醋里脊、一份梅菜扣肉，再來半斤餃子，我打包走！」

謝掌櫃忙吩咐小廝安排下去，又見蕭一鳴去了對面的寶善堂裡頭。

蕭一鳴在店堂裡頭看了一圈。

店小二忙上前招呼。「客官，您想要抓些什麼藥？要不把症狀說給咱掌櫃的聽，讓掌櫃的告訴您要買些什麼吧？」

蕭一鳴皺著眉頭想了半天後，開口道：「不用了，給我來一些什麼鹿筋、熊掌、三七之類補筋骨的，然後再來些何首烏、核桃、枸杞之類補腦的，就好了！」

那店小二一聽，有些糊塗地道：「這位客官，您這病人看來傷得不輕啊，又是傷筋動骨、又是傷腦筋的，不然還是請大夫上門看看吧？」

蕭一鳴平常就沒什麼好臉色給人，見這店小二話這麼多，冷著臉瞥了他一眼。「傻子都知道這是給兩個人吃的！快去秤藥，愣著幹麼！」

蕭一鳴在寶善堂買好了藥材後，八寶樓的外賣也好了。他們捕快執勤是不讓騎馬的，所以蕭一鳴便自己拎著這些東西，快步往討飯街去了。

第十七章

蕭一鳴腳程快，走到討飯街也不過一炷香的時間，可到了巷口，卻有些不好意思進去了，拎著東西在門口轉了一圈，想一想又覺得沒勇氣，正打算轉身離去呢，沒想到卻遇上了楊氏和余奶奶從外頭回來。

原來楊氏見趙彩鳳最近不出門上工了，所以便和余奶奶一起，在外頭接了洗衣服的工作，剛剛正好去把洗乾淨的衣服送還給人家，回來就遇見蕭一鳴了。

今兒蕭一鳴穿著捕快的衣服，楊氏見他這麼一副打扮，便以為他原本就是個捕快，笑著道：「這位公子，原來你也是捕快呀！到我們這兒有事嗎？」

蕭一鳴沒料到居然遇上了楊氏，越發不好意思了，有些吞吞吐吐地道：「大嬸，我……」

楊氏瞧著蕭一鳴約莫也就是十六、七歲的樣子，只當他是來找宋明軒的，便開口道：「你是來找明軒的吧？他就在家裡看書呢！你這孩子，來就來吧，還帶這麼多東西，太陽底下怪熱的，快隨我進去！」楊氏說著，便上前幫忙接過了蕭一鳴手中的食物。

這下子蕭一鳴想回頭都沒轍了，只好硬著頭皮點頭道：「對對，我是來看宋……宋兄的，我們在玉山書院認識的。」

楊氏聽了，笑著道：「難得你們不嫌棄他家裡窮，還能願意跟他結交，不是我說，明軒雖然家裡頭困難，可這學問肯定是好的。」

蕭一鳴跟著道：「宋兄的學問，確實不錯。」心裡兀自笑道：那是，學問真是一等一的好，不然我也不會挨鞭子了……

楊氏越發高興了，嘆了一口氣道：「只盼著他這一科能高中就好了，這樣我家彩鳳就可以安安穩穩地當舉人太太了。」

蕭一鳴想起了趙彩鳳那眉飛色舞的樣子，心裡忽然覺得酸酸澀澀的，看了一眼手裡拎著的藥材，上前幾步跟上了楊氏，把東西往楊氏的懷裡塞過去，道：「大嬸，我剛想起來，我衙門還有點事情，不然我還是先走了……」

楊氏被蕭一鳴的反應給弄懵了，抱著一手的東西道：「哎，這孩子，都到門口了怎麼不進去呢？彩鳳在家裡頭做了午飯，不進去一起吃一頓便飯嗎？」

蕭一鳴聽了這話，心裡又有些猶豫了起來，可想了想還是擰著頭道：「不了，我真的有事。」

趙彩鳳這幾天在家裡頗為清閒，這會兒已經做好了幾個小菜，放在葡萄架下的石桌上，等著楊氏回來一起開飯呢，冷不丁聽見外頭楊氏的聲音響起，便走到門口，開門道：「娘，妳回來了啊？快進來吃飯吧！」

趙彩鳳抬起頭，正好看見不遠處跟楊氏說話的蕭一鳴，略略愣了一下，還沒說話呢，那邊楊氏已先開口了。

「彩鳳，妳認識這位公子不？他說是來看明軒的，這都到了門口了，卻不肯進來。」

趙彩鳳心裡其實也是很感激蕭一鳴的，上次若不是他，自己也不可能脫險，她也覺得應該親自謝謝他，便走出門道：「既然來了，那就進屋裡頭坐坐吧，除非你是嫌棄我們家太簡陋了。」趙彩鳳對這些有中二病的男孩子還算瞭解，知道要是不激他一句，沒準蕭一鳴還不肯進來呢！

果然，蕭一鳴聽了這話，轉身道：「這有什麼好嫌棄的？進去坐坐就坐坐唄，反正我今兒是來看宋兄的！」

蕭一鳴一本正經的開口，讓趙彩鳳反倒有些哭笑不得了，側身讓了一條道給他，抬起頭往裡頭喊了一聲。「宋大哥，蕭公子來看你了！」

蕭一鳴略略看了一眼趙彩鳳，見她一條胳膊還掛在胸前，就知道她的手臂還沒好全，蹙眉道：「那個……我帶了些藥材來，裡頭有什麼鹿筋、三七之類的，小趙妳要是胳膊沒好，可以吃一些試試。」

趙彩鳳自從上次在蕭府還銀子之後，就知道蕭一鳴其實本性不壞，如今見他這麼客氣，也覺得自己以前對他有所誤解，遂笑著道：「你還真客氣，快進來坐吧！正好今兒我炒了幾個素菜，都是新鮮的，不過我們家沒有珍珠米，只有糙米，你若是不嫌棄就一起吃一口吧！」

宋明軒這時候也從房裡頭出來了，他沒什麼好衣服，平常在家就穿著短打，頭上隨便紮著一個髮髻，看起來很隨便的樣子，見蕭一鳴來了，很是不好意思，忙上前打過了招呼，這才注意到蕭一鳴身上的這一套捕快衣服。「蕭公子這身衣服是……」

宋明軒話還沒說完呢，趙彩鳳也發現了蕭一鳴今兒穿的衣服不一樣，笑著道：「這順天府尹的捕快制服也太好弄了吧？那天若不是因為這一身衣服，興許我就不會被騙了！」

蕭一鳴頓時覺得很窘，趙彩鳳這伶牙俐齒的本事真是一點兒也沒改，他繃著臉，嚴肅地道：「我從那日之後就正式棄文從武了，如今在順天府尹當一個小捕快，專門抓抓壞人，負責京城的治安。」

宋明軒聽蕭一鳴這麼說，頓時對他欽佩得五體投地，開口道：「沒想到蕭公子還有這樣的氣魄，真是讓在下佩服！其實對於你們這樣的世家子弟，科舉並非是入仕的唯一途徑，蕭公子如今雖然只是一個捕快，但是心懷百姓，那就是造福於民啊！」

蕭一鳴被宋明軒誇獎得有些飄飄然了，一下子就忘記了尷尬，笑著道：「我就是這樣說服我父親的，我們蕭家都是行伍之人，一樣保家衛國。武將保家、文臣治國，本來就是缺一不可的，何必非要分得那麼清楚。」

宋明軒沒想到看著玩世不恭的蕭一鳴還能說出這樣的話來，頓時就對他刮目相看了起來，嘆道：「看來從此大雍又要多個一代名將了！」

蕭一鳴這會兒被誇得心口洶湧澎湃，開口道：「靜待宋兄高中，大雍就又多了一位治國良才了！」

趙彩鳳在一旁聽著這兩人的相互寒暄，見兩人都沈浸在美好的白日夢之中，也沒好意思打斷兩人，回房取了一些碎銀子，向楊氏交代了一聲，便去往巷口的小酒館打一罈子黃酒。

待楊氏把蕭一鳴打包過來的菜裝盤送了上來，趙彩鳳也從外面回來了，手裡拎著一個酒罈子，笑著道：「看你們難得聊得這麼開懷，給你們打了一些小酒，你們慢慢聊。酒不多，剛好夠你們過把癮的。」

蕭一鳴一聽有酒喝，頓時就高興了，把酒罈子拿去給宋明軒滿上了，道：「宋兄觀察入微，真是讓人佩服，比起順天府尹的仵作都不差什麼。」

宋明軒卻謙虛得很，開口道：「不過就是讀的書多了些，照本宣科罷了。我平常不看四書五經的時候，也喜歡看一些雜書，看得多了，就入了腦了。」

蕭一鳴嘆息道：「我家書房的書足有幾個大櫃子那麼多，其中一大半都是我父親的兵書，那些我倒是看了個齊全，可除了這些，其他的我都不愛看。你若是喜歡，改明兒我帶你進去，你想看什麼書自己拿去！」

宋明軒正要答應呢，趙彩鳳在邊上聽了，先他一步開口。

「秋闈之前，什麼雜書都不能看，等考完了，愛怎麼看都隨你。」

蕭一鳴看了一眼趙彩鳳，又瞧了一眼一臉受教的宋明軒，心道這樣的小媳婦也忒厲害了一點，忽然間就覺得自己也沒那麼羨慕宋明軒了。

「那等宋兄考過了再來借也是一樣的，反正書又不會跑了。」

宋明軒低下頭，略帶歉意地道：「等考過了，大概就要回趙家村去了。」

蕭一鳴疑惑道：「宋兄不是已經拜在了韓夫子的門下嗎？若是中了舉人，應該在玉山書院聽課才是。上一屆玉山書院的一百來個學生中，有三十個都中了進士，那柳半塘更是以弱冠之齡就得了狀元，如今大家都擠破了頭想進去呢，宋兄這麼好的資質，怎麼不留下來呢？」

宋明軒何嘗不想留下來？只是在京城的吃用都不是小錢，家裡沒有進項，根本就不可能供宋明軒在京城唸書。

「實在是囊中羞澀，只怕沒有辦法支付這求學的束脩。」宋明軒雖然窮，卻窮得坦坦蕩蕩，絲毫沒有半點畏縮羞澀。

一旁的趙彩鳳聽在耳中，也只能跟著略略嘆息，其實……她一心一意想在京城盤一間鋪子，也是有這個想法。宋明軒若這一科真的中了舉人，按照許氏和楊氏的心態，肯定是砸鍋賣鐵也要繼續供下去的，所以……這銀子必須要有一個進項。

趙彩鳳想了想，開口道：「我這幾天在家裡閒著無事，會出去看看這附近有沒有什麼鋪子可以盤下來的，到時候我們先在這兒住下了，再看看有沒有什麼別的進項？只一點，你若是沒中舉人，那這些事情和你可沒半點關係，你回你的趙家村，我可不攔著你。」

蕭一鳴聽了趙彩鳳這話，內心就有些接受不了了。他所在的世界，都是男人是天、女人是地；男人說一，女人不說二的，從來也沒見過一個女人這麼跟男人說話的。況且聽趙彩鳳這口氣，敢情她還真就是一心一意地想當舉人太太？說出這樣的話來，也不怕傷人心呢！蕭一鳴見宋明軒臉上帶著幾分尷尬，便開口道：「宋兄學問這麼好，這一次肯定能中的。」

趙彩鳳見兩人都有些尷尬，也不說話了，自己躲到後面灶房裡頭吃午飯去了。

蕭一鳴和宋明軒見趙彩鳳走了，話又多了起來，這回換蕭一鳴勸宋明軒道：「宋兄，小趙她對你是真好，她說那話興許只是嚇唬嚇唬你的。」

宋明軒向來就被趙彩鳳給唬慣了，哪裡會在意這些？紅著臉道：「不打緊、不打緊，早習慣了。」

蕭一鳴頓時覺得沒意思了，自己見他被個女人喝斥，好心安慰他幾句，結果他本人反倒當這個是打情罵俏呢，哪裡有半點男人氣概了？遂拉長著臉道：「宋兄，你這樣不行啊，將來小趙過門了，你夫綱不振啊！」

宋明軒聽了蕭一鳴這話，頓時就臉紅到了耳根，急忙攔住了道：「蕭公子快小聲些，別讓彩鳳聽見了，她不愛讓人知道她是我未過門的媳婦，我們出來之前有過約法三章的。」

蕭一鳴一聽又覺得有些意思，忍不住就起了一些八卦的心思，瞧著宋明軒紅撲撲的臉頰，趁著彼此都有幾分醉意，便問道：「宋兄，你別說這麼長時間，你和小趙她都沒有那個過？」蕭一鳴雖然尚未娶親，但是跟鄭玉胡混了那麼久，這些事情自然是懂幾分的。

宋明軒聽他這麼一問，臉頰就越發脹紅了起來，忍不住開口道：「蕭兄快別這麼說，不能壞了彩鳳的清譽，她還是一個黃花閨女呢！」

蕭一鳴這會兒又不大瞭解了，一個黃花閨女和一個男子住在一個院子裡頭，這種事情簡直是匪夷所思，因此他忍不住又多嘴道：「宋兄，這樣可不行啊，你一個男的還無所謂，可小趙……」蕭一鳴說到這裡，再沒往下說了，可這裡頭的意思，宋明軒自己應該清楚。

宋明軒也跟著嘆息道：「我發過誓的，等中了舉人就迎娶她，只怕她不答應。」

蕭一鳴看著宋明軒這患得患失的表情，便安慰道：「你這就別瞎想了，我看啊，她上趕著還來不及呢，不然她這樣累死累活的為了誰？」

蕭一鳴說完這些話，心裡面多少還帶著些酸溜溜的情緒，可如今他已認清了趙彩鳳和宋明軒之間的關係了，就算再有念想，也該放下了。關鍵是，他壓根兒就還沒弄明白，他對趙彩鳳的那種感覺到底是怎樣的一種感覺。

兩人又閒聊了幾句後，宋明軒想起那日寫出來的狀書，見蕭一鳴有這份為國為民的心思，便進了房間，把這狀書遞給了蕭一鳴道：「蕭公子，這是我閒來無事寫出來的狀書，原本是打算聯合著那幾家被拐賣了孩子的窮人家，一起狀告誠國公府的，可彩鳳擔心我得罪權貴，愣是不讓我去。如今你倒是幫我瞧一瞧，這若是告上去了，能有幾分勝算？」

蕭一鳴正為中午趙大人要結案的事情心煩，聽了宋明軒的話，便開口道：「不說這事情也就罷了，說起來我就鬱悶了，那誠國公府六爺的案子，眼下就要結了！平白無故跑來一個認罪的，我姥爺也沒辦法了。」

這時候趙彩鳳正吃過了午飯，從灶房裡頭出來，聽了他們的話，便停下腳步道：「這有什麼好煩的？認罪也不是他說自己有罪就可以的，凡事都要講證據，只要有證據證明那人沒有犯罪的條件，他就算認罪了，這罪狀也是不成立的。」

蕭一鳴擰眉想了想，道：「人家自己都認了，那口供我也看了，作案手法和憑仵作驗出來的一模一樣，能找出什麼證據來證明他不是凶手呢？」

趙彩鳳擰眉想了想，一時間也沒有什麼好主意。

宋明軒此時正低著頭思考問題，視線忽然停留在了趙彩鳳帶著傷疤的手背上，驀地開口道：「有了！」

蕭一鳴連忙湊上去聽了宋明軒的主意，聽著聽著，一向嚴肅的表情也變得生動起來了，連連道：「宋兄這個辦法好，我這就回去告訴我姥爺！」蕭一鳴向來是說風是雨的個性，這會兒連飯也顧不得吃，起身就走了，才走到門口，忽然間又回過身來，把宋明軒放在桌上的狀書也拿走了，開口道：「宋兄還是緊著看書吧，這些事就交給我辦了！」

蕭一鳴走後，趙彩鳳這才從廊下走了過來，問道：「你給他出了什麼主意？瞧他那副著急的樣子。」

宋明軒在趙彩鳳面前一向帶著幾分靦覥，見趙彩鳳走過來，低著頭道：「也沒有什麼，就是告訴他，可以耍一些小花招，讓那認罪的凶手露餡而已。」

這會兒宋明軒也吃得差不多了，因為喝了一些小酒，所以臉上紅撲撲的。

楊氏從房裡出來，瞧見蕭一鳴已經走了，遂笑著道：「那蕭公子怎麼這麼快就走了？也沒打一聲招呼。」說著便過來收拾好了桌子。

趙彩鳳坐了下來，問宋明軒。「那你告訴我，究竟是什麼花招？」

宋明軒這時候酒有些上頭，看著趙彩鳳垂在衣襟上的手，越發覺得那一小塊疤痕礙眼了，鬼使神差一樣地把手伸過去，握住了趙彩鳳那受傷的手背，開口道：「我就是告訴他，讓他去問問那個凶手，死者的身上有沒有什麼胎記？如果對方說有，那就告訴他記錯了，其實沒有；如果對方說沒有，那就嚇唬他說有。總之把他弄迷糊了就好，到時候不管有還是沒有，那凶手也說不清，這罪也就定不下來了。」

趙彩鳳噗哧一聲笑了起來道：「你這是兵不厭詐啊！」

「這妳居然也知道？看來妳掉了一次河裡頭，起來比我都博學多了！」宋明軒借著酒勁，也越發大膽了起來，握住了趙彩鳳的手背又緊了緊。

趙彩鳳被宋明軒戳到了敏感之處，也不敢拿他怎麼樣，只好就忍著半口氣，讓他揩些油算了。

且說蕭一鳴回到了衙門，想到了宋明軒這辦法的精妙之處，連一向患有笑容困難症的自己都忍不住笑了起來。

韋老大他們早已在八寶樓吃過飯回衙門了，頭一次見蕭一鳴滿臉笑意的模樣，當真是嚇得差點兒消化不良。

蕭一鳴笑著道：「韋老大，走，我們再去一趟牢裡，審問一下那殺小馬兒的凶手！」

韋老大聽了這事情，也沒幾分精神，他做捕快十來年了，雖然知道很多事情是沒辦法的，他也已經從一開始的一腔熱血磨練到了現在可以隨便搗糨糊的態度，可這會子聽了蕭一鳴這話，還是忍不住嘆息道：「蕭老弟，還是別問了，問不出什麼鳥來的，這都快結案了。這種事情你以後經歷得多了，就看得淡了！」

蕭一鳴臉色一冷，開口道：「那可不行！我來了這順天府衙門，就不准再有這事情，你快跟我一起去。小松，快去把師爺叫來，讓他再忙這最後一回！」

蕭一鳴不愧是官二代，這麼一吩咐下去，大家雖然沒啥熱情，但也都老老實實地去辦了。

胡師爺這會兒剛剛吃了午飯，喝了一些小酒，正在門房裡打瞌睡呢，聽說是蕭一鳴請他，忙不迭地就帶著筆墨紙硯往牢裡蹦過去了。

蕭一鳴看了一眼蹲在牢房裡頭的犯人，大雍的律法算不得太嚴苛，況且這事情最後也只能判一個過失殺人，所以就算定案，這個犯人也不過就是發配邊疆，要是遇上天下大赦的時候，還能回來也說不定。

蕭一鳴見那人虎背熊腰的，看著倒像是一個漢子模樣，打量了他幾眼後，開口問道：「余老三，我這裡還有些事情不大明白，想再問問你，你老實給我回答。」

那大漢扭頭看了蕭一鳴一眼，露出一雙布滿血色的眼睛，開口道：「案子都結了，口供也都畫押了，這位官爺還有什麼話要問啊？」

蕭一鳴清了清嗓子，一本正經地問道：「沒有，我就是想問問你，你殺人就殺人，幹什麼把小馬兒屁股上的一塊胎記給挖了？」

余老三哪裡知道什麼胎記的事情？可見蕭一鳴說得真真的，自己也有些疑惑了，開口道：「那小馬兒屁股上哪裡有什麼胎記，我怎麼不知道呢？」

「你不知道？」蕭一鳴故作疑惑地道：「不是，我說你找個小倌做那事情，卻連人家的屁股都沒瞧見，你是怎麼玩的？」

原來這余老三是誠國公府隔了好幾房的遠方親戚，因為有一年他兒子在老家犯了事，是誠國公府的人給擺平的，所以這次出了這件事，誠國公府便找上了他來頂罪。他是一個正兒八經的漢子，並不知道這誠國公府的六爺犯的是這種骯髒事情，可銀子也已經收了，對方又說好了會幫忙上下打點，等到了邊關，打點過之後，再偷偷地回來。反正余老三在老家待著，這事情也沒有人知道，屆時就神不知鬼不覺的了。

余老三原本就覺得這種事情面上無光，如今又聽蕭一鳴這麼說，心裡不禁暗暗罵娘，心道：那六爺真是他娘的有病啊！從來只聽說喜歡搞女人的，他偏喜歡搞男人就算了，怎麼還割人家的胎記呢！

蕭一鳴見余老三不回話，又問道：「哎，問你話呢，那胎記到底怎麼回事啊？我這派人把屍體送到人家鄉下，那小馬兒的老娘卻哭著喊著說胎記沒了，不是你挖掉的還有誰？」

余老三忍不住覺得噁心，可自己收了別人的錢，事情也都辦得差不多了，不能在這個時候出紕漏，因此便開口道：「我瞧著新鮮就割了，好玩不行嗎？」

蕭一鳴見他上鈎了，又忍不住問道：「怎麼個新鮮法？是紅的還是黑的？圓的還是扁的？我活這麼大還沒見過男人屁股呢，你倒是給我說說！」

一旁的韋老大活了幾十年也從來沒見過這樣問口供的，扶著額頭聽不下去了。

就連胡師爺都為難地道：「表少爺，這……這口供……怎麼寫啊？」

蕭一鳴開口道：「照實寫就是了。」

胡師爺沒轍，只好唰唰地寫了下來：人犯余老三承認挖去了屍體臀部的一處胎記。

蕭一鳴看見了，就把那張紙遞過去給余老三。

余老三不識字，也不知上面寫了什麼，只蘸上了印泥，蓋上了紅手印。

蕭一鳴把那口供摺疊起來往懷裡一塞，高高興興地找趙大人去了。

趙彩鳳聽說這事時，已經是好幾天後了。

這日，呂大娘收了豆花攤子回來，瞧見她們家院子裡的燈還沒熄滅，便興沖沖地過來給他們報喜了。「我說彩鳳啊！這回順天府尹的趙大人可算做了一回實事了，愣是把誠國公府的六爺給抓了！」

趙彩鳳這會兒剛洗了澡從裡面出來，手裡端著一碗紅豆湯送到宋明軒的跟前，見呂大娘笑得滿臉開花一樣地站在門口，忙不迭地喊了她進來，道：「呂大娘，快進來坐一會兒！」說著，又往裡頭喊了一聲，讓楊氏再送一碗紅豆湯出來。

呂大娘便笑著過來坐了，先是看見了宋明軒放在石桌上寫的字，瞧了一眼便稱讚道：「宋秀才這字可真好看啊，今年過年可得給我們家寫上幾副春聯貼上才好呢！」

宋明軒笑著應了。

那邊楊氏已經端了紅豆湯送出來。「呂嫂子妳說啥呢剛才？瞧妳這笑哈哈的。」

呂大娘忙開口道：「好事情！說起來咱京城也許久沒這樣大快人心的事情發生了。就上回南風館裡頭死了一個小倌那事情，還害得彩鳳差點兒被那些壞人給害了，如今凶手抓住了，原來是誠國公府家的六爺！這個六爺無惡不作，還做拐賣孩子的生意，把京城裡頭走丟的孩子賣到南方去，妳說這天高路遠的，這輩子能找回來才怪呢！」

趙彩鳳一聽，便知道是宋明軒那辦法奏效了，那頂罪的人犯肯定是被詐出了什麼來。趙彩鳳一時高興，就往宋明軒那邊看了一眼，卻不想宋明軒這時候正好也抬頭看她，兩人便心照不宣地笑了笑。

呂大娘又接著道：「原來那頂罪的漢子是誠國公府的遠房親戚，聽說誠國公府給錢就來了，並不知道卻是這種骯髒的事情，自己都悔青了腸子，直說那六爺是個禽獸，居然做出這種事情來！」呂大娘臉上的表情豐富，說得越發生動了起來。

趙彩鳳笑著道：「這就叫做天網恢恢、疏而不漏。」

一旁的楊氏聽了，也不知道這句話是啥意思，只知道平常宋明軒唸書的時候，大多是四個字四個字地往外蹦，所以這必定也是很有學問的幾個字，便誇獎道：「咱家彩鳳和明軒在一塊兒才多久呢，就也學會了四個字四個字地說話了！」

趙彩鳳一時就紅了臉頰，往宋明軒那邊遞了一個眼色道：「娘，這些都是宋大哥教我的。」

楊氏聽了，越發就高興了起來。

第二天晌午，楊氏把趙彩蝶託付給了對門的余奶奶，帶著趙彩鳳一起去廣濟路上的幾家富戶家裡送衣裳，趙彩鳳也順便往廣濟路那邊看一看，研究一下那邊鋪子的行情。

兩人從廣濟路回到討飯街的時候，已經差不多快午時了，楊氏急急忙忙地趕回去要做午飯呢，就聽見門裡頭有哈哈大笑的聲音傳出來，原來是蕭一鳴從八寶樓帶了好酒好菜，特意謝宋明軒來了。

兩人見趙彩鳳和楊氏回來了，就喊了兩人一起上桌吃東西。

楊氏是恪守婦道的人，家裡有客人是絕對不會上桌吃飯的，所以便喊了趙彩鳳，兩人一起又回灶房裡頭吃去了。

宋明軒送了一些菜進去，出來的時候就看見蕭一鳴在那邊抿酒，兩人也算是不打不相識的交情，如今接觸下來，覺得蕭一鳴確實是一個不錯的人，沒有那些紈袴子弟的不良習性，還保留著一顆為國為民的赤子之心。

「宋兄，你是不知道，那余老三被我唬得，上了公堂話都說不清楚了！後來我告訴他說，這屍體的屁股上本來就沒有那胎記，你為什麼要認呢？他自己也傻眼了，糊里糊塗地道『這不都跟人說好了嗎？有啥認啥！咋又不對了？』，差點沒把我給笑岔氣了！」

宋明軒這時候也跟著笑了，再看看蕭一鳴那張臉，似乎也沒有以前那樣嚴肅了。宋明軒想了想，有些不好意思地開口道：「蕭公子，聽說宮裡頭的貴人們有一些東西，用過之後可以去腐生肌，讓皮膚光潔如新，不知道是不是真的？」

原來有一回趙彩鳳不在家，宋明軒遇上了在寶育堂打工的余大嫂，便向她打聽打聽有沒有去腐生肌的膏藥，那余大嫂就暗中透露出來，說是聽她們在寶育堂的人說，宮裡頭有這麼一種東西，可以祛疤的。宋明軒再不清楚這些豪門關係，也從劉八順的口中知道這蕭家有一位在宮裡頭當貴妃的姑奶奶。

蕭一鳴見宋明軒臉上帶著幾分羞澀，又是這種吞吞吐吐的樣子，頓時也想起了趙彩鳳手背上的疤痕。其實說來也是巧合，前幾日蕭貴妃託人給蕭夫人送玉膚膏的時候，他還真是鬼使神差一樣地就開口要了兩盒下來，蕭夫人只當他是想去了背上的那些鞭痕，還笑話了他幾句，也就給他了。原本他今天已經帶在了身上，可是被宋明軒這麼一提起來，他倒是不好意思拿出來了，尷尬地笑了笑道：「世上還有這樣的好東西？我可不知道。改日我去問問我姑姑，若是真的有，就要兩盒過來送給宋兄！」

蕭一鳴吃過了午飯就走了，這時候趙彩鳳才上前頭來收拾東西。如今她的肩膀已經好了許多，只是還使不上力氣，但給宋明軒磨墨這樣的小事，做起來還是挺輕鬆的。

第二天一早，楊氏去了市場買菜，趙彩鳳閒來無事，原本想在院子裡做一會兒針線的，可誰知道肩膀上的傷沒好全，連拔針線的力氣都使不出來。趙彩鳳這陣子已經充分體驗到了作為一個廢人的感受，現在唯一能做的，也就是拿著個鍋鏟，在鍋裡來回地鏟幾下了。

這廂趙彩鳳才把針線給收了回去，就聽見外頭有人敲門的聲音——

「彩鳳！彩鳳在家嗎？」

趙彩鳳一聽這聲音，頓時眼珠子一亮，笑著就去開門，果然正是王燕，另外還有一個十五、六歲的姑娘，兩人一起站在門口。

王燕見了趙彩鳳，便笑著道：「彩鳳，妳果真來了京城！怎麼也不找我呢？害我才知道！」王燕走進門，仔細看了看趙彩鳳，開口道：「我聽我堂哥說妳受傷了，如今可好了？」

「早就全好了！快進來坐吧，在門口說什麼呢？還沒請教這位姊姊是……」趙彩鳳看了一眼邊上站著的姑娘，開口問道。

王燕這才反應了過來，一邊拉著那姑娘往裡頭來，一邊開口道：「這是喜兒姊姊，是劉家兄長未過門的媳婦。」

趙彩鳳向她點了點頭，算是招呼過了。

王燕又開口道：「我堂哥和劉家兄長給宋二狗買東西去了，說是一會兒就過來，讓我們先來跟妳聊一會兒呢！」

趙彩鳳聽王燕直來直去的，還喊宋明軒為宋二狗，笑著道：「以後可不准妳再喊他宋二狗了，他有名字的，妳要是不好意思喊，那就跟我一樣喊他宋大哥好了。」

王燕見趙彩鳳這說得眉飛色舞的樣子，笑著道：「宋大哥、宋大哥，我可不敢這麼喊，他是妳的宋大哥，又不是我的宋大哥！」

趙彩鳳也拿她沒轍，說起來自己雖是穿越過來的，和王燕也算不得很熟悉，但是潛意識中，趙彩鳳能感覺到之前的這個趙彩鳳和王燕的關係是很好的，見了她和見了楊氏一樣，總有一種發自內心的安全感。「反正隨便妳怎麼叫他，只不要叫他二狗就好了！」

這會兒錢喜兒聽了這話，也忍不住插嘴道：「燕兒以後可別這樣喊宋秀才了，我家八順平常裡都不准人喊他八順，嫌棄這名字太土了，可惜他再沒有別的名字，也只能這樣作罷，可人家有個好好的名字，是不能再叫二狗了。」

趙彩鳳瞧著錢喜兒文文靜靜的，一張鵝蛋臉白皙圓潤，身條子細長，一雙手也是纖細柔軟，看著倒是讓人覺得很親切，想來也是嬌養著長大的小家碧玉。

三人年歲相當，又都是差不多的身分，一下子就聊到了一塊兒。

宋明軒原本在房裡看書，聽見外頭有開門的聲音，以為是哪家的鄰居又來串門了，也沒放在心上。再過一個月就要下場子，他這幾日已經沒有怎麼在看書了，而是把以前的題目都翻了出來，一道道地寫起文章，有時候翻閱起書來，外頭有人說話根本就渾然不覺。這會兒他擱下了筆，才覺得外頭的說話聲似乎並不是往常的鄰居聲音，於是便站起來，正想到外面看一眼時，就聽見外頭有人笑著道——

「堂哥，你可來了！」

宋明軒走出客堂，才瞧見是王彬和劉八順來了。上次出事之後，劉八順也來過一趟，還給趙彩鳳送了寶善堂最有名的跌打損傷膏，宋明軒心裡頭已經覺得很過意不去了，如今見他們又拎著東西進來，越發覺得不好意思起來。「你們來就來，怎麼每次都帶這麼多東西。」

其實宋明軒知道他們是可憐自己貧寒，所以才有意資助自己的，這些他都記在心上。

劉八順瞧見錢喜兒在院子裡坐著呢，靦覥地朝著她笑了笑。

宋明軒也看見了院子裡的陌生姑娘，趙彩鳳便介紹道：「這是劉公子未來的娘子。」

那邊劉八順聽了，只覺得臉上熱辣辣的。

宋明軒便朝著錢喜兒作了一揖，稱她一聲「弟妹」。

錢喜兒頓時也紅著臉起來還禮。

男女有別，眾人也不好意思圍著坐下，趙彩鳳便把錢喜兒和王燕帶到了自己房裡，三個姑娘家反正有聊不完的話題。

又過了一小會兒，外頭劉八順等人便起身離去了，如今臨近秋試，能這樣出來一趟已是不容易的事情，王燕和錢喜兒便也跟著走了。

劉八順他們送了很多吃食過來，還有各種南北乾貨，楊氏捨不得吃，只稍微取了一些出來燉上了菌菇湯，中午一家四口人圍著吃起了飯。

趙彩鳳想了想，把要開店的事情正式和楊氏說了一聲。

楊氏瞧著趙彩鳳主意已定，也知道很難再勸她回來，開口道：「妳既然想好了，那咱說辦就辦吧，爭取年底之前生意能穩定下來，也好過一個安生年。」

趙彩鳳也是這個意思，見楊氏同意了，便鬆了一口氣，瞧著坐在一旁安安靜靜吃飯的宋明軒，又補充了一句道：「你好好唸你的書，生意上的事情，我可不准你過問。」

宋明軒很自覺地道：「這些我也不懂。」

趙彩鳳見宋明軒倒是知趣得很，也笑著扒自己的飯了。

卻說順天府尹破獲了南風館那個人命案子，啃了誠國公府這塊硬骨頭，這件事情讓一向在京城地界上粉飾太平的趙大人頓時就揚眉吐氣了一番，連幾個鐵骨錚錚的老御史都在皇帝面前誇獎了趙大人幾句。趙大人一個高興，狠狠地表揚了一頓蕭一鳴，並命他把誠國公府拐賣兒童案子的證據也收集一下，打算把資料弄得齊全一些，直接交給老御史。這塊硬骨頭，他吃一些周邊的肉就好了，那骨頭邊上的好肉雖然香，可他也不想貪這心了。

蕭一鳴這幾日便忙著搜證工作，當日那些被拐賣的孩子當初放回去的時候雖然都有登記住處，但很多人家都窮得叮噹響，這會兒再找過去，早已人去屋空了。偏偏做捕快是不給騎馬的，因此這幾天蕭一鳴跑得腿都要斷了，簡直把京城所有的貧民窟、流浪者聚集地都給跑遍了，但是得到的結果，卻讓他再一次受到了傷害——好多人家把孩子要回去之後，轉手又賣給了別的人牙子，這會兒已經連孩子人在哪兒都不知道了！一聽說要他們作證，先問一句有銀子沒有？若是沒有銀子，頭就搖得跟撥浪鼓一樣。

幸好蕭三少爺財大氣粗，總算用銀子搞定了幾戶人家，就是不知道這些銀子，順天府給不給報銷？

蕭一鳴在外頭累了一整天，回家換衣洗漱後，忽然想起上次宋明軒提起的前朝譚仵作所著的《仵作實錄》，頓時有了一些興趣，往書房裡去找了一圈，結果在書桌的抽屜裡頭卻看見了那兩盒躺著的玉膚膏。

蕭一鳴腦子裡率先閃過的就是趙彩鳳手背上的那一塊疤痕，想了想，把這兩盒玉膚膏又帶在了身上，想著明天上值的時候，去討飯街跑一趟，把這東西送走得了。

這時候正好有丫鬟來請蕭一鳴去用晚膳，蕭一鳴便去了蕭夫人的院子裡。

蕭家老大、老二各有了家室，小夫妻直接在自己的院子裡吃，只有老三、老四、老五是和蕭夫人一起用膳的。蕭一鳴過去的時候，其他人都還沒來，隱隱能聽見蕭夫人正在和裡頭的管事嬤嬤閒聊。

「太太，有一件事情倒是想和您說一聲，您還記得廣濟路上那家賣南北貨的鋪子嗎？」

「怎麼不記得？就是上回妳說掌櫃的想回鄉下去，還託妳給我帶話的那間是不？」

孫嬤嬤聽了，笑著道：「可不是？後來我讓他把店盤了一下，看看剩下多少東西，能賣就賣了。這兩年生意不景氣，銀根緊，我昨天和掌櫃的盤了一晚上，今年到如今不過才賺了百八十兩的銀子。把掌櫃的月銀和裡頭夥計的銀子結了一下，一共才留了幾十兩的盈餘。」

蕭夫人聽了，皺了皺眉頭。她本來就不會經商這一塊，這幾家鋪子都是她的嫁妝，嫁過來之後便交代了掌櫃的看著，十幾二十年來做的都是一樣的生意，能有什麼氣候？

「依妳看，如今倒是什麼生意好做一些呢？眼下手裡頭盈利的鋪子越來越少了，到底得想個法子的！」

孫嬤嬤擰眉想了半晌後，開口道：「奴婢瞧著，如今也就吃食的生意最好一些，民以食為天嘛，我瞧著大街小巷，但凡人多的都是酒館菜館。」

蕭夫人笑道：「妳腦子倒是靈活，我想起來了，上次鄭家老二給我們老三送的八寶鴨，那鴨子確實做得好吃，尋常人家的廚子終究是做不出來的。只是……這飯館，少不得還是得請大廚、雇掌櫃，樁樁件件都要自己打點，當真也是繁瑣得很。」

她們這些成天窩在後宅的婦人，能有多少生意頭腦呢？不過就是請了掌櫃的來替自己打工而已，遇上忠厚老實些的掌櫃，那就多賺一些；遇上不老實的，被人坑了也未可知呢！

蕭一鳴想起趙彩鳳也想開店來著，靈機一閃，上前道：「母親若實在不想操這份心，孩兒倒是有個辦法，不如把這房子租出去，乾脆收取一些房租就好，隨便他們做什麼生意，豈不省心？」

蕭夫人聽蕭一鳴這麼說，笑著道：「你這孩子，真是不當家不知柴米油鹽貴！那鋪子生意再不好，一年也有百把兩銀子的進帳，這若是只收房租，那麼大的門面，一個月也不過就是六、七兩銀子的進帳，一年下來也沒有幾兩銀子的。」

蕭一鳴想了想，擰眉開口道：「那不如這樣，母親這鋪子不是要關嗎？乾脆孩兒介紹一個人來接手，不管她做什麼生意，若是做好了，讓她提百分之五十的利潤給母親當房租，母親覺得如何？」

蕭夫人心裡暗暗好笑，世上哪裡有這樣做生意的？萬一那人的生意沒賺錢，那自己豈不是連房租都賠進去了？可是看著最近蕭一鳴這樣上進，雖然不唸書了，但整個人瞧著比以前開朗多了，那張臉也比以前多了幾分笑容，這俗話說，千金難買兒子的笑啊！蕭夫人心下一軟，便點了點頭道：「行吧，你想做什麼就去做吧，等店裡的東西都清空了，這店面就交給你了。只一點，可別讓你娘我虧到姥姥家去！」

蕭一鳴點了點頭，摸著下巴想了想，上次向宋明軒買文章的銀子他們給還了回來，不如這次就拿這一百兩銀子入個股，這樣趙彩鳳大概就不會推辭了吧？

楊氏一早就起來去趕早市了，院子裡堆著洗好的衣服。趙彩鳳最近沒有幹什麼體力活兒，吃得又比鄉下的粗茶淡飯好了不少，所以感覺自己腰際的肉明顯多了起來，看見放在那井口的幾盆衣服，便想著趁楊氏不在的時候先給晾起來。

趙彩鳳晾完了衣服，楊氏也從外面回來了。

楊氏見了趙彩鳳忙迎上去道：「彩鳳彩鳳，昨兒我們在廣濟路看見的那家關門的南北貨店，今兒大甩賣呢！我聽店裡掌櫃的說，是東家要結業了。我瞧著那鋪子不前不後的，正好在廣濟路的中間，若是能開上一間麵館，生意肯定不錯的！」

趙彩鳳一聽，眼光也頓時一亮。昨天她和楊氏從那邊走過的時候還納悶呢，這麼好的地段，開南北貨的鋪子實在太浪費了。廣濟路上都是商賈之家，光南北貨鋪子就不下五、六家，這麼好的鋪面要是好好經營，雖然生意也可以不錯，但畢竟競爭激烈，客源就有限得很了。

「娘，那妳有沒有打探打探，那鋪子的東家是誰呢？」

「這個倒是沒有，我也沒那麼大的膽量。況且我今兒出門沒帶什麼銀子，總不能問了不買東西吧？」楊氏老實靦覥慣了，並不敢多問什麼。

趙彩鳳聽了也沒說什麼，想了想才道：「不行，我得問問去，機不可失，失不再來呢！」

楊氏聽了，也是連連說好，又道：「這會兒還早，我去弄了早飯，妳吃過了，換一身衣裳再出去吧？」楊氏如今也知道趙彩鳳能幹，所以不拘著她在家，但還是放心不下，又囑咐道：「千萬別和陌生人多說話，也不要跟陌生人去別的地方，京城這地方亂著呢！」

出了上次的事情後，楊氏對京城的評價直線下降，要不是礙於宋明軒還要考科舉，她立即帶著趙彩鳳回趙家村那都是有可能的。

趙彩鳳笑著道：「娘妳放心好了，那不過就是一個意外，也怪我自己太疏忽大意了，以後我可沒那麼傻了，不管誰找我，先把他祖宗十八代盤問一遍才行。」

楊氏聽趙彩鳳這麼說，也稍稍放了點心下來，又道：「妳問完了就早一些回來，別在外頭逗留太久，省得我擔心。」

趙彩鳳吃過了早飯，換好了小子的衣服，又在平常揹著的斜挎包裡頭放了幾個銅板。回來之後她就把這小背包掛在自己的房裡，此時裡面還沾了一些草木灰的痕跡，趙彩鳳便把它反過來，朝著外面拍了幾下。

宋明軒正好從房裡頭出來，看著那飄落的灰塵，臉頰不覺就有些熱了。

趙彩鳳斜斜地睨了他一眼，見他不說話，便故意逗他道：「宋大哥，話說那天，你是怎麼知道我被關在那裡的呢？」

宋明軒聽了這話，耳根便有些發燙。其實這個問題私下裡劉八順等人也請教過他很多次，但都被他搪塞過去了，這時候趙彩鳳又問他，他如何不知道她是故意的？可越是這樣，他就越覺得難以啟齒。

「彩鳳，妳身上的銀子夠嗎？出門得要多帶些銀子！」宋明軒故意扯開話題。

趙彩鳳笑著道：「出門帶那麼多銀子幹什麼？省得被別人劫財了！」

宋明軒抬起頭看了一眼趙彩鳳越發俏麗的臉龐，心裡默默地想著：其實我比較擔心妳被劫色……

趙彩鳳見宋明軒匆匆地看了自己一眼就低下頭去，也不再去逗他了，開口道：「好好在家看書。」

宋明軒聞言，臉上頓時漾起了笑，低著頭小聲道：「那妳早去早回。」

從討飯街到廣濟路的距離並不遠，不過是三、五條街的距離，這會兒天色尚早，路邊的店鋪也不過才開門，街道上傳來叫賣早飯的聲音，混合著各種香味。趙彩鳳雖然在家裡吃過了早飯，但是聞著各色的香氣，還是忍不住嚥了嚥口水。

廣濟路上最發達的產業還是飲食行業，有洛陽的水席、江南的淮揚菜、杭幫菜、川菜還有粵式菜系，麵館也有兩家，做的是重慶小麵和山西刀削麵。趙彩鳳前世吃過這兩種麵條，但她也不是什麼美食家，品不出太大的差距，就是覺得口感不大一樣，反正和楊老頭做的拉麵比起來，還是很有區別的。

那家南北貨鋪子正好在廣濟路的中間路段，與這兩家麵館都有一定的距離，位置是極好的，用來開南北貨鋪子確實有一點浪費了。這種地方最適合開飯館或者綢緞莊，畢竟客流量很大。

趙彩鳳往前頭一看，果然門口掛著結業的招牌，門前還擁著一、二十個買東西的中年婦女，大家都在買放在門口打算大清倉的貨物。

趙彩鳳瞧著老掌櫃一副和藹可親的樣子，想必也是一個好相與的，正想上去和他聊上幾句，忽然就瞧見有一個中年婦人撩起簾子，從裡頭探出頭來，喊了那掌櫃的。

「嚴掌櫃，外頭讓夥計看著點，你進來一下，我有話和你說。」這婦人正是將軍府蕭夫人身邊的管事孫嬤嬤。

孫嬤嬤瞧了一眼外頭的生意，喊了嚴掌櫃進去，兩人在店鋪後頭的小會客廳裡坐了下來後，她開門見山地道：「你的意思，我已經轉告了太太，太太也願意放你回去，這邊的事情你就不用操心了，好好地回老家安度晚年去吧，你都在城裡忙了一輩子，也是時候回去享享清福了。」

嚴掌櫃忙站起來，朝著孫嬤嬤拱了拱手道：「多謝太太體恤！享清福不敢當啊，不過就是老了，做不動了，家裡還有幾畝薄田，孩子們也都還算爭氣，好歹落個安度晚年吧！」

趙彩鳳在店堂裡面轉了一圈，粗估了一下這店面的面積，前半部分大約有三十坪，也不知道後面還有多大？夠不夠做一個麵館的後場？

因為今日是大甩賣，所以店裡的生意極好，夥計忙著收帳，也沒有人注意到趙彩鳳正在店裡面四處觀察。

過了好一會兒，嚴掌櫃才從裡面出來。趙彩鳳並沒有瞧見方才喊他進去的那位婦人，想來這店後面應該還有一個後門。趙彩鳳見掌櫃的出來了，笑著迎上去道：「掌櫃的，我是這邊的住家，想在這條街上盤一個鋪面，也不知道你這鋪面是租還是賣的？」

趙彩鳳知道，像這種位置比較好的地方，若是好好經營，將來少不得也是一個旺鋪，所以趙彩鳳斷定這個鋪面應該不會這麼輕易就轉手，出租的可能性還是比較大的。她滿懷希望地等著掌櫃的回話，只見那掌櫃的皺了皺眉頭，一臉的歉意。

「小夥子，咱們東家說了，這鋪子不租也不賣。」

雖然趙彩鳳已經做好了心理準備，但是聽見這麼殘酷的事實，還是覺得心裡頭咯噔了一下，有幾分提不起精神來。趙彩鳳低頭想了一想後，開口道：「也不知道你們東家以後打算拿這鋪子做個什麼生意？」

嚴掌櫃見他一臉失落的樣子，倒是有些不好意思了，笑著回道：「東家的意思，我也不知道。小夥子，你若是住在這附近，以後倒是可以常上門來光顧生意的。」

趙彩鳳尷尬地笑了笑，勉強點頭道：「說得是，以後少不得會來光顧的。」

趙彩鳳白跑了一趟，心情很是失落。走出店鋪的時候已經過了巳時，這時候太陽熱辣辣的，趙彩鳳一看天色不早，就急忙往家裡去了。

第十八章

楊氏瞧著趙彩鳳興沖沖地出門，卻垂頭喪氣地回來，也知道那店面的事情沒談成功，上前勸慰道：「做生意哪有一開始就順順當當的，還不得一步步地來？要是廣濟路那邊沒鋪子了，我們再瞧一瞧別的地方。我聽呂大娘說，除了廣濟路，這附近還有好幾條街，生意都還不錯呢！」

趙彩鳳也覺得自己是急了一點，可這事情由不得趙彩鳳不著急啊！再過一個月宋明軒就要下場子了，在這之前如果不能安頓下來，到時候很有可能面臨兩個問題：第一，假設宋明軒考上了，回鄉慶祝，到時候先不說會有多少個待字閨中的姑娘家惦記上他，她趙彩鳳著實不想湊這個熱鬧，肯定是不願意回趙家村的；第二，假設宋明軒沒有考上，落榜回鄉，那到時候楊氏肯定會讓趙彩鳳陪著宋明軒一起回去，可趙彩鳳也不願意回去。

趙家村那個地方，是趙彩鳳就算有手有腳也不可能幹出一片事業的地方，所以趙彩鳳特別想在京城安頓下來。

「嗯，娘，我知道了。」趙彩鳳雖然點頭應了，但臉上多少還有一些淡淡的失落。

楊氏瞧著趙彩鳳著急的樣子也頗心疼，正想再勸說幾句呢，就聽見外頭傳來敲門的聲音。

蕭一鳴昨兒從蕭夫人那邊離開後，心下就止不住地高興了起來，今日上值，他特意準備了一百兩的銀票外加兩盒玉膚膏帶在身上，趁著巡邏的空擋，上討飯街這邊來了一趟。

楊氏瞧見蕭一鳴穿著順天府尹捕快的制服過來，笑著道：「喲，這不是蕭公子嗎？怎麼今兒在我們這片巡邏呢？」

蕭一鳴最近負責這一塊的治安，且上次拐賣孩童的案子，大多數的受害家庭都在這一條街附近，楊氏也瞧見過他幾次，因此才有這麼一說。

蕭一鳴見楊氏招呼了自己，便笑著進來道：「大嬸好，我正巧走到這邊來，所以就順便過來看看宋兄。」宋明軒比他大上了一歲，蕭一鳴心裡雖然不願意，但也少不得稱他一聲兄長。

宋明軒剛剛做完了一篇文章，聽見窗外有人說話，就抬頭看了一眼，見是蕭一鳴來了，便起身相迎。

宋明軒對蕭一鳴的態度早已經改觀，後來蕭一鳴又接了宋明軒的狀子，開始查起這拐賣兒童的案子來，宋明軒更是對他欣賞了幾分。貧寒人家的孩子奮鬥那不算什麼，都是為了過上好日子，可像蕭一鳴這樣家世好還願意從基層做起的公子哥兒已經不多了，所以宋明軒對他除了欣賞，更多了幾分敬佩。

蕭一鳴進門，兩人在石桌前坐下，蕭一鳴假作無聊地掃了一眼這院子，見趙彩鳳似乎並不在家裡，也沒有吭聲，笑著和宋明軒聊了起來，拿出玉膚膏道：「這是上回你問我要的玉膚膏，我前次去宮裡，問了我姑姑身邊的宮女，還確實有這麼一樣東西。我先要了兩盒過來，你給小趙用一下試試。」蕭一鳴也不知道為什麼，就是對趙彩鳳喊不出「嫂夫人」這三個字，還是固執地喊她小趙。

宋明軒如今已將蕭一鳴引為知己了，哪裡看得出他這小小的別有用心？見他拿出了玉膚膏，光那白瓷的盒子看著都很精美，處處透著富貴的柔和，一看就不是他們這樣的人家能用得起的東西。宋明軒低下頭，臉頰泛紅，想著總有一天，他要讓趙彩鳳也過上呼奴喚婢的日子。「多謝蕭公子，在下感激不盡。」宋明軒收起了玉膚膏，心下還是感概萬千。

蕭一鳴也不知道如何把下面的話說出口，所以兩人之間便有些冷場。

正這時候，楊氏從廚房裡頭端了茶盞出來，瞧了一眼天色，道：「明軒，眼看著就要午時了，讓蕭公子留下來吃個便飯好了。我去巷口的攤子上切一塊豬頭肉回來，你倆少少地喝一杯。」

宋明軒知道如今家中拮据，可是有客人來了不留飯也說不過去，便勉強地點了點頭。

蕭一鳴站起來道：「大嬸別忙了，我一會兒還有應酬呢，不過順路經過這裡而已。」蕭一鳴端著個茶盞，來來回回地喝了幾口茶，直到杯子裡的水所剩無幾了，這才又把懷裡的一百兩銀票拿了出來，推到宋明軒的跟前道：「宋兄，這是當日小趙來府上還給我的銀票，我想了想，覺得男子漢大丈夫，敢作敢當，我既然買了你的文章，這銀子就合該是你的，至於牽扯出這麼多的事情，我父親打我鞭子的時候，我也明白了。做人原本就不應該弄虛作假，不是我不懂這個道理，只是我實在不是讀書的料子……如今我父親也不逼著我考科舉了，這一段日子我就做個小捕快，比起之前唸書的那幾年不知道要快活多少。若不是宋兄的這篇文章，也許我這會兒還在被科舉折磨，所以這銀子，就當是我答謝宋兄替我擺脫掉受了這麼久的罪吧！」蕭一鳴說得很誠懇，且他本來就不苟言笑，所以臉色看上去越發嚴肅了幾分。

宋明軒聽了這話，倒是猶疑了幾分，一時下不了決定。

這時候，趙彩鳳從門外走進來道：「蕭公子若實在不想把這銀子收回去，那這銀子就當是我們向你借的吧，等一年之後，我們再把這銀子還給蕭公子，如何？」趙彩鳳在門口聽見了方才蕭一鳴的說辭，也被他的誠懇感動了幾分。這蕭一鳴倒還真是根正苗紅，雖然讀書不好，但看來蕭將軍的家教一定甚是嚴苛。且如今趙彩鳳也發現，做生意本金不足就容易束手束腳的，若是有這一百兩銀子在，心裡也會覺得安穩很多。

蕭一鳴回頭看了一眼趙彩鳳，見她臉上神色淡淡，依舊是那般不卑不亢，心裡頭便生出幾分不悅來，開口道：「這錢又不是給妳的，妳著什麼急？從來沒見過你們這種上趕著拿錢給你們花還推出門的人！」其實蕭一鳴心裡一直不明白，為什麼趙彩鳳和宋明軒那麼窮還能活得那麼有骨氣？從小到大，蕭一鳴身邊接觸的那些窮人，大多都是卑躬屈膝的奴才，再沒有哪個是像他們兩個這樣的。蕭一鳴想了想，發現饋贈這一條還是不容易做到，所以便開口道：「既然這樣，那就實話跟你們說了，我母親在廣濟路上正好有個鋪子結業了，想找人合夥做生意，我瞧著小趙腦袋挺好使的，所以這一百兩就當是我入的本金，你們找些生意做，若是能賺上銀子，那明年我不光要這本金，連利錢也一起要了。」

站在一旁的楊氏幾輩子也沒攤上過這樣的好事，聽了眼睛頓時就亮了起來，一個勁兒地道：「這下可巧了，我們家彩鳳今兒才去廣濟路上找鋪面，找了一早上也沒遇上合適的！蕭公子，你可真是我們家的貴人啊！」

趙彩鳳原本並不想受蕭一鳴的饋贈，可這條件實在是太誘人了，趙彩鳳也有些招架不住了。又有銀子、又有鋪子，等於是做無本生意，這真是天上掉下的餡餅了！

趙彩鳳看了一眼蕭一鳴，總覺得不對勁，便開口道：「無事獻殷勤，非奸即盜……」

「這和妳無關。」蕭一鳴也不去理趙彩鳳，笑著對宋明軒道：「本來這次破了這麼大的案子，我姥爺還想請宋兄去順天府坐坐的，後來得知宋兄今科開考，怕影響了宋兄考試，這才作罷。我這是欣賞宋兄的才華，閒雜人等少胡思亂想了！」

趙彩鳳聽了這話，也覺得自己是不是想多了，又上下打量了一眼蕭一鳴，再看看宋明軒，而後小聲地問蕭一鳴道：「蕭公子，我問你一個問題，你只需要答『有』或『沒有』就行了。」

蕭一鳴見趙彩鳳笑得奸詐，不禁有些心虛地點了點頭。

趙彩鳳這便開口問道：「蕭公子，你以前去過南風館嗎？」

蕭一鳴先是愣了一下，不知道趙彩鳳為什麼會冒出這樣一個問題，等他醒悟過來的時候，早已經面紅耳赤了起來。「沒……沒有！」蕭一鳴連連退後幾步，看著趙彩鳳怒道：「妳到底是不是女孩子？居然能問出這樣的問題來！」

趙彩鳳忍不住摀著嘴笑了起來。

這時候宋明軒也明白了這其中的意思，頓時也有些惱羞成怒了。他一面向蕭一鳴道歉，一面生著悶氣，待把負手而去的蕭一鳴送到了門口之後，扭頭就瞧見趙彩鳳仍舊蹲在葡萄架底下，笑得腰都直不起來的樣子，宋明軒這時候也火了，身為七尺男兒，居然被人如此誤解！宋明軒看了一眼趙彩鳳，心下忽然生出一絲悲涼來，趙彩鳳肯定是對他沒有感情，才會開這樣的玩笑。宋明軒走到趙彩鳳的身邊，分明想說幾句重話，可見了趙彩鳳那樣子，又狠不下心來，最後只恨恨地嘆了一口氣，往房裡去了。

趙彩鳳笑也笑過了，這時候看著兩個大男孩都被她的一句玩笑話給弄生氣了，也不禁覺得這玩笑似乎有些開過了頭。

一旁的楊氏還沒弄清發生了什麼事情，遂問趙彩鳳。「彩鳳，這是怎麼了？怎麼一眨眼蕭公子就扭頭走了呢？」

趙彩鳳也不知道該怎麼跟楊氏解釋，只讓楊氏先把銀票收好了，自己去房裡找宋明軒。這樣弄得他生氣了，影響看書的心情可就不好了。

宋明軒這時候正坐在房裡的床邊上生悶氣，見趙彩鳳進來，只略略側了側身子，憋得滿臉通紅，一副非常委屈的樣子。

趙彩鳳走過去，在他旁邊坐了下來，小聲地道：「我錯了還不行嗎？你大人有大量，別跟我計較成嗎？」趙彩鳳也不知道古人原來這麼羞這個事情，她還以為古代搞基也是很普遍的事情，畢竟南風館都開在京城了。

宋明軒扭過頭，定定地看著趙彩鳳，幾乎像是要把她釘到自己的眸子裡一般。

趙彩鳳受不住宋明軒這樣熱烈的眼神，便低下頭去，下一秒，忽然就被撲倒在床上，緊接而來的是密密麻麻的吻，一波接著一波，吻得自己透不過氣來。

趙彩鳳的左臂沒什麼力氣，只能任由宋明軒為所欲為。宋明軒低下頭，隔著單薄的衣衫，用唇瓣輕輕地蹭過趙彩鳳胸前的紅豆，趙彩鳳微微顫慄了一下，忍不住咬唇輕哼了一聲。

宋明軒停下動作，目光灼熱地看著趙彩鳳，一字一句道：「不管蕭公子是怎麼想的，我心裡只有彩鳳妳一個人。妳要是覺得那銀子收得不合適，那咱還是把銀子還給蕭公子吧！」

趙彩鳳一聽又要還銀子，忍不住笑了起來。「算了，留著吧，咱們現在確實也缺銀子。」趙彩鳳想起蕭一鳴那張面癱臉以及落荒而逃的樣子，想來他也不是那種人，便低低笑道：「我不過就是一句玩笑話，瞧你們一個、兩個都給我臉色瞧。」

宋明軒聽了這話，也不生氣了，他這會兒正居高臨下地環著趙彩鳳，和她的身子貼得極近。

趙彩鳳努力克制著自己的呼吸，卻還是能感覺到宋明軒越來越濃重的鼻息，這會兒她也沒轍了。下身大腿處被那個東西擠壓著，有著灼人的溫度，趙彩鳳稍稍偏過頭，避開了宋明軒的眼神。

宋明軒忍不住低下頭來，在她的脖頸處又啄了幾下。

趙彩鳳天生怕癢，擰著脖子躲來躲去的，結果一屈膝就碰到了宋明軒的那個地方。

宋明軒一臉吃痛地哼了一聲，耳朵紅得就像要滴出血珠一樣。

趙彩鳳見他吃痛，以為剛剛的那一下子重了，反射性地伸手就想去揉一下，早忘了那裡是那麼敏感的地方，直到她的指尖接觸到那個地方的灼熱時，才猛地回想了起來，可此時哪裡還容得下她逃走？自己的手背上不知何時已經多了另一隻手，帶著她的手輕輕地揉弄著那個滾燙的地方。趙彩鳳用力地掙了一下，卻沒能掙脫開來。

宋明軒喘著熱氣，半靠在她身邊，嘶啞著聲音道：「彩鳳，別動……把手放在那裡就好……」

趙彩鳳心裡頭暗笑，也不知道這宋明軒私下裡有沒有打過飛機？不過……這些事情男人向來都是無師自通的，應該不需要自己教才是。趙彩鳳看著宋明軒那一臉隱忍的表情，惡作劇一樣地按住了那裡，隔著布料不輕不重地揉了一下。

這下宋明軒整個身子都顫抖了一下，啞著聲哼了哼，加重力道按住了趙彩鳳的手背，用力揉了兩下。

趙彩鳳抬起頭，見宋明軒憋得滿臉通紅，整個跟吃了春藥似的，便有些捨不得了，配合著又揉了那裡兩下，宋明軒的身子便弓了起來，臉頰紅得跟煮熟的蝦子一樣，一個翻身，壓到了她的身上，低頭咬開了她一側的衣襟，隔著肚兜，用唇瓣蹭了蹭趙彩鳳胸口的小櫻桃，隨即舔濕了那布料，一口就含住了。趙彩鳳此時一隻手還殘廢著呢，哪裡推得開他？偏生他用舌尖這麼一舔，這青澀的身子也有了反應。趙彩鳳這時候也有些怕了，萬一擦槍走火，那可就真的說不清了！

正當自己糾結不定的時候，忽然間，隔著裙襬的下身一熱，趙彩鳳反射性地低下頭去，瞧見宋明軒把頭埋在她的臂彎裡，上身微微的起伏著，只露出兩隻血紅血紅的耳朵來。趙彩鳳這下明白了，宋明軒太過激動，然後就……射了。這個毛病一般沒有過經驗的小處男都會發生，倒不是身體上出現了什麼問題，不過就是太過緊張了而已。

趙彩鳳見宋明軒壓在她身上沒有動靜，也知道他是怕羞了，所以這會兒跟死豬一樣，哪裡肯動彈？趙彩鳳稍稍伸手撫了撫他的後背，見他漸漸不像方才那樣洶湧的起伏了，這才又摸到他的頭上，順著後腦勺輕輕地捋著他的頭髮，小聲地道：「你就預備這樣在床上賴著了？還不起來洗一洗？」

宋明軒拽著床單搖了搖頭，就是不肯吭聲。

趙彩鳳忍俊不禁地道：「明明是你先來逗我的，怎麼這會子反倒像是我強了你一樣？我一個大姑娘還沒怕羞呢，你羞什麼？」

宋明軒聽了這話，越發想找個地方鑽下去得了，一個勁兒地搖頭。

趙彩鳳只好又揉了揉他的髮頂，裝作不懂地道：「這又不是什麼大不了的事情，男人不都這樣的嗎？」

宋明軒見趙彩鳳這麼說，果然就抬起頭來，看著趙彩鳳問道：「妳怎麼知道男人都是這樣的？」

趙彩鳳見宋明軒就要被唬住了，繼續裝作一臉不懂的樣子。「不是嗎？我又不知道男人應該怎樣，我也就摸過你一個男人而已……」趙彩鳳說著，低下頭去，很盡職地表現出一絲少女的羞澀來。

宋明軒這會兒已經感覺到自己的自尊稍稍回來了一點，但低下頭看了一眼兩人弄髒的裙子和褲子，頓時又紅了臉頰。

這時候楊氏已經做好了午飯，在後面灶房裡頭大聲喊道：「彩鳳，可以吃午飯了，去余奶奶家把小蝶抱回來吧！」

趙彩鳳忙應了一聲，小心地推開宋明軒，湊過去在他的臉頰上親了一口，道：「快起來換一條褲子出來吧，記得褲子放房裡，等晚上我娘睡了再拿出來洗！」

宋明軒忙小雞啄米一樣地點著頭，看著趙彩鳳離去的背影，心裡甜絲絲的。

吃過午飯之後，趙彩鳳在家裡閒著無聊，便去伍大娘家領了絡子回來，楊氏見了也很是稀奇，央著趙彩鳳教她。但那打絡子用的都是絲線，楊氏的手做慣了農活，早已經布滿了老繭，每打一下絡子，老繭就會勾住絲線，這樣下來絡子還沒打完呢，絲線早已經被她手上的老繭勾得七零八落的。

趙彩鳳瞧了一眼楊氏的手掌，這雙手如今顯然不美，但從外形還能看出以前是秀美的，只是經過時間的積澱和辛勤的勞作，如今早已不復往日的柔滑。

趙彩鳳見楊氏有些落寞地走到一旁，笑著道：「娘，聽說寶善堂裡頭有一種護手的軟膏，塗起來特別舒服，冬天還能預防凍瘡，改日我去買一些過來，給妳用看看！」

楊氏笑著道：「我這雙樹皮手，哪裡還需要那些？還是妳自己用吧。」楊氏說著，又想起了什麼來，從房裡拿了兩個白瓷盒子出來，開口道：「這也不知道是什麼東西，是早上蕭公子來的時候丟在外頭桌上的，我瞧著也不像是吃的，怕放在外頭丟了，就收了進來，妳看看？」

趙彩鳳接過了楊氏手裡的小盒子，揭開其中一盒的蓋子聞了聞，發現裡頭帶著些藥香，又帶著一些花香，倒是極好聞的味道，應該是一種美容用品。

這時候宋明軒正好出來放鬆一下筋骨，聽見了她們的對話便道：「這是宮裡頭娘娘們用來祛疤的東西，我……我……」宋明軒的聲音越發小了，開口道：「是我向蕭公子要過來，讓彩鳳祛手背上的疤用的。」

其實這會兒趙彩鳳手背上的疤痕已經不大明顯了，只是舊皮脫落之後，有一層淡淡的新皮，趙彩鳳知道這種新皮的生長需要一定的過程，按照她這樣的年紀，只要不吃顏色過深的食物，造成色素沈積，那麼這塊疤痕在未來的一、兩年內也會自動消失的。

但聽宋明軒這麼說，趙彩鳳心裡究竟還是高興的，收了下來道：「那我就留著了。」這種御用的東西，在古代算是可遇不可求的，趙彩鳳可不想就這樣浪費了，萬一以後再有些什麼不當心，沒準這還能派上用處呢！

宋明軒見趙彩鳳高高興興地收了起來，心下也特別高興，去外頭院子裡繞了兩圈，便又進屋看書了。

入了夜，時間過得特別快，楊氏忙碌了一天，早早的就帶著趙彩蝶先睡了。

宋明軒這個時候才想起下午的那條褲子，趕緊從房間的角落裡找了出來，正要偷偷出去洗，瞧見趙彩鳳也拿著早上的那條裙子從房間裡閃出來，兩人四目相對，頓時都面紅耳赤了起來。

趙彩鳳見宋明軒傻站著，便走上前，一把搶了他手裡的褲子，往門外井口邊上去。

宋明軒便跟在了趙彩鳳的身後，替她打了一桶井水。

趙彩鳳把褲子泡在水中，那水裡透著淡淡的腥羶氣息，讓兩個人忍不住又紅了臉頰。

趙彩鳳正要彎腰去洗，宋明軒卻拉著她在一旁坐下，自己搬著一個小板凳，彎腰在那邊搓起了褲子。

宋明軒洗著發白的褲子，水盆裡倒影著天上的月光，他忽然覺得這一切似乎都有些朦朧了起來。「彩鳳……」他低著頭，聲音柔柔地喚著趙彩鳳。

趙彩鳳抬起頭應了一聲，見宋明軒低著頭，臉上的輪廓忽明忽暗的，忽然也覺得他有些看不真切。「怎麼了？」趙彩鳳的聲音意外的柔和，小聲地問道。

「沒什麼，只是覺得……今夜的月色真好……」

趙彩鳳聽了這話，抬起頭看了一眼天上的月。上弦月，雖說沒有滿月那樣讓人覺得圓滿，卻也讓人覺得很溫馨，照得地上一片銀光。「嗯，月光是不錯。」趙彩鳳輕輕地附和了一句，又問道：「宋大哥，如果你考上了舉人，你預備要做些什麼呢？」

宋明軒瞇著眼睛想了一下，這個問題他當真還沒有細細思考過，他只想過如果沒考上舉人，那麼就回到趙家村去當教書先生，至於考上了要幹什麼……宋明軒蹙起了眉頭，手裡的動作也緩了下來，想了片刻，覺得臉頰上有些發熱，卻仍壯著膽量開口道：「第一件事情，自然是……自然是早些把妳娶進門。」

趙彩鳳一聽這話，也沒脾氣了，嗔了他一眼，又道：「除去這件事情呢？有沒有別的想法？」

宋明軒抬起頭想了半天後，開口道：「我如今也大了，既然中了舉人，也不好意思再讓我娘供著了。明年春闈若是不中，那就先看看有什麼地方有缺的，先過去做幾年小吏，等手上的銀子夠了，再繼續考進士。」

其實，從宋明軒吞吞吐吐的表情中，趙彩鳳不難看出，他心裡有著極度想一直向上考的渴望，但若明年春闈不中，就意味著還要再等三年，這三年對於宋明軒來說可不好過啊！眼見著宋大娘的年紀也一年年地大了上去，宋家沒有經濟支柱，早晚撐不下去的。

趙彩鳳看了一眼宋明軒，心裡到底有些不捨。她想起了自己發憤圖強準備高考的那一段日子，彷彿若是考不中，人生就是灰暗的，那種感覺即便現在想起來，都讓人覺得絕望，趙彩鳳不想要宋明軒絕望，因此咬了咬牙道：「有句話說好人做到底、送佛送到西，宋明軒，如果你這次高中，我給你三年時間去考進士，這三年，我養你！」

宋明軒手中的動作猛然停滯了一下，抬起頭看著趙彩鳳，就見她抿著嘴看自己。

趙彩鳳瞧見宋明軒盯著自己看，有些不好意思，便偏過頭道：「看什麼看啊？洗你的衣服去！」

宋明軒忽然間就笑了起來，一個勁兒地點頭道：「洗……洗，這就洗！」

趙彩鳳看著宋明軒低頭洗衣服的樣子就覺得挺開心的，索性搬了一張小板凳，在宋明軒邊上坐了下來，把頭靠在宋明軒的肩膀上，兩人一個低頭洗衣服，一個抬頭看月亮。

趙彩鳳喃喃道：「哎，今天去廣濟路看的鋪子不出租，如今錢倒是有了，但明兒還要繼續出去看鋪子。」

「蕭公子不是說他家有個鋪子，想請我們合夥做生意嗎？」

趙彩鳳打了一個哈欠，低下頭道：「蕭公子是個好人，可咱有手有腳的，不能頻頻受別人的恩惠。況且……我為什麼總覺得他沒安好心呢？」趙彩鳳在現代是個學霸，且沒有吸引異性的外貌，所以從來不知道其實世上大多數的人都是外貌黨，而她如今這長相，足以讓大多數年輕的小夥子一見鍾情了。

「妳說的也有道理……這樣吧，這一百兩銀子，明兒我寫上一張欠條，等他再來的時候把欠條給他，就當是我們借的吧。」

趙彩鳳也跟著點頭道：「這辦法好是好，只是，我瞧著那蕭公子也挺彆扭的，你這麼做是不是太生分了一些？」

宋明軒被趙彩鳳這麼一說，也覺得有些生分了，他還想再說幾句，卻見趙彩鳳打了一個哈欠，靠在他的肩膀上打起了瞌睡來。

宋明軒稍微聳了聳肩膀，見趙彩鳳沒有動靜，便拉著她的手環住了自己的腰，扭頭在她的額頭上親了一口，然後低著頭，笑咪咪地繼續搓著盆裡的褲子。

第二天早上，趙彩鳳比宋明軒起得還早，趙彩鳳才醒過來，就聽見外頭楊氏在院子裡洗衣服的聲音，整個討飯街也開始熱鬧了起來。趙彩鳳打了一個哈欠起身，走到客堂裡聽了一下宋明軒房裡的動靜，這時候安安靜靜的，似乎還睡得挺熟的。

原來宋明軒昨晚目送趙彩鳳回房睡覺之後，自己卻怎麼也睡不著了。這幾日天氣雖然比前一陣子涼快了很多，奈何他身上、心裡卻都比前一陣子燥熱，在床上翻來覆去的睡不著，一想起趙彩鳳身上那若有似無的幽香，宋明軒便覺得面紅耳赤、坐立不安。他見自己反正睡不著，乾脆就起身看起了書來，這一看又是兩個時辰，等回過神的時候，天都快亮了，這時候慾火已消弭，睏勁倒是上來了，於是一覺就睡到了這個時候。

趙彩鳳看了一眼宋明軒書桌上燭檯裡頭殘留的蠟油，就知道他昨晚又挑燈夜戰了，再看看他熟睡的樣子，也不忍心喊他了，又出了房間，先去後頭灶房裡頭燒熱水。

宋明軒沒睡一小會兒就醒了，眼圈下面還帶著一些烏青。

趙彩鳳見他從裡面出來，一邊打絡子一邊道：「你洗一洗，一會兒幫我去街口買一碗豆漿回來。」

宋明軒用冷水擦了一把臉，稍微緩和一些睏勁後，開口道：「怎麼今兒想起喝豆漿來了？」

趙彩鳳抿嘴笑了笑，其實喝豆漿不過就是個藉口，她是想讓宋明軒大清早能出去走動走動。他這樣一天十二個時辰都悶在家裡，身體上也吃不消。既然宋明軒沒有練習瑜伽的天賦，少不得要從別的方面想想辦法，讓他的身體結實一些。

想想那蕭一鳴，一頓鞭子下來也不過幾天就生龍活虎的了。而宋明軒病了一場，臉上倒是越發顯得清瘦起來。

「我就是想吃了，自己懶得出去，你若是不願意，那我自己出去買了。」趙彩鳳停下手上的活計，裝作要出門的樣子。

宋明軒連忙攔住了她，道：「妳坐著吧，我去給妳買回來。除了豆漿，妳還想吃些什麼？」

趙彩鳳搖搖頭道：「豆漿就好了。你拿著家裡的竹筒打一筒回來吧，我和小蝶一起喝。」豆漿便宜，一碗也不過一文錢，若是再買一些其他的東西，就不止這個價了。

宋明軒便點了點頭，去後面的灶房裡頭拿了竹筒出門。

清早的討飯街透著幾分熱鬧，小巷裡都是孩童們奔跑打鬧的聲音，家家戶戶開著大門，有的婦人則乾脆坐在門口，一邊洗衣服一邊和對門的老太太嘮嗑，大家的臉上都透著幾分清晨的朝氣，讓人看著覺得雖然貧苦，可生活卻總是這樣蒸蒸日上的。

宋明軒見了這群人，心裡也越發敞亮了起來，彷彿不管自己的出身如何、經歷如何，只要活著，就總會有新的希望。

到了巷口，宋明軒就瞧見呂大娘的豆漿攤，不過就是幾張簡易的交叉凳，路人坐在上頭，一手端著豆漿碗，一手握著個燒餅，吃得正歡實。

宋明軒鮮少出門，呂大娘見了便招呼道：「宋秀才，怎麼今兒是你出門？倒是稀罕了！」

宋明軒聞言，便有些不好意思了。

一旁幾個吃早飯的媳婦、漢子見了，也都抬起頭來看了他幾眼。宋明軒雖稱不上貌若潘安，但長得高高的個子，又勝在白白淨淨，所以讓人一見就很有好感。

「大娘，我要一碗豆漿，給我裝這竹筒裡。」宋明軒小聲地開口，拿出一文錢遞給呂大娘。

呂大娘在圍裙上擦了擦手，接過了竹筒，卻推開了他的錢，笑著道：「咱是隔壁的鄰居，哪裡還能要你的錢呢？拿回去吃吧！」

宋明軒哪裡肯，一個勁兒地推讓，最後把錢放在了攤子前頭裝零錢的匣子裡了。

呂大娘笑著道：「你這孩子，就是太客氣了！怎麼，怕以後你中了舉人，我們找你拉家常去？」

宋明軒紅著臉道：「大娘妳說哪裡去了？就算我中了舉人，也不會忘了這條街上的各位的。」

眾人聽了都有些感嘆，有人搖了搖頭，朝著一旁擺著燒餅攤的一位年輕媳婦看了一眼，卻也沒再說什麼。

那媳婦看著也不過二十五、六歲的樣子，只是忙於生計，臉上頗有些憔悴之色。她的攤位就在呂家老倆口的邊上，一般人上呂家來喝豆漿，都會順手從她那邊買上兩個燒餅。

宋明軒見方才祥和的氣氛忽然間就有了些冷淡，有些尷尬。這時候呂大娘已經灌好了豆漿，宋明軒正打算回去，瞧見楊氏和余奶奶從外面集市上回來，三個人便一路同行。

「明軒，今兒你怎麼出來了？」鑒於宋明軒難得出來一次，大家都很好奇，余奶奶也這樣問道。

宋明軒便笑著道：「彩鳳說她想喝豆漿了，讓我出門買來著！」

「哎喲，真是不賴，改明兒要是當了舉人老爺，也能這樣疼老婆就好了，可千萬別像你家西隔壁的郭老四，中了舉人後，連家都不回了！」

宋明軒依稀也聽說過這討飯街上是有人中過舉的，按理說這樣的地方出了舉人，應該是一件值得高興的事情，可這裡的百姓對這件事情似乎一點兒都提不起精神來。

楊氏多問了一句。「余奶奶這話是什麼意思呢？妳說的這個郭老四，我倒是沒瞧見過。」

「妳如何能瞧見？他一個月、兩個月才回來一次，早就不把這裡當家了。」余奶奶說著，又湊到兩人跟前，小聲地道：「這事我也是暗地裡知道的，那巷口賣燒餅的翠芬，原本就是這郭老四的媳婦，郭老四在三年前中了舉人後，也不知道攀了什麼關係，上玉山書院唸書去了，那翠芬還替他生了一個孩子，結果他愣是說翠芬是他表姊，來京城投靠他的，那孩子也不是他的！」

楊氏聽了，頓時怒意上湧，開口道：「世上怎麼有這麼不要臉的男人？這書都讀到狗肚子裡了？他媳婦怎麼不去順天府尹告他呢？」

「這怎麼個告法？一來，他也沒有停妻再娶；二來，這一告，這郭老四的前途豈不是毀了？這翠芬和孩子還指望著他能中進士呢！」

「就這品行？就算中了進士也是個拋妻棄子的玩意兒！」楊氏平常不說重話的，這會兒實在是氣不過了，什麼話都往外頭迸出來了。「這種人就應該出門被馬踩死，一輩子考不上進士！」

宋明軒聽了，暗暗覺得後背有些涼，可轉念一想，這樣的事情怎麼可能發生在他和趙彩鳳的身上呢？他宋明軒這一輩子、下一輩子、下下輩子都要霸著趙彩鳳才行呢！

宋明軒和楊氏回家的時候，趙彩鳳正在給趙彩蝶梳頭。宋明軒把豆漿擺在葡萄架下的石桌上，喊了趙彩鳳出來吃。

楊氏從外面進來，笑著誇今兒集市上的菜新鮮又便宜，但最後還是忍不住嘟囔了一句。「不過再便宜也沒我們自家地裡種出來的便宜。」

趙彩鳳牽著趙彩蝶的手出來，笑道：「那是當然了，自家種的，吃得還放心。」

宋明軒和趙彩鳳兩個人經了昨兒那事情後，現在見面了反倒有些尷尬。趙彩鳳把豆漿倒在碗裡喝了兩口，這古代的豆漿磨得很醇厚，充滿了濃濃的豆香味，趙彩鳳端在手裡就能聞到十足的香氣，真是醇正又健康的食品。如今趙彩鳳也只能安慰自己，至少在古代，吃喝都是純天然的。

宋明軒在趙彩鳳的面前坐了下來，看著她一口一口地喝著豆漿，不過是一文錢一碗的豆漿，卻被趙彩鳳喝出了十兩銀子一碗的感覺。瞧著她紅嫩嫩的唇邊沾著乳白色的汁液，宋明軒忍不住嚥了嚥口水……

大家吃完了早餐後，楊氏便找了余奶奶一起送衣服去，所以今兒輪到趙彩鳳帶孩子。宋明軒在房裡看書，外頭趙彩鳳帶著幾個孩子晾衣服、捉迷藏，在院子裡玩得不亦樂乎，一向喜歡清靜的宋明軒反而覺得，有著這樣的歡聲笑語在耳邊，他才越發看得進去書了。

過了大約小半個時辰，外頭忽然傳來了有人叫門的聲音。京城民風淳樸，且這討飯街上又都是窮人，家家戶戶也不常關著門，趙彩鳳是怕外頭的聲音擾著宋明軒唸書，這才把門掩了起來。

那聲音聽著不大像是楊氏，也不像這附近的鄰居，這附近的鄰居敲門都是咚咚咚的，讓人聽著就覺得充滿了急迫感，可方才那個敲門聲不急不慢，聲音是那般輕緩，趙彩鳳一時也猜不到到底是什麼人了。

趙彩鳳擦了擦晾衣服的濕手，前去開門，就見門外站著一個四十出頭的中年婦人，身後還停著一頂四人的寶藍色緞面軟轎。

見了趙彩鳳出來，婦人便轉身吩咐道：「你們先回去吧，一會兒我還要去店裡頭看看，就不用轎子了。」

那幾個轎夫聞言，躬身點了點頭，抬起轎子走了。

趙彩鳳見她停在自己家門口，估摸著就是來找自己的，便問道：「這位大娘，妳是來找我的嗎？」

孫嬤嬤上下打量了趙彩鳳一眼，見還是一個姑娘家打扮，心下便有些疑惑。昨兒蕭一鳴回去遇見她，便把開店的事情同她說了一說，孫嬤嬤是個妥當人，知道蕭夫人並不放心就這樣把店面交給蕭一鳴，因此便想著親自過來瞧一瞧這戶人家，看看到底靠不靠譜，別讓他們給騙了過去。

蕭一鳴和孫嬤嬤講的是討飯街上的一對小夫妻，可如今孫嬤嬤瞧著，這趙彩鳳分明就是沒過門的打扮，心裡便有些疑惑了。況且趙彩鳳雖然穿著樸素，但言談舉止以及容貌神態，瞧著倒是比家裡頭的小丫鬟更鮮活了幾分，孫嬤嬤當下心裡頭就有些嘀咕，三少爺該不會是受了什麼人的哄騙，被人給騙了吧？

「是我家少爺讓我過來瞧瞧的，他說他有兩個朋友住在這兒，是一對小夫妻，要和他一起在廣濟路上開店面的，我今兒正好要去廣濟路，所以順道過來瞧一瞧，也好帶著人一起去看看店面。」孫嬤嬤雖然心下狐疑，但面上還是笑容可掬的模樣，言談中透著一股大戶人家管事嬤嬤的威嚴。

「原來是蕭公子府上的管事嬤嬤，真是有失遠迎了。若是不嫌棄我家裡簡陋，不如進來稍微坐一會兒吧？這會兒家裡頭還有三個孩子呢，我進去交代一聲，先跟妳說上幾句，再去瞧店面可好？」趙彩鳳品出了一些《紅樓夢》裡頭老奴才的感覺來，不敢大大咧咧地說話，因此便也學著裡頭那些小丫鬟般客客氣氣地說。

孫嬤嬤聽說還有三個孩子，越發狐疑了，才這麼大的姑娘，眼瞅著也不會是三個孩子的娘啊！她壓抑著狐疑，點頭跟趙彩鳳進去了。

楊氏來了之後，這小院就越發收拾得乾淨整潔，雖然處處透露著簡陋和貧困，但一看就是一戶會過日子的人家。趙彩鳳瞧著三個孩子正在後院裡頭躲貓貓，便也沒有去喊他們，招待孫嬤嬤在石桌前坐下，去廚房沏了一杯茶上來。

趙彩鳳雖然覺得接受蕭一鳴的好意有點過意不去，可想著如今正巧有這個難關，也只能這樣了，到時候少不得連本帶利地還他。「上回我跟蕭公子提過，想在京城找個地方做做小生意，沒想到他還真往心裡去了。」

孫嬤嬤點了點頭，往宋明軒房裡瞧了一眼，果然瞧見一個年輕人在裡頭埋頭看書，便假裝不經意地開口問道：「那是妳家相公吧？」

趙彩鳳也知道若是讓人知道她沒過門就和一個男人住在一塊兒，只怕又要引人多心了，便點了點頭道：「是呢。前兩年我爹去了，正在孝裡頭，等過了孝就把事情給辦了。」

孫嬤嬤聽了，頓時就了然了，臉上的狐疑少了一半，笑得也輕鬆了幾分。「原來是這樣，那就怪不得了。」孫嬤嬤頓了頓，又問道：「聽我家少爺說，他跟你們是在玉山書院認識的？」

趙彩鳳見孫嬤嬤又問起了這個，心下也有些好笑了，原來請她去看店面是順便的，過來查戶口才是真的。不過趙彩鳳也不生氣，畢竟這出錢做生意的事情，不論錢多錢少，都是小心駛得萬年船的。

「正是呢！說起來……還是我們對不住三少爺。」趙彩鳳心想，既然是來查戶口的，索性就說得清清楚楚的，省得她再去外頭打聽，也打聽不出什麼好的來，便直說道：「三少爺當日見我和宋大哥艱苦，便好心買了他的文章，其實不過就是想資助我們一些，可也不知道被什麼人給說了出去，聽說反倒是討了一頓打？」看在蕭一鳴這麼幫自己和宋明軒的分上，趙彩鳳也算是口下留情，稍稍把買文章的事情給美化了一下。

孫嬤嬤聞言，頓時睜大眼睛道：「原來竟是這樣？可憐我家少爺，為了這事情還討了一頓打，早知是為了幫人，又何必討一頓打呢？他也不說實情，倒是讓我家太太心疼了好一陣子呢！」

趙彩鳳低下頭略抿嘴笑了笑，抬起頭時臉上還帶著幾分歉意，笑道：「這事情我也是後來才聽說的，我們鄉下人家，實在受不起三少爺的恩情，原本是想原銀奉還的，可三少爺說他正好有店面空下來，問我想不想做點小生意？我們原就窮苦，又見他是一片好心，就答應了下來。」

這一席話說得坦坦蕩蕩的，沒有半點矯揉造作的成分在裡頭，反倒讓孫嬤嬤聽了心頭覺得很放心，且她如今也瞧在眼裡，這確實是一戶窮苦人家。既然蕭一鳴有這個心幫他們，她一個做奴才的，也不好說什麼。再說了，蕭夫人素來欣賞讀書人，裡頭那位看上去像是很會讀書的，蕭一鳴和這樣的人結交，想必蕭夫人也樂見其成，多花幾兩銀子又算得上什麼呢？

「原來是這樣，這事情倒是清楚了。原本我還有些不放心，畢竟我們少爺年紀小，怕他只是瞎玩，如今我也放心了。姑娘，妳這會兒若是有空，不如跟我一起去看看鋪子，正巧也研究研究，在那條街上到底做些什麼生意合適？」

趙彩鳳聽了，也知道自己總算是打消了對方心頭的疑慮，遂笑著道：「我進去說一聲便隨大娘走一趟吧！」趙彩鳳進去和宋明軒交代了一聲，讓他看好幾個孩子，自己則稍微梳理了一下後，這就和孫嬤嬤一起出門了。

不一會兒，兩人就來到了廣濟路上，這會兒正是早市後街上最熱鬧的時候，路上都是揣著菜籃子買菜的大娘、大嬸，還有拎著鳥籠子遛彎兒的大老爺們。

不多時，兩人就來到了那家南北貨鋪子的門口，趙彩鳳走到鋪子口，這才反應過來，笑著道：「大娘，怪道我覺得妳有幾分眼熟呢，原來我前天見過妳！我前天見這家店鋪要關門歇業，才來問過租金的，可惜掌櫃的說他們東家不租！」

孫嬤嬤聽了，也很是意外，笑道：「果真有這樣的事情？那可真是緣分了，看來這鋪子就等著妳來了。」

兩人進了店鋪，嚴掌櫃就迎了上來，見趙彩鳳走在孫嬤嬤的身後，笑著道：「喲，姑娘，妳怎麼又來了？我前兒已經說了，這門面不租出去的。」

孫嬤嬤忙笑道：「老嚴，你誤會了，這就是三少爺讓把門面留下來給她的姑娘。你今天店裡頭還有多少東西？幾時能清得乾淨？」

嚴掌櫃聽了，恍然大悟，點頭道：「原來是這樣啊！那快進來坐。」

嚴掌櫃引了孫嬤嬤和趙彩鳳到後面的小客廳坐了下來，這才開口道：「東西都清得差不多了，還有幾樣乾貨，差不多也就是二、三十兩的成本了，姑娘若是不急著要鋪子，我就再賣幾天，姑娘若是著急要，我今兒找一家南北貨鋪子，平價賣了也就完了。」

孫嬤嬤聽了便道：「就按你的意思平價賣了吧，這門面接手了也不能馬上就開業，也不知道姑娘想做什麼營生，少不得還要再裝修一下的。」

趙彩鳳之前就來瞧過這門面，門口足有兩丈寬，很是敞亮，只要把那些放雜貨的架子打掉，然後重新粉刷一下，做上幾張桌子擺上，差不多也能用了。雖說如今資金不是很緊張了，但多留一些周轉也是好的。

「我老家的姥姥、姥爺開了幾十年的麵館，我打算在這邊也開一間麵館。我瞧著這條街上另外兩家麵館生意都不錯，北方人愛吃麵食，開麵館應該比較好。」

「麵館？」孫嬤嬤擰眉想了想便笑道：「也不知道妳想做什麼麵館？」

孫嬤嬤經常來這條街上晃悠，也知道在這條街做吃食的那些店，生意都特別好。這條街外來人口多，且大多數能在京城扎根落戶的外地人都不算窮人，所以這條街上有錢人也不少，可又因為社會地位關係，注定了這群人不可能和京城的達官貴人一樣，整日裡出入朱雀大街，做只有上等人能做的事情，因此久而久之，這兒就形成了一個專屬外地人的小型商業圈了。

趙彩鳳開口道：「熱呼呼的雞湯拉麵，夏天的話，再多加幾樣涼麵。」趙彩鳳知道另外兩家是做刀削麵和小麵的，所以故意和它們區隔開，且楊老頭做的雞湯麵的老滷湯汁當真是好喝，在沒有一滴香的古代，能熬製出這樣的湯底，確實有一定的真功夫。

「這倒是不錯，大早上的起來吃一碗熱呼呼的雞湯麵，幹活兒都有精神。」

嚴掌櫃聽了，笑著道：「還是年輕人有幹勁啊！不過這開麵館可就不比做南北貨生意，迎來送往的客人就更多了，又要起早貪黑，也挺累人的。」

趙彩鳳笑著道：「世上哪兒有天上掉餡餅的事情呢？若要享清福，那也得自己投胎投得好呢，像我們這樣的小老百姓，能賺一些辛苦錢，平平安安地過日子就儘夠了。」

孫嬤嬤聽了這話，真是說到了心坎裡一樣，忍不住讚嘆。「妳這丫頭能說出這番話來，連我都信服了妳幾分，怪道我家三少爺這樣信你們，這才是個正經過日子的人該說的話呢！」

三人又閒聊了一會兒，嚴掌櫃又把她們往後院裡帶了進去，原來這門面的後面，還有一個天井，天井後頭還有兩間庫房、一個小院，不過如今東西已經賣空了，這庫房也就空出來了。趙彩鳳想了想，這兩個房間，倒是能讓楊老頭老倆口住下來了。

孫嬤嬤見店鋪也看得差不多了，便開口道：「那這事情就這麼說定了。老嚴你今兒就把這店裡的東西都清了，明兒還是這個時辰，我過來和你交帳，小趙過來拿鑰匙吧。」

趙彩鳳這時候還覺得一顆心激動得停不下來，笑著點頭道：「那行，那我明兒可就來了！」

「明兒來吧，店早些開起來，你們也好早些在京城安穩了。」

趙彩鳳聽了，略略有些眼紅，果然老刁奴什麼的，還是在影視劇作品裡出現得多一點，現實裡哪來這麼多的極品呢！

趙彩鳳送走了孫嬤嬤後，又和嚴掌櫃聊了一陣子，這才離開了店面往家裡去。這一路上她都在思考怎麼裝修店面這個問題。京城的木工又貴，又不熟悉，倒不如喊了錢木匠過來，讓他在這邊住上幾天，這一屋子的桌椅不就出來了嗎？況且這麼長時間沒見到趙文，趙彩鳳其實也挺擔心的。

趙彩鳳想到這裡，便打算託人回去捎個口信，只是前幾天李全剛來過，下回也不知道什麼時候來，趙彩鳳擰著眉頭想了一會兒，忽然想起王燕說如今她哥給她二嬸莊子上跑運輸，每天都會把莊子上的新鮮蔬菜往恭王府送過來，若是讓他帶個口信，只怕比等李全還快一些。

況且這廣濟路就在富康路的隔壁，不如順路去劉家碰碰運氣也是好的。趙彩鳳這麼一想，便定下了主意，往富康路那邊去了。

沒想到湊巧的是，今兒王鷹正巧就來了京城送菜，趙彩鳳便託他給錢木匠帶了口信回去。

趙彩鳳回家的時候，楊氏已經做好了午飯，瞧見趙彩鳳抱著一堆東西進門，忙不迭地就迎了上去，道：「明軒見妳還沒回來，還想說去廣濟路上找妳呢，可巧妳就回來了。」

趙彩鳳把東西遞給楊氏，開口道：「說起來也是巧合，店鋪我看過了，就是前兩天我們瞧見的那一家，和掌櫃的約好了明天去拿鑰匙，所以我就想著把錢大叔和二弟喊來，在裡頭住幾天，那木工活兒也就齊全了。」

楊氏聞言，笑道：「妳倒是會指派人！我也有一陣子沒瞧見妳二弟了，也不知道他好不好？」趙文腦子不靈光，長這麼大都一直在楊氏的腳跟頭，難得分開這麼久，楊氏放心不下也是常理。

「所以我才去了一趟劉家，原本是想找人給燕兒捎信的，誰知道就遇上王二哥了，我便直接請他回去捎信了。」

楊氏一聽，臉上也露出喜色來，唸了一句阿彌陀佛。「這麼說來，眼看著我們就要一家團圓了！」

四個人簡簡單單地吃了午飯後，因為天氣熱，中午總有些睏勁，宋明軒昨晚又沒睡好，趙彩鳳便讓他去房裡歇一會兒午覺，過會兒再去喊他。

宋明軒於是聽話地去歇午覺了，可才躺下沒多久，就聽見不遠處傳來女人哭哭啼啼的聲音。

趙彩鳳走到門口，往四周看了一眼，也不知道是哪家鬧出來的動靜。正這時候，對門的余奶奶也打開了門。

余奶奶瞧見趙彩鳳正探著腦袋，便皺了皺眉道：「彩鳳，準又是郭老四那個殺千刀的回來了，每次回來都要鬧一場！」

趙彩鳳並不認識什麼郭老四，可屋內的楊氏今兒剛聽了八卦，已經知道這郭老四是個什麼人，因此恨恨地道：「天底下竟然有這樣不要臉的男人！」邊罵邊帶著彩蝶進屋了。

趙彩鳳扭頭看了一眼房裡的宋明軒，不知道他會不會有膝蓋一痛的感覺？

過了一小會兒，那哭聲就小了很多，只聽見門外似乎有人喊了幾聲「四兒」，緊接著，趙彩鳳就瞧見原先停在翠芬家門口的一頂轎子，一晃一晃地離去了。

趙彩鳳往門外看了一眼，只見平常在巷口擺燒餅攤的翠芬跌坐在路上，含淚看著那轎子慢慢遠去。

余奶奶跨過門檻出去，走過去扶翠芬，勸道：「妳還理那個畜生做什麼？下次他要是再回來向妳要錢，妳就去順天府衙告他去！」

翠芬低頭抽噎了幾下，然後抬手擦了擦臉上的淚痕，小聲道：「余奶奶，我沒事，他難得回來看我們娘倆一回，我這是高興的……」

趙彩鳳這回也算是服了，翻了一個白眼，心中冷笑道：妳這高興個鬼啊！

余奶奶聽了這話，也嘆了一口氣道：「臉上淚還沒乾呢，就說起胡話來著？妳放心，這條街上的都知道，誰也不會笑話妳的，要笑話也是笑話那狗娘養的東西！」

余奶奶朝著那小轎過去的方向啐了一口，把翠芬給扶起來，瞧見趙彩鳳還在門口看呢，便開口道：「彩鳳，過來搭把手。」

趙彩鳳出門走過去，彎腰自另一邊扶起翠芬。

翠芬站起來，看了趙彩鳳一眼，臉上帶著些歉意，笑道：「早就聽余奶奶說街上來了新鄰居了，可我一直忙，也沒能走動走動。」

趙彩鳳便笑著道：「我們就臨時住一陣子而已，等宋大哥考完了科舉，沒準就走了。」

誰知道這話卻觸動了翠芬心裡的一根魚刺。想當年那郭老四也是這麼跟她說的，只臨時住一陣子，等中了舉人就跟她回老家去，如今一晃，竟然過去了三年多……

趙彩鳳眼看著她又要落下淚來，也懷疑自己是不是說錯了話？好在翠芬倒是自己緩過了勁兒來，開口道：「妳是個有福的，想必不會跟我一樣命苦。」

趙彩鳳聽了這句沒頭沒腦的話，只覺得納悶。

余奶奶這時插話道：「我扶妳進去吧，妳家旺兒還一個人在家裡待著呢！」

翠芬點了點頭，由余奶奶攙扶著回了自己家院子。

這邊趙彩鳳才要轉身回去，余奶奶便從後面喊住了她，又往翠芬家門口指了指。

「彩鳳，她的話妳別往心裡去，也是一個苦命人。」

趙彩鳳這時候倒是想聽聽這翠芬的故事了，便問道：「余奶奶，方才過去的那個是她相公嗎？」

余奶奶搖搖頭道：「我也不清楚，他們住過來的時候就是成雙成對的，連孩子都有了，按理說應該是相公沒錯，可偏偏那郭老四從來沒把她當成娘子看，對外還說她是自己的表姊，倒是讓人看不懂了。」

趙彩鳳在這方面的聯想能力倒是不錯，聽余奶奶說到這兒，也恍然大悟了起來，開口道：「我猜應該是沒過過明路吧？不然怎麼這麼多年了，孩子都這麼大了，也不回一趟老家去呢？難道家裡的老人都沒有了？」

余奶奶也蹙眉想了想，這才道：「沒準還真是這樣！剛來的時候這翠芬嬌滴滴的，哪裡是現在這個模樣？其實她也不過才二十出頭而已。」余奶奶又擰眉想了想，突然一拍大腿道：「說不準還是淫奔出來的，這才沒法兒回老家呢！若真是明媒正娶的，就那郭老四的做派，還不得回家跪祠堂去？」

趙彩鳳聽余奶奶這麼說，也覺得應該是八九不離十了。

余奶奶又嘀咕了幾句，並勸趙彩鳳道：「所以說彩鳳啊，妳和小宋的事情得早點辦，這種事情都是女孩子吃虧的。妳現在覺得小宋人模人樣的，可萬一以後他要是有個啥心思，妳哭還來不及呢！」

趙彩鳳聽了這話，也是無語了，可她們也是真心為自己好，這一點她如何就不明白了？「余奶奶放心，等我們辦喜事的時候，少不得給妳發喜糖的！」

余奶奶聽了這話，也樂呵了，笑著道：「那我可就等著著啦！」

第十九章

前些天，趙彩鳳去伍大娘家把絡子給回了，換了八十文錢回來。然後又去了廣濟路上的店裡頭，找嚴掌櫃把店面的鑰匙取了回來。趙彩鳳頭一次用自己的勞力換回了銀子，也沒預備著把這些錢存起來，瞧見路口有賣布料的，就買了幾塊深色的布頭回來，打算給宋明軒做一雙靴子。

錢木匠那邊還沒有消息，這幾天趙彩鳳在家也沒有閒著，去廣濟路上的店鋪裡頭丈量了一下尺寸，把裡面按照自己的思路設計了一下，畫成了圖紙，等錢木匠一來，就可以開工了。

這日正好是十五，趙彩鳳一早就起了，楊氏因聽余奶奶說梅影庵有廟會，喊了趙彩鳳跟她一起去，兩人吃過了早飯，便一塊兒出門了。

卻說錢木匠收到了王鷹帶回去的口信，便帶著趙文結束了莊子上的活計，回趙家村整理了工具，等著李全上京城送菜的時候搭車過去。可巧今兒十五，李全正好要去八寶樓送菜，便把他們兩人給捎上了。

錢木匠大約四十左右，絡腮鬍子，雖然和趙家村裡的人不算很熱絡，但他又會做木工又會打獵，大家對他也都很敬佩。

李全一邊趕車一邊和錢木匠聊了起來。「我說老錢，你到我們村裡住也有十幾年了吧？你以前什麼地方人，怎麼沒見你回鄉探過親呢？」李全和錢木匠算是比較熟的，才敢問出這樣的話來。

錢木匠聽了這話，眼神便有些迷茫地看著遠方，瞧著那一排排村落慢慢從眼前過去，緩緩開口道：「我以前也是在京郊的，餘橋鎮上的。後來……爹娘都死了，也沒什麼親戚，就帶著媳婦去趙家村住下了。」

李全見錢木匠說完，臉上似乎還帶著幾分沈痛的表情，便勸慰道：「又想嫂子了吧？都這麼些年了，你也應該給自己找個續弦了，家裡頭沒個女人，總覺得缺了些什麼。咱們一天到晚在外頭跑，回來還不是圖個老婆孩子熱炕頭嗎？」

錢木匠低頭苦笑了一聲，嘆息道：「一把年紀了，還想這些做什麼？也不知道還能活幾年，何必拖累人呢？」

「你這話說的，咱還是正當盛年的漢子呢！」

錢木匠便笑道：「你確實是個漢子，我聽說弟妹這又懷上了？敢情以後你家小子和孫子一樣大呢？」

李全聽了，連連搖頭道：「哎喲，你別說了，這事情真是臊死我了，這一把年紀的，還老樹開花了呢！這不，我這回去城裡，還得去寶育堂給她抓安胎藥呢！」

在路上搖了幾個時辰，總算是到了京城，李全在八寶樓卸了東西，便載著錢木匠往討飯街去。

討飯街的巷子裡窄，所以車子就停在外頭，錢木匠和趙文揹著行頭，跟著李全往裡頭去。

楊氏和趙彩鳳逛了廟會回來，這會兒她正坐在門口一邊做針線一邊跟余奶奶嘮嗑，忽然間抬起頭就瞧見幾人往這邊過來，先瞧見的就是錢木匠那一臉的絡腮鬍子，嚇了一跳，見他們果然來了，反倒有些不好意思了，忙放下了手中的針線，起身迎了過去。「老二，你可來了！她叔……老二師父，你們快進來坐！」楊氏平常和錢木匠沒什麼交際，一時間竟不知道怎麼稱呼好，幸而想起如今他收了趙文當學徒，所以才迸出一句「老二師父」來。

錢木匠也微微愣了一下，笑著應了。他們一個鰥夫、一個寡婦，這樣當著人前哥啊、妹啊的，確實不大合適。

幾個人才進去，楊氏便衝著裡頭喊道：「彩鳳，快倒茶出來，妳李叔帶著錢大叔和老二來了！」

趙彩鳳正在裡頭給宋明軒裁衣服呢，聽見這話忙放下了手中的剪刀，往廚房裡去倒上了一壺茶，拿了幾個茶碗出來。

一個月沒見趙文，他的臉更黑了，畢竟這大夏天在太陽底下幹活，如何能不黑呢？

楊氏的眼神中帶著幾分歉意，不好意思地道：「她叔，讓你們大老遠的來，真是過意不去，原本我們是想著，在京城請個木匠的……」

楊氏的話還沒說完，錢木匠倒是先開口道：「不打緊，莊子上的事正好做得差不多了，在家裡閒著也是閒著，既然在京城有活幹，出來也是一樣的。」

趙彩鳳瞧見院子裡放著兩簍子的木工工具，便開口道：「店鋪那邊有地方，可以在那兒住，一日三餐的話，我給你們送過去。」

這時候聽見動靜的宋明軒也從房裡出來了，上前先見過了幾人，又問了一下家裡的事情，得知家裡一切都好，這才放下了心來。

李全拍了拍宋明軒的肩膀道：「明軒，還有十幾天就要下場子了，村裡頭的人可都盼著呢！我家裡養的豬也肥了，就等著你的好消息，一刀宰了牠！」

宋明軒不好意思地笑了笑，不過這幾日他對考試的信心又增進了幾分，因此倒是很自信地點了點頭道：「雖然說不準，但我一定會全力以赴的。」宋明軒說完，偷偷地瞧了一眼趙彩鳳，心下有著滿滿的甜蜜。只要有趙彩鳳在身邊，他就覺得自己精神百倍！

楊氏出門買了一些小菜，打了一些小酒，留李全和錢木匠在家裡吃了一頓便飯，到了下午，趙彩鳳便帶著他們往廣濟路上看門面去了。

錢木匠看了一眼這鋪子，點頭道：「不錯不錯，這裡人多也熱鬧，生意應該不差。」

趙彩鳳笑著道：「我有一天在這邊悄悄地數了數，就一個中午，隔壁那家飯館裡頭就進去了百來人，還有人在外頭等位置呢！姥爺拉麵的手藝這麼好，生意鐵定差不了的。」

趙彩鳳把自己畫好的圖紙拿了出來，向錢木匠一一講解了一下，又帶著他和趙文去了後面的小房間。趙彩鳳早兩天就已經將這裡收拾乾淨了，原本這兒就有一張給小廝值夜用的木板床，趙彩鳳也擦乾淨，在上頭鋪好了草蓆子。

「錢大叔，你就和老二在這邊將就將就了，這京城地方小，也只能這樣了。」

錢木匠笑著道：「這地方已經夠寬敞了，我以前也在京城住過，就這一個鋪子，租下來一個月少說也要四、五兩銀子吧？彩鳳妳可真有辦法。」

趙彩鳳也笑著道：「說起來也是遇到了貴人，倒是跟我沒什麼關係，以後我再慢慢跟你說這裡頭的故事。」

錢木匠看了趙彩鳳給的圖紙，又指出了幾個不合理的地方，兩人一起修改好了。這邊趙彩鳳留了十兩銀子下來，告訴錢木匠，這附近就有一家賣木料的鋪子，價格也都詢問過了，算不上太貴，所有東西從他們家買就行了。

兩人去了木材鋪子，選好木料，付了定金，跟掌櫃的交代了送貨的地址後，趙彩鳳和錢木匠便分道揚鑣了。趙彩鳳回了討飯街的小院，錢木匠則去了廣濟路的鋪子裡頭。

趙彩鳳回家的時候就瞧見楊氏在那邊忙針線活，瞧著是一塊石青色的棉布面料，做成短打的式樣。

楊氏見趙彩鳳回來，把針線給放下了，迎上去道：「怎麼樣？事情都安頓好了嗎？」

「都安頓好了，也給錢大叔他們留了銀子，晚上我讓他們過來吃晚飯，等明兒正式開工了，我們再送菜去吧。這個天熱，一天送個一次就夠了，他那邊後院裡頭有一個煤爐，我瞧著能用。」

楊氏點了點頭，又道：「這次多虧妳錢大叔肯幫忙，我今兒瞧著他和妳二弟的衣服都磨破了，就去扯了一塊面料，打算給他們一人做一件衣裳，到時候妳帶過去，就說是妳做的。」楊氏從來都恪守婦道，寡婦又最怕沾上不好的名聲，但是在自己的閨女面前，也沒有什麼好避諱的，所以就實話實說了。

趙彩鳳也明白楊氏的心意，開口道：「娘妳放心吧，做好了交給我就得了。只是我說是我做的，要是錢大叔不相信，那也沒辦法，畢竟我做衣服那針腳，蚊子都飛得過去！」

楊氏聽了嗔笑道：「妳又胡說！對了，要給明軒裁的衣服我已經幫妳裁好了，離他下場子還有大半個月的時間，也夠妳做的了。」

趙彩鳳一聽可就鬱悶了，嘆了一口氣道：「要不就算了吧？上次我做的衣服，他也穿得好好的，想來應該不嫌棄吧……」

楊氏便笑道：「這叫情人眼裡出西施！妳就算做得再不好看，只怕在他眼裡也是一件寶呢！」

趙彩鳳聽楊氏這麼說，也有些臉紅了，她深切地覺得自己這幾天有些不正常，似乎陷入了一種所謂的春心萌動的境界，這種滋味在前世只有初中時代暗戀學長的時候有過，以至於趙彩鳳都有些記不清這是一種什麼樣的感覺了。

總覺得心裡甜甜的，又酸酸的，想著無時無刻不看見他，卻又怕他也看出自己心裡的想法，讓他覺得自己不莊重矜持了。趙彩鳳覺得這樣的自己真是太掉架子了，嘆了一口氣，回房裡給宋明軒做起了衣服來。

第二天一早，趙彩鳳和楊氏一起出的門，打算先去把廣濟路上富戶家的衣服給還了，然後再去店裡看一下錢木匠的裝修進度。

楊氏是個閒不下來的人，雖然趙彩鳳一早就讓她把洗衣服這活計給辭退了，但楊氏還是捨不得那幾十文錢，每日必定都要打包好些衣服回來洗，這幾日錢木匠和趙文來了，楊氏也越發覺得自己忙不開了，在趙彩鳳的一再勸說下，楊氏才決定把這洗衣服的事情給辭退了。

請楊氏洗衣服的那戶人家是在廣濟路上開川菜館的，平常楊氏洗的衣服裡就有不少是店裡頭夥計的衣服。楊氏和趙彩鳳在門口等了一小會兒，裡頭的老媽子便數了銅板，拿繩子串好了遞給楊氏。

聽楊氏說以後不洗了，老媽子蹙眉道：「我前兩日才說余奶奶給介紹了一個勤快的，怎麼才做沒幾天就不做了呢？」

楊氏聞言，略略有些過意不去。

一旁的趙彩鳳便笑著道：「大娘，我家在這條路上也開了鋪子，過幾日就要開業了，我娘怕忙不過來，誤了妳的事，所以才辭了這活的。」

那老媽子聽了，擰眉想了想。「最近這條街上也沒聽說哪家關門歇業的呀，難不成……」那人頓了頓，有些疑惑地抬眼道：「是原先那家鼎旺南北雜貨鋪？」

「正是那個門面呢！不過我家沒打算開雜貨鋪，開的是麵館。」

老媽子吃驚地道：「哇，那可是蕭將軍家的門面呢！姑娘妳是怎麼給弄到那門面的？這一條街上好幾家店的東家後臺都硬著呢，平日裡連堂口費都省了，一聽是將軍家的鋪子，日後誰還敢過去鬧事？不像我們，隔三差五的還會遇上幾個吃霸王餐的。」

趙彩鳳聽了這話，頓時對蕭一鳴又感激了幾分。當時鑰匙也就這樣從嚴掌櫃的手裡接了過來，房租也一分錢沒付，這便宜當真是占得有點大了。

楊氏一聽這街上還要收堂口費，嚇了一跳，忙問道：「這堂口費都怎麼付？要是不給會怎麼樣？」

那老媽子見楊氏人老實，便跟她多說了幾句。「其實不過就是多遇上幾個吃霸王餐的，且時不時會有人在店裡打個群架、鬧個事情。雖然順天府尹的捕快也會管一管，但是遇上這樣的事情，總是我們店家吃虧，畢竟這一打架，客人都嚇跑了，要是再弄壞個桌椅板凳的，錢倒是小事，就是耽誤時間和生意。交了堂口費就不一樣了，這些亂七八糟的人也會少很多，總之為了安穩做生意，給些銀子也算不得什麼了。」

趙彩鳳聽了這話，心裡終究是有些嘆息的，不過轉念一想，這種事情在現代都屢見不鮮了，更何況在古代？老百姓永遠都是受壓迫的人群。

趙彩鳳和楊氏告別了川菜館後，往西再走上兩百米，就是自家的鋪子了，只是還沒到門口呢，就瞧見一群人正圍在門口看熱鬧。

趙彩鳳遠遠見了心裡就咯噔一下，這麵館還沒開張呢，門口從哪兒來這麼多人呢？楊氏也跟著伸直了脖子望過去，這時候忽然有兩個人被重重地摔出了人群，在地上慘叫翻滾，門口一群看熱鬧的人連連叫好。

趙彩鳳急忙跑過去，擠入人群，就見錢木匠正在店裡頭和兩個人打鬥！不難猜測出來，方才從店堂裡被甩出去的那兩個人，也是出自錢木匠之手。

趙彩鳳雖然前世並沒有看過多少武俠片，但是對於錢木匠的身手還是很驚訝。蕭一鳴算是身手不錯的了，但當一群人圍著他的時候，臉上還會忍不住流露出驚慌失措的表情來，沒想到錢木匠卻表現得異常冷靜，每一個動作都不慌不忙，雖然看著似乎不是很靈活，但實打實的，讓人覺得渾厚有力。

不過就是幾招幾式之後，另外兩個小嘍囉也被丟出了店堂。

前頭被丟出來的小嘍囉已經爬了起來，睜大著驚恐的雙眼開口罵道：「你……你……好大的膽子，知道這廣濟路是什麼地方嗎？你……你等著瞧！」

趙彩鳳聽他這個口氣，倒是和方才川菜館老媽子說的專門找茬收堂口費的人有些像，上前一步站出來道：「這廣濟路是什麼地方，我們不知道難道你知道？在我看來，這兒就是天子腳下，百姓居所！我們開店做的是正經生意，你們又是哪路來的不正經鬼怪？」

這幾人是這條街上有名的小混混，專門靠收堂口費過活，這種事情雖然順天府尹知道，但是屢禁不止，且又不是什麼大罪，關進牢裡還得負責他們的一日三餐，當真是不划算，因此頂多就是每人賞幾個板子，攆走了算了，可時間長了，連衙門也漸漸不管了。況且一件事情既成了老例了，老百姓似乎也接受了，這條街上除了幾家背後有人的店鋪外，大多數店面都老老實實地交著堂口費。

自從那南北貨鋪子關門之後，這幾個小嘍囉就密切注意著這個店面的動向呢，以前他們知道這店鋪是將軍府的，所以不敢來收堂口費，可如今瞧著裡面掌櫃也走了，裝潢也改了，在裡面做裝修的兩個人，一個看著像大老粗，一個又是個呆子，便料想這店鋪估計已經被別人給買下了，所以才打算來試試運氣。

可誰知道進來後還沒開始犯橫呢，就覺得那木匠看著有些嚇人，但他們幾個人也不是被嚇大的，通常遇到這樣的情況，就看誰比誰膽子更大，所以這話還沒說幾句呢，就動起了手來。他們四個人在這條街上有個綽號叫四大金剛，哪裡曉得這木匠居然深藏不露，一下子就把他們四大金剛打得都滾到地上疊起羅漢來了！這會兒又瞧見一個俏生生的姑娘站出來說話，幾個人原本想再狠上一回的，可瞧見後面那手裡扛著一把斧頭、正惡狠狠看著他們的木匠，頓時就沒了骨氣了。

為首的那人氣呼呼地開口道：「兄弟們，咱們走！」

看熱鬧的人見沒熱鬧看了，也紛紛散去，有幾個好心的百姓還替趙彩鳳他們擔心，小聲勸道：「姑娘，妳想在這條街上做安穩生意，最好還是別得罪那幾個人較好，都不是些好東西，流氓樣的。」

趙彩鳳點頭謝過了他們的好意，又問道：「他們哪裡來這麼大的膽子？這條街上那麼多店鋪，難道家家都交堂口費嗎？」方才從川菜館老媽子那邊也不過打探得一知半解，這會兒見有熱心人提醒他們，趙彩鳳便覺得這位大娘肯定是知道些什麼的，就又多追問了一句。

這大娘是隔壁茶葉店的老闆娘，四十出頭左右，長得有些清瘦，平常因不常來店裡，所以趙彩鳳並不怎麼認識。

「我們這條街，以前有半條街都是宣武侯府家的祖業，後來宣武侯府日漸衰落，就把這條街上的產業賣的賣、租的租。妳今兒看見的這幾個找茬的小夥子，其實也是宣武侯府的奴才，若是沒有侯府罩著，他們難道敢這樣不成？」大娘說著，又嘆了一口氣道：「瘦死的駱駝比馬大，平民百姓誰願意去得罪權貴？那些真正有錢有勢的人家，他們也不敢欺負，還不都是柿子揀軟的捏！」

趙彩鳳聽了她這一席話，終於也明白了，怪不得順天府尹對這事情也是睜一隻眼閉一隻眼的，畢竟涉及到權貴，又是這種那些達官貴人們心中認為的雞毛蒜皮的事情，處理起來自然就不給力了，拖個三、五日的，就淡了。再拖個三、五月的，也就忘了。老百姓想安穩地過日子，就只能乖乖地交堂口費。

趙彩鳳謝過了隔壁這位大娘後，蹲下來和楊氏他們一起整理東西，幸好那些桌腳凳腿還是半成品，所以損失不算嚴重。趙文向來膽小，剛才被嚇得躲到了櫃檯後面去，整個人都還打著哆嗦，趙彩鳳便蹲下來安慰他，並從手裡抓了一把出門的時候余奶奶抓給她的瓜子。

後院的小天井裡到處都是散落的刨花，楊氏拿笤帚掃成了一堆，裝到大麻袋裡面。這種刨花拿來生煤爐最好用，曬乾了蓬鬆得很，一點就燒起一堆火來。楊氏抬起頭，看見錢木匠又在那邊刨木頭，木鉋子發出咯吱咯吱的聲音，撓得人心裡癢癢的。

「她叔，你臉上好像被劃破了，我去打一盆水來，你洗洗吧？」

錢木匠低著頭，伸手在自己的臉上抹了一把，掌心裡果然沾了一些血跡，應該是剛才跟那幾個小嘍囉過招的時候不小心弄到的。聽見楊氏這麼說，他沈著聲音道：「不用麻煩嫂子了，這些小傷一會兒就好了。」

這院子裡沒有井，要從後門出去，到巷口的地方有一口弄堂裡幾戶人家合用的井，大家都在那裡取水，走過去大約也要一盞茶的時辰，平常他都是趕著楊氏中午過來送菜之前去挑水回來的，今兒因時辰尚早，正好還沒過去挑水，所以院子裡的水缸是空的。

楊氏這會兒已經收拾好了刨花，在身上的圍裙上擦了擦手，走到牆根邊上的水缸前看了一眼，發現裡頭的水已經見底了。平常楊氏中午送菜過來時，這水缸裡的水都是滿的，所以楊氏會順手把他們換下來的髒衣服都洗了，也從來沒考慮過這水缸裡水的問題，這會兒瞧見缸裡沒水，才想起這院子裡是沒有井的。

楊氏蓋上水缸上的木蓋頭，提起放在邊上的水桶和扁擔，開口道：「她叔，我出去打水，你跟彩鳳說一聲，讓她等我一會兒。」楊氏把水桶在扁擔上掛好了，正預備彎腰挑起來時，卻見一雙強壯有力的手拉住了扁擔一頭的繩子，從她手中把扁擔給抽了過去。

「這些事情哪裡是女人幹的？妳歇著吧。」

楊氏微微一怔，就瞧見錢木匠已經挑了水桶往外頭去了。楊氏低下頭，看了一眼自己這雙布滿老繭的手。自從趙老大死後，這兩年裡她又當爹又當娘的，早已經忘了這種被人關懷的感覺，如今卻冷不丁冒出這樣一個人來，倒是讓她自己都有些忍不住胡思亂想了起來……楊氏想到這裡，微微嘆了一口氣，既然知道自己是胡思亂想，那還不如不想來得好。

這時候趙彩鳳從前面過來，喊了楊氏回去。她們出來一早晨了，眼看著就要午時了，再不回去就要趕不及做午飯了。

楊氏應了一聲，拍了拍身上的灰塵，彎腰把裝滿了刨花的麻袋揹了起來，開口道：「妳錢大叔挑水去了，我們先回去吧。」

一路上楊氏都很沈默，但趙彩鳳知道楊氏素來就不是一個愛八卦的人，所以也沒覺得有什麼不對勁的地方。

兩人回到家裡已是巳時三刻，楊氏急急忙忙的就進灶房張羅起午飯來了。

趙彩鳳進廚房的時候，便聞到一股肉香味，反射性地嚥了嚥口水。

因為身邊的銀子有限，所以全家每日的開銷都是有定例的，生怕到時候銀子不湊手，鬧得真需要宋明軒出去賣字維生就丟人了。而廚房裡掛著的這幾條鹹肉，是上回李全送楊氏她們出來的時候，楊老頭給塞上的，楊氏來了這兒將近一個月，也就見她切過幾次，每回都是用這鹹肉的湯底來燒上一鍋青菜湯，又好吃又解饞，

所以，趙彩鳳見楊氏這一口氣切這麼大塊下來，便有些好奇地問道：「娘，今天有喜事嗎？都切肉慶祝了？」

楊氏一面燒火一面道：「店鋪都被砸了，能有什麼好事？我不過就是覺得這幾天沒吃什麼葷腥，嘴裡有點淡罷了。」

趙彩鳳見楊氏這麼說，也不追問了。剛穿越來的時候，趙彩鳳看見肉都會兩眼發光，但後來吃了幾回，發現也就這樣了。她前世就不是一個肉食愛好者，對於肉的熱衷度，大約也是因為到了這裡實在吃不著而已。

「這鹹肉看著不錯，不如蒸一蒸，切成片給錢大叔送過去吧？宋大哥過幾日就要考試了，這兩天還是吃一些清淡好消化的，這些大魚大肉的，我覺得還是少吃點，喝些湯倒是不錯。」

楊氏見趙彩鳳這麼說，竟是正中下懷，心裡頭也舒坦了不少。「我也是這麼想的，一會兒我送了菜過去，便去買一隻雞回來，熬一些雞湯給明軒補一補。」

趙彩鳳見楊氏故意沒提鹹肉的事情，又說起了雞湯來，便知道她方才那些話是說對了，

笑著道：「那就買一隻瘦一些的吧，大熱天的，雞湯太肥膩了容易壞。」

楊氏點頭應了，把焯過水的鹹肉撈起，放在蒸籠裡面蒸了起來。

當天晚上，被趙彩鳳折騰了半個月的那件新衣服也終於做完了，趙彩鳳低頭咬斷最後一根線，伸手狠狠地伸了一個懶腰，揉了揉額頭，看見坐在自己對面的楊氏正飛速地縫著衣服。趙彩鳳努力眨了眨自己的眼睛，拿起衣服湊上去看了一眼針腳後，擔心地開口道：「娘啊……這針腳真能飛得過蚊子呢，咋辦？」

楊氏停下手邊的活計，拿過去看了一眼後，又丟給了趙彩鳳。「做得還行，比以前強一些了，不湊過去看也看不見針腳。明兒洗一洗，等明軒下場子的時候就能穿上了。」

楊氏說著，忽然站起來，走到房間裡僅有的一個小櫃子前頭，打開櫃子，拿出壓在最底下一張摺成方塊狀的紅紙，走過來遞給趙彩鳳道：「這是我上次在朝山村的土地廟求的，聽說還挺靈驗的。等明兒衣服洗乾淨了，妳把它縫到這衣服裡面，一定能保佑明軒高中的！」

趙彩鳳聽了，急忙擺擺手道：「那怎麼行呢！進去考試可嚴格了，身上一張紙片都不能有的，我若把這縫到衣服裡，萬一監考的人以為這是小抄，宋大哥可就連考試的資格都沒了！」

楊氏聽了，嚇了一跳，急忙把這東西丟到一旁去，口裡默唸了幾遍「阿彌陀佛」。「竟還有這麼一說？那老和尚居然騙我！我瞧著那裡香火挺盛的，還以為真的很靈驗呢！」

趙彩鳳笑著道：「菩薩若真是有求必應，那咱也別忙活了，每天拜菩薩就夠了。」

楊氏本就虔誠，聽了趙彩鳳這話，忙數落道：「妳又胡說！不能對菩薩不敬！阿彌陀佛，百無禁忌啊！」

趙彩鳳頭一次做成一件連楊氏也說不錯的衣服，心裡頭還是有些得意的，畢竟這些技術在現代可都是專業技能呢，不學上幾個月如何會？如今她也不過才兩、三個月的光景，能縫出一件男人穿的、像樣的衣服，也算不愧對於她學霸的稱號了。趙彩鳳笑著把衣服抱在懷中，找宋明軒去了。

趙彩鳳挽了簾子進門，一股淡淡的香味便沁入鼻息。為了讓宋明軒能更加專心的看書，趙彩鳳還去藥鋪買了驅蚊的熏香，點在宋明軒的書桌子底下。不過這熏香不便宜，所以趙彩鳳和楊氏在隔壁餵蚊子，這種待遇只有宋明軒一人享受到了。

宋明軒這時候正埋頭看著手裡的文章，打算明兒拿過去給劉八順和韓夫子過目。

趙彩鳳這會兒也玩性大發了，把衣服往自己肩膀上一掛，上前用手捂住了宋明軒的雙眼，笑著問道：「猜猜我是誰？」

說起來，這種幼稚的遊戲，以前趙彩鳳在電視裡看見了都要轉台的，可不知道為什麼，自己居然也會有這麼腦抽的一天。趙彩鳳說完這句話的時候，才發現自己真的是太無聊了，頓時羞得無地自容，正要把手指鬆開，卻被宋明軒給按住了。

「我來猜猜看。」

宋明軒說話的聲音總是這樣輕輕柔柔的，比少年人沈穩、比中年人清脆，是趙彩鳳最愛的帶著磁性的聲音。

只見他若有所思地皺了皺眉頭，彷彿很努力地在思考著，然後才慢悠悠地開了口。

「這麼一雙靈巧的手，這世上只有一個人有，那就是我的媳婦兒。」

對於宋明軒最近越來越甜的嘴，趙彩鳳也是無語了。明明家裡窮得揭不開鍋，連燒菜時候用的配料砂糖都沒有了，他到底是怎麼做到這樣甜死人不償命的？

趙彩鳳欲把手從他臉上收回來，卻被他給牢牢地握住了。

宋明軒攤開趙彩鳳的手掌，指尖上還依稀可見幾個深深淺淺的小針眼。

趙彩鳳本來就不善於女紅，一件衣服做下來，十個指頭還在，她都覺得可以去燒高香了。

宋明軒見趙彩鳳的手指果然和自己想像的差不多，嘆了一口氣，低下頭，含在嘴裡舔了幾下。

趙彩鳳被宋明軒這樣帶著挑逗的舉動弄得心裡癢癢的，紅著臉把手藏到背後，小聲嘟囔道：「你髒不髒啊！」

宋明軒平常幾乎是被趙彩鳳牽著鼻子走的，每每都被她強悍的氣勢給鎮住，難得瞧見她這個樣子，便有些得寸進尺，脫口而出道：「不髒，妳身上的每一個地方我都喜歡，哪裡還會覺得髒呢？」

趙彩鳳覺得這話越聽越不像話了，便沈著臉假裝生氣地道：「行了，看完書早點洗洗睡吧！把這衣服試一下，明兒一早我還要洗呢！」

宋明軒見趙彩鳳忽然變臉了，也嚇得不敢開口了，暗暗恨自己太過得意了，趙彩鳳哪裡有那麼好哄的！

這幾日秋闈在即，劉八順特意過來找了宋明軒去散心。

送走了劉八順和宋明軒後，錢喜兒讓小丫鬟把趙彩鳳迎上了馬車，笑著道：「前一陣子大姑奶奶給我和大娘在珍寶坊裡頭各訂了一套首飾，她如今正在坐月子，沒空過去取，讓我自己先去看一眼，若是覺得哪裡不好看，當場就讓那邊的工匠給改一改，正好今兒我有空，妳陪我一起去好不？」錢喜兒無父無母，從小被劉家收養當童養媳，雖然日子過得不錯，可她的身分畢竟有些尷尬，平日裡也沒有什麼朋友，認識了王燕和趙彩鳳後，早已引為知己。可惜王燕如今在王府裡頭當丫鬟，並不容易出門一趟，所以錢喜兒便想到了趙彩鳳。

趙彩鳳欣然同意，兩人一道前往。

不多時，馬車停在珍寶坊的門口。

這時候時辰尚早，客人也不多，店裡頭招呼客人的年輕媳婦便迎了出來，見是兩個穿著樸素卻坐著馬車前來的姑娘，心下有些疑惑，不過她們做了幾十年的生意，除了看穿著打扮，也練就了看面相的本事，等她瞧清楚了這兩人的長相，臉上便堆起了笑。

店家招呼了兩位進去後，眾人才知道這其中的一人是杜家大少奶奶娘家的姑娘，遂請了丫鬟去裡頭把她們訂的東西拿了出來。

姑娘家都愛這些亮錚錚的首飾，錢喜兒身邊的丫鬟見了，開口道：「姑娘快看，這次比上次做的還好看呢！聽說上頭的珍珠是杜家二爺去南方的時候帶回來的，怪不得有這麼一大顆，還這麼亮！」

趙彩鳳也瞧了一眼那簡直快有龍眼般大的珍珠，心道這東西要是在現代，大概也能稱得上是無價之寶了，也不知道在古代要賣多少錢？她雖然好奇，但是鑒於問過價格之後，未必還能保持這樣淡然的表情，所以她還是放棄了。

錢喜兒雖然這幾年也見過不少好東西了，但是這東西一年比一年好，她看著也有些驚嘆了，笑著道：「我家大姑奶奶就是這樣，每次都這麼闊氣，這樣的東西我們小門小戶的人也不方便戴，每年也就戴個一、兩回，拿回去過不了多久又要沾灰了。」

趙彩鳳笑道：「以後等妳當了舉人太太，有得是時候戴呢！出門應酬啊、接待客人啊，總要把自己打扮得體體面面的，這樣才不丟妳家男人的臉面呢！」

錢喜兒聽了，臉上頓時就紅了起來，嬌嗔道：「妳還不是一樣？」說著，視線停留在趙彩鳳沒有半點裝飾的髮髻上，拉著她的手走到店裡頭的一排櫃檯前頭。

趙彩鳳順著那櫃檯看了一眼，見裡面大多擺滿了赤金的簪子，並沒有幾樣是自己喜歡的，只角落裡一個不起眼的地方，放著一枚銀色梅花簪，看著倒是精緻得很。

錢喜兒見趙彩鳳把視線落在了那銀色的梅花簪子上，便讓待客的媳婦把它取了出來，問道：「這個看著倒是別致，上回來還沒有呢！怎麼賣？」

那媳婦見了，笑著道：「這幾樣都是我家姑娘閒來無事自己做的，平常她做的東西都是賞給丫鬟的，可這銀子又不值什麼錢，這次據說連丫鬟也看不上了，所以就擺到店裡來，說是誰要是看上了，就免費送給她了。」

趙彩鳳聽了，倒覺得那位小姐的性情真是有意思得很。不過再看一眼那根簪子，確實和周圍這金碧輝煌的裝潢格格不入，倒和自己的遭遇有些相同，來了一個不屬於它的地方。

「我倒是覺得這簪子做得很別緻呢，梅花花瓣上的細紋和花心裡的花蕊都清晰可見，這手工當真不錯！」趙彩鳳由衷地讚嘆了一句。

那媳婦笑著道：「可不是？我瞧著也覺得好，可畢竟用料太不講究了，這要是弄一根金簪，想必就更多人喜歡了。」

趙彩鳳連連搖頭道：「要是金簪就不好了，梅花高潔、金子俗氣，這兩樣配到了一起，那就是俗不可耐了。」

那媳婦一臉驚訝地看著趙彩鳳，一拍大腿道：「姑娘您說這話，怎麼和我家姑娘說得如出一轍呢？看來這簪子是非您莫屬了！我先幫您包好，也讓我家姑娘高興高興，她做的簪子總算有人要了！」

趙彩鳳看了一眼那簪子，用料確實不考究，不過幾錢銀子的樣子，價格大抵也不會太貴，便問道：「這多少銀子？」

「剛說了不要銀子，姑娘您忘了？」那媳婦把簪子拿出來，用一塊絨布包著，又放入了一個簡單的首飾盒中，遞給了趙彩鳳。

趙彩鳳這會子也覺得不好意思了，看了一眼錢喜兒。

錢喜兒笑著道：「店家這麼好意，那妳就收下吧！」

趙彩鳳思量了片刻，便開口道：「俗話說，無功不受祿，實在不好意思接受饋贈。況且我和那位小姐雖然想法一樣，但畢竟沒有見過，不過是兩個陌生人，如何能接受饋贈？所以這簪子我不能收，還請店家收回去吧！」

那媳婦聽了這話，見趙彩鳳回絕得很徹底，嘆了一口氣道：「那也不知道這簪子要何年何月才能送得出去了。」

這裡頭正忙著，外面又來了新客人，錢喜兒拿了東西，又在這邊訂做了一個赤金瓔珞項圈，說是要給杜家大少奶奶新生的那個閨女百日宴的時候送過去的。

趙彩鳳便在店裡頭等了一會兒，抬頭就見到了新來的那位客人。

那人見趙彩鳳穿得樸素，一開始以為是這店裡頭新招的小丫鬟，可再定睛一看，卻是一個月前在誠國公府別院救下的那位姑娘！「趙姑娘，怎麼會是妳？」程蘭芝瞧見熟人，便高高興興地迎了過來。

趙彩鳳抬起頭看了她幾眼，一時沒認出來，擰眉想了片刻，才開口道：「喔……妳是程姑娘？」趙彩鳳見程蘭芝今兒穿著一身女裝，也不好意思再喊她公子了。

錢喜兒正在裡面和工匠商量瓔珞圈的事情，因此趙彩鳳便和程蘭芝攀談了起來。

程蘭芝問道：「妳今兒怎麼有空出來？再過四天，不就是妳家相公下場子的日子了嗎？」

趙彩鳳也懶得去解釋她和宋明軒之間的關係了，開口道：「他今兒跟劉公子一起去找韓夫子品茗了，所以我就和喜兒姑娘來這裡逛逛。」

程蘭芝見趙彩鳳不卑不亢的，坐在這金碧輝煌的首飾店裡頭卻一點兒都不覺得彆扭，也深深地為她的淡然所感嘆。一般這個年紀的小姑娘，見了這麼些好看的東西，哪一個不流著口水一樣樣地看一眼？就算不能全買回家，好歹也要一飽眼福的。

程蘭芝想到這裡，便想買一樣東西送給她，可這話還沒到嘴邊呢，又覺得趙彩鳳未必會接受自己的饋贈，因此小心地試探道：「有沒有看上什麼喜歡的？這裡的東西雖然做得都很精美，其實我看著也就一般般。」因為怕打擊到趙彩鳳，程蘭芝後面兩句話就改了，誰知卻被一旁招呼人的店家給聽見了，笑著湊過來。

「程姑娘，我們珍寶坊的東西也就一般般，那您的眼光也太高了些吧？只怕這滿京城也找不到不一般般的東西了。」

程蘭芝無奈地瞥了一眼那店家，開口道：「行了，少廢話了，快把我上次在這兒訂的長命鎖拿出來，明兒就是蕭將軍家長孫的百日宴了，我等著要呢！」

那店家又忍不住搖了搖頭道：「程姑娘您每次都這樣，明兒就要的東西，今兒才來取，這要是我們這東西做得讓您不滿意了，連改都沒時間改呢！」

「這不是相信你們嘛，每次都能讓我滿意的。快去拿出來吧，我母親還在外頭馬車裡等著呢！」

那店家忙道：「怎麼將軍夫人也在嗎？為何不進來坐坐？」

「不了，拿了東西就走。」

程蘭芝在店堂裡稍稍等了一會兒，店家去裡頭取了東西出來，她打開來看了一眼，便讓店家包了起來，臨走時回身看了一眼趙彩鳳，轉身道：「告訴妳一件好玩的事情，蕭老三去查案子時，被惡狗追了一路，差點兒掉到人家的糞坑裡頭，又怕被蕭夫人知道了心疼，所以偷偷跑到我家找我二哥換衣服，把我家都搞得臭死了！他一個公子哥兒，不好好考科舉也就算了，還非要去當什麼捕快！對了，這事我就偷偷告訴妳了，妳可別告訴別人呀！」

趙彩鳳聽了只覺得丈二金剛摸不著頭腦，見程姑娘那一臉幸災樂禍的表情，似乎料定了自己會對這事感興趣一樣，趙彩鳳一臉茫然地開口道：「程姑娘，我和蕭公子不熟欸！」

程蘭芝好奇地道：「不熟嗎？我瞧著那天他那樣不要命地救妳，還以為你們很熟呢！不過他人是不錯啦，就是平常不愛笑，看著就跟茅坑裡的石頭一樣，怪不得他會掉茅坑了！」

程蘭芝說著，又忍不住笑了起來，人早已出了店門。

趙彩鳳聽程蘭芝說完這些話後，錢喜兒也從裡頭出來了。

見趙彩鳳在外面等著，錢喜兒先上前致歉，又道：「最近忙著八順趕考的事情，差點兒把正事給忘了，滿月酒時送過去怕是趕不及了，只好推遲到百日宴了。」

趙彩鳳想了想，大概所有女子有了心上人後，就會不自覺地把那個人的名字掛在嘴邊吧？如此一看，那程姑娘對蕭一鳴不就是這般？趙彩鳳微微一笑，看來有人要被盯上了呢！

此時蕭一鳴正在京城的大馬路上巡邏，冷不防就打了幾個噴嚏。

一旁的韋老大關切地問道：「蕭老弟，這麼熱的天你怎麼打起噴嚏來了？要不要回衙門休息休息？」

蕭一鳴捏了捏鼻梁，左右看看，見路上行人都安穩得很，開口道：「回什麼衙門？去八寶樓，明兒我家裡有喜事，今天這一頓我請了！」

接下來的這幾日，宋明軒便開始了足不出戶的日子，每日只在自己的房間裡頭，也不再去鑽研那些四書五經了，想睡的時候睡一會兒，想出來透氣的時候就到院子裡頭的葡萄架下納涼，看著倒是輕鬆得很，一副完全沒把秋闈放在心上的樣子。

楊氏見了，也忍不住問趙彩鳳。「明軒這是怎麼了？這幾日竟然這樣閒散，也不知道他心裡在想些什麼？這後天就要下場子了，咋都不著急的呢！」

其實趙彩鳳知道，宋明軒心裡比誰都著急，這幾日光整理下場子的東西都整理了五、六回了，來來回回地翻那幾樣東西，就深怕把東西給落下了。

趙彩鳳笑著勸楊氏道：「娘妳放心吧，宋大哥自有他的想法。」

卻說這幾天趙彩鳳和楊氏也沒有閒著，趙彩鳳之前並不清楚秋闈到底是個什麼考法，只知道是要考三場的，後來聽隔壁的翠芬說了，才知道一場秋試要考九天七夜（注），從初九開始，一直要到十七才考完。

趙彩鳳掐著手指算了一下，高考也才考三天而已，這個要考九天，是不是太誇張了一點？

知道這些事情之後，趙彩鳳就開始忙碌了起來，先是去外頭買了一個小型的簡易煤爐，宋明軒那腸胃堪憂啊，要是吃了沒燒開的水，直接掛在裡面也不是沒可能的事情。接著就開始為宋明軒準備乾糧了，九天七夜的乾糧，就算現代有冰箱，放上九天也都過期了啊！況且這才剛入秋，天氣還這麼熱，是個吃的過不了兩天都會變質，還要吃上九天……趙彩鳳想到這裡，都覺得自己快暈了。這哪裡是去考狀元的？分明是去搶著投胎的啊！

翠芬畢竟是過來人，見趙彩鳳著急得額頭上冒汗，開口道：「妳也別太著急，一般的窩窩頭、餑餑是放不了這麼長時間的，但妳要是蒸上幾塊糕，在太陽底下曬乾了，讓他帶進去之後，放在試場的門口用油布攤開曬著，那就不會壞。等到要吃的時候，就燒開了水，一塊

注：九天七夜，秋闈每闈三場，每場三晝夜，由於中間需要兩次換場，因此實際是九天七夜。

塊地掰開丟進去，就是一碗麵糊湯了。若是不喜歡吃麵糊湯，那就帶一個蒸籠進去，放在裡頭蒸一蒸，也很好充飢的。」

趙彩鳳看著翠芬，別提有多感激了！她原本還以為考個三天也就差不多了，帶上幾個窩窩頭、白麵饅頭，應付一下也就行了，誰能預料這考試時間竟然會是九天啊！

趙彩鳳聽翠芬說完，千恩萬謝了一番，急忙回到自己家裡，往灶房放玉米粉的大缸裡頭看了一眼，見那玉米粉都快見底了，便風風火火地拿了銀子就要出門。

楊氏見了，慌忙喊道：「彩鳳妳上哪兒去啊？這會兒都不早了！」

趙彩鳳沒顧上楊氏，急匆匆地就往外頭去了。

糧食鋪這會兒正好還沒到打烊的時候，掌櫃的瞧見有客人來，便迎了出來。

趙彩鳳這一路小跑過來的，到了門口還喘著粗氣呢！

那掌櫃的見了這麼一個小姑娘過來，笑著問道：「姑娘，您要買什麼呀？瞧您這一路跑的，氣都喘不過來了。」

趙彩鳳這才忽然發現自己並不知道做蒸糕是要買麵粉、糯米粉還是玉米粉？她擰著眉頭想了半天，還是沒想出來，便深呼吸一口氣後，皺著眉頭問掌櫃的。「老闆，哪種粉是用來做蒸糕的？」

掌櫃的聽了她這問話，也有點迷糊了，蹙眉道：「那您得先告訴我，您想蒸哪種糕啊？」

趙彩鳳這下是真的糊塗了，拍著腦門道：「哎喲，我、我也不知道，忘了問了！」掌櫃的見她著急上火的樣子，也不忍心了，問道：「那您先告訴我，是派什麼用處的吧？這糕的種類可多了，有發糕、桂花糕、雲片糕，還有切糕……」

趙彩鳳一聽切糕，原本著急得不得了的心情頓時就跟被點了笑穴一樣，忍不住捣著嘴巴笑了起來。就她現在這個收入，想做切糕怕還做不起呢，那是土豪吃的……

那掌櫃的見了她這個樣子，搖了搖頭，心道：看著長得挺可愛的一個姑娘，原來竟是腦子有毛病的！頓時就沒了好臉色，開口道：「妳要買就買，不買別在門口影響我做生意！」

趙彩鳳這會兒也笑夠了，擦了擦自己眼角笑出來的眼淚，一本正經地開口道：「老闆您別誤會，我真的是來買東西的。我大哥後天就要進場子考科舉了，家裡卻連他的乾糧都還沒準備齊全，所以我才這麼著急的。」

那掌櫃的聽了，頓時也明白了，搖搖頭道：「原來是為了這個，那妳早說就好了。要下場子考科舉，那是得好好備著點乾糧了，除了要備著乾糧，像這種天氣，還得備上藿香正氣水、參片、止瀉散，最好再去寶善堂買一個驅蚊的香囊。那試場裡可不好待，誰進去都是要脫一層皮的。」

趙彩鳳聽這掌櫃的娓娓道來，倒像是很有經驗一樣，便忍不住開口道：「掌櫃的，還有哪些注意事項？你一起跟我說說吧，我好都準備齊全了。」

那掌櫃的擰眉想了想，便繼續道：「乾糧最好是帶桂花糕，這個天氣日頭好，曬一曬就不容易發黴了，別的都不好，若是饅頭和窩窩頭一類的，才過兩、三天就會硬得跟石頭一樣，根本都啃不下去。等九天後出場子的時候，記得帶上一輛推車，因為到那個時候，十個人中有九個都是讓裡頭的侍衛給架出來的，還能自己走出來的那都是奇人了。」

趙彩鳳專心點頭聽著，忍不住好奇地問道：「掌櫃的，你說得這樣詳細，肯定自己也進去考過是不是？」

那掌櫃的嘆了一口氣，搖頭道：「都幾十年前的事情了，那時候我和我兄弟一起進去考的，結果那一年試場失火，我兄弟就這樣在裡頭被活活燒死了，正巧那年我也落第了，爹娘就再不忍心讓我繼續考了，一家人守著這份祖業過日子，好歹也落得個平平安安的。」

趙彩鳳看著老掌櫃，一時間也不知道說什麼好了，覺得自己都有些發愣了。方才他說的這些話已經超出了她的三觀承受範圍，居然還能眼睜睜地看著興許是以後國家棟樑的讀書人就這樣被燒死在裡頭……

掌櫃的見她愣住了，也知道自己方才說的話可能嚇到她了，便勸慰道：「我這都是幾十年前的老黃曆了，聽說最近這幾年都沒發生過什麼意外，每年死的考生也沒有幾個了。」

每年死的考生也沒有幾個了……那不就代表還是年年都有人死嗎？這真是快讓人抓狂的邏輯啊……

趙彩鳳想到這裡，便覺得冷汗涔涔。按照宋明軒這樣的身體條件，這麼考一場，只怕沒有個一年半載都養不回來了！怪不得以前很少聽說有連著中了舉人隔年又中進士的，敢情考完了舉人後，大家都回家養身體去了，隔年春天實在沒體力再來這麼一次了……

趙彩鳳抬起頭，對掌櫃的道：「給我來一些做桂花糕的麵粉吧，要夠做九天分量的！」

第二十章

趙彩鳳揹著兩袋米粉往家裡去，一路上越想越感嘆。誰說百無一用是書生的？那些下過場子還能好端端地從裡面出來的讀書人，就已經夠讓人佩服的了！

楊氏在家裡做好了晚飯，見趙彩鳳從門外揹著兩個袋子回家，忙不迭地就迎上去接了下來，唸道：「妳這肩膀還沒好呢，怎麼能揹重物呢！」

趙彩鳳歇了一口氣，笑道：「不打緊，我用另一邊揹的。」

這時候天已經暗了，瞧見宋明軒屋裡頭如豆一樣的燭光，忽閃忽閃的，趙彩鳳也不知怎麼的，心裡就氣了起來。她這廂為了他的事情忙裡忙外地跑，那人還像個沒事人一樣呢！自己考試要考幾天難道不知道嗎？居然也不跟她說一聲！萬一明兒乾糧沒準備齊全，難道他要割自己的肉來吃嗎？

趙彩鳳想到這裡，氣呼呼地走到宋明軒的房門口，伸手一挽簾子，手插腰道：「宋明軒！我問你，你到底知不知道這秋闈要考幾天啊？後天就要進考場了，你怎麼就一點兒也不著急呢？你吃喝的東西都不預備準備了嗎？」

宋明軒見趙彩鳳莫名其妙的就發起火來了，也覺得奇怪，明明這幾天兩人相處得很是和諧，紅袖添香的，讓他心裡暖融融的，怎麼今兒就變臉了呢？

宋明軒一時不知道自己哪兒得罪了趙彩鳳，可看她那張臉，當真是不大好看，因此擰著眉頭道：「貢院外頭有專門賣饃的攤子，兩文錢一個饃，買上二十幾個，一頓吃一個也就夠了……」宋明軒越說聲音就越低，還真像是做錯了事情一樣。

趙彩鳳聽了這話，心腸頓時就軟了一半了，開口道：「於是你就打算著，等後天一早，在門口買上幾十個饃，然後就進去考試了？」

宋明軒點了點頭道：「上回因為沒有多少盤纏，我從家裡帶了乾糧過來，結果那幾天偏偏一直在下雨，到後面幾天乾糧都發黴了，我實在餓得不行了，所以……」宋明軒說到這裡便沒繼續往下說，略過了道：「這次無論如何也不能省那幾十文錢，還是買上饃好一些。我聽上回吃過饃的人說，饃不容易壞，只要用開水泡一泡就行了，不然太硬會吃不下去。」

趙彩鳳聽了宋明軒這話，也不知道說什麼好，冷笑了三聲道：「宋明軒，你還真看得起你這腸胃啊！吃九天的饃，你人只怕也變成饃了吧！」

宋明軒見趙彩鳳的表情似乎還是帶著幾分怒意，也不知道說什麼好了，開口道：「大家都這麼吃，應該沒有什麼問題。這麼熱的天氣，能放得住的乾糧也不多，這個饃其實已經不錯了。」顯然宋明軒對於有饃吃已經覺得很滿意了。

趙彩鳳瞧他那一臉坦誠的乖孩子模樣，也不忍心再說他了，往裡頭走了幾步，一屁股坐在床沿上，低著頭賭氣道：「這麼大的事情，你也不跟我商量一下！我只知道秋闈考三場，一直以為就三天而已，哪裡知道是九天三場呢？要是早知道，一早就給你列一個飲食清單了！我以為三天嘛，很好將就的，買上幾個燒餅都能對付過去了……誰知道是要九天！這種天氣，九天後人死在裡頭也都長蛆了呢！更何況是吃的？能有幾樣是不壞的？」趙彩鳳說著，眼眶就有些泛紅了。最近她忙於裝修店鋪，確實沒想到這些事情，今兒若不是和隔壁的翠芬閒聊了起來，怕要到去的那一天，她才會知道宋明軒這一進去就是九天呢！

宋明軒瞧見趙彩鳳紅了眼眶，知道她是心疼自己了，靠在她的身邊坐了下來，伸手摟著她，讓她靠在自己的肩頭，小聲地道：「彩鳳，真的沒什麼的，這苦我已經吃過一回了，第二回還是能熬過去的，妳要相信我才是。」

趙彩鳳扭頭，悄悄地擦了擦眼角的淚痕，不說話，想了想才開口道：「要是試場裡失火了，你記得要跑啊！」

宋明軒見趙彩鳳冷不丁地冒出這麼一句話來，覺得有些奇怪，笑著道：「妳沒下過場子不知道，裡頭光禿禿的，就算失火了也燒不起來，就三面牆一個屋頂，哪兒能燒起來呢？妳肯定是在外頭聽別人瞎嘮叨了吧？」

趙彩鳳白了宋明軒一眼，略翹著嘴唇道：「才沒有呢，這叫未雨綢繆！」趙彩鳳摸了摸額頭，鬱悶道：「怪我沒經驗，好多事情都不知道。明天一早我就給你準備趕考包去，保證裡頭什麼都有！」

宋明軒開口道：「場子裡查得嚴格，不准帶那麼多東西，帶些吃的和幾件換洗的衣服就夠了。別的我都能忍，就是九天不洗不換的，這一點確實有點不能忍。」

趙彩鳳點頭笑了笑，這時外頭楊氏喊了他們出去吃晚飯。

夏天太熱，所以楊氏把菜都端到了前院的石桌上頭，四個人圍著石桌吃了起來。

楊氏問趙彩鳳。「彩鳳，妳剛才買回來的那些米粉，是要做什麼呢？」

「是要給宋大哥做了桂花糕帶進考場裡頭吃的。我聽隔壁的翠芬姊說，這桂花糕放得起，不會壞，在太陽底下曬曬就不會發黴了，當初她家郭老四考舉人的時候，就是吃的這個。」

楊氏聽了，放下碗筷道：「哎喲，怎麼差點兒把這事情給忘了，這次可多虧了翠芬了。咱今晚晚些睡覺，今兒就把這糕給蒸出來，若是明天天氣好，還能曬上一天。」

宋明軒聽了這話，開口道：「不用這麼麻煩，貢院門口有賣饃饃的……」

宋明軒的話還沒說完，那邊趙彩鳳白了他一眼道：「看你再提饃饃！饃饃好吃還是桂花糕好吃？我今兒還在雜貨鋪裡買了一些白糖回來呢，白糖那麼貴，我可心疼銀子了！」

楊氏笑著道：「那饃饃有什麼好吃的？硬得跟鍋底一樣。還是吃桂花糕吧，帶上一個蒸籠進去，餓了就蒸上一塊，熱呼呼、香噴噴的。」

宋明軒聽著，低頭道：「又要麻煩嬸子了。」

楊氏笑得嘴都咧到耳根上了。「這有啥麻煩的？再過不了多久，你早晚得改口了！」

趙彩鳳這會兒也羞答答地看了宋明軒一眼，給他挾了一筷子菜，道：「快吃吧，吃完了早些睡覺，明兒是最後一天了，在家裡好好養養神。」

宋明軒睡了之後，楊氏和趙彩鳳就沒閒著了，把米粉都加上水拌好了，裡面再拌上白糖，放在蒸籠上蒸了起來。

第二天一早，宋明軒醒過來的時候，院裡頭已經曬著切成塊的桂花糕了。宋明軒揉了揉眼睛，瞧見趙彩鳳正在葡萄架下的石桌上寫寫劃劃的，便起身穿了衣服出門去看，只見趙彩鳳列了滿滿一頁的條款，各式各樣的，那字跡和宋明軒寫的不大一樣，有的字只有一個偏旁。

趙彩鳳見宋明軒過來，抬頭看了他一眼，道：「你也過來看看，還缺什麼告訴我，我一會兒就出去給你買齊全了。」

宋明軒擰眉湊過去問道：「妳這上面都寫了些什麼啊？」

趙彩鳳瞧了一眼自己寫的簡體字，噗哧笑了起來道：「好多字我不會寫，就記得一個大體的樣子，你若是不認識，我唸給你聽。

「第一條：飲食。桂花糕切成小塊，用乾淨的棉布包好，進了試場請解開，放在太陽底下曬乾防止發黴，除了桂花糕之外，還有若干醃肉條，也切成了小塊，可蒸熟了吃，也可熬湯；第二條：洗漱的棉布、潔口的鹽巴各若干，換洗衣服四套。注：太多了怕你揹不動。第三條：小煤爐一個，煤炭已用油紙包好，每天一袋，請酌量使用，別好心借給別人，到時候苦了自己；第四條：毛筆六支、硯臺兩盞、墨四塊，初步應該夠使用，主要是怕你揹不動……」

宋明軒聽到這裡，也不讓趙彩鳳再唸下去了，搶了那單子過來，一二三四地往下唸過去，一共唸了十五條出來，這才抬起頭道：「這麼多東西都要揹進去嗎？」

「你可以不揹，可是萬一要用呢？比如這止瀉丸吧，我就覺得你特別需要，萬一你又鬧起了肚子，可不是鬧著玩的。還有這藿香正氣丸也要買，這兩天天氣熱，聽說裡頭空氣都不流通，只怕會中暑呢！」趙彩鳳一本正經地回道。

宋明軒又指了指下頭兩個字，問道：「那這耳塞又是什麼東西？」

趙彩鳳眨了眨眼道：「你不是說別人打呼嚕會吵著你嗎？這軟木做的耳塞，睡覺的時候戴上，就不會被別人吵著了。我本來還想給你帶上一個墊子睡覺用，不過墊子應該不讓帶進去，所以也就算了。」

宋明軒看著這張單子，頓時覺得明兒從家裡走到貢院門口這段路應該也挺受罪的，那麼遠的路，得揹上這麼多的東西……不過一想到這些都是趙彩鳳為自己精心準備的，就算再苦再累，也都值得了。

趙彩鳳列好了清單，確認再也沒有任何東西遺漏之後，便揣上銀子往街上去了。幸好前一陣子她持家有道，如今還有不少盈餘。

趙彩鳳走在京城繁華的大街上，頭一次覺得對這個世界似乎也已經有一些歸屬感了。

趙彩鳳買齊了東西，大包小包地回到家裡，已經接近午時了。兩人整理好了東西之後，趙彩鳳坐在床沿上，嘆了一口氣道：「九天啊，想一想都覺得挺可怕的。就那麼窄的巷子裡頭，那麼小的試房，我覺得讓我待上一天我都要瘋掉的。」

宋明軒見趙彩鳳這麼說，伸手把她摟在懷裡，低頭輕蹭著她的耳垂，小聲道：「這些都不能讓我瘋掉，唯一能讓我瘋掉的只有見不到妳。」

趙彩鳳眨眨眼睛，扭頭在宋明軒的臉頰上親了一口。「你是說，一日不見，如隔三秋嗎？這麼說來，等你九天後出來，我就成了一個四十幾歲的老婆婆了？」

宋明軒將趙彩鳳摟緊，借力翻滾到床上，低下頭一遍遍地親吻著她紅潤的唇瓣，大掌在她的身上不安分地來回移動著，恨不得將掌心的嬌軟含到口中。

趙彩鳳輕哼了一聲，並沒有阻止宋明軒的動作，任由他緩緩向下移動，來到那處讓人忍不住想要探索的濕軟之處。

隔著薄薄的布料，宋明軒能感受到趙彩鳳的情動，喉頭越發緊了起來，嚥了嚥口水，扯開一片衣襟，含住了那一顆飽滿的紅豆。

趙彩鳳喘著粗氣承受著宋明軒帶著點力道的舔吻，感覺到他的指尖在那深谷的源頭撩撥著。「宋……宋大哥……」趙彩鳳克制住自己的情慾，按住宋明軒亂動卻不敢貿然進攻的手指，細聲細氣道：「待你下了場子回來，不管中沒中，等出了我爹的孝，你都娶我過門吧！」

其實這件事情趙彩鳳最近想了很多，她一開始覺得穿越女就應該特立獨行，幹出一番事業，恨不得雄赳赳、氣昂昂地稱霸古代，可如今真正安頓了下來，才知道她要是真的那麼想，那可真就是心比天高、命比紙薄了。能有一碗安穩飯，能把日子過好，能一家人在一塊兒，這都已經不容易了，別的那些有的沒的，還是當成作了個白日夢吧。

況且，如今這討飯街上人人都知道她趙彩鳳是宋明軒的媳婦，就算自己不願意，以後讓楊氏他們出門怎麼解釋？再說了，她既然已經到了古代，入鄉隨俗也是免不了的，終身不嫁的可能性實在太小，楊氏為了她的望門寡已經揹負了很大的心理負擔了，總不能一直讓她被人戳脊梁骨吧？所以，既然總要嫁人……那還不如嫁給宋明軒得了。

宋明軒的動作猛然就頓了一下，緊接著是越發狂風暴雨一樣的吻，只把趙彩鳳身上的每一個地方都點燃了。

趙彩鳳伸手按住宋明軒的手，略略嬌喘了一聲。「我娘還在外面呢，少發浪了。一會兒錢大叔和小文都要過來呢，你讓我怎麼見人？」

宋明軒看著趙彩鳳脹紅的臉頰，克制著自己的慾望，輕輕地啄了一口，笑道：「一切聽娘子的。」

趙彩鳳被宋明軒這句「娘子」喊得雞皮疙瘩都起來了，勉強推開他，從床上坐起來道：「快把東西收拾好吧，別明兒少了什麼，我可送不進去。」

宋明軒這時候也已經平靜了下來，牽著趙彩鳳的手，在掌心摩挲了片刻，有些不捨地道：「我不在家的日子，妳也要照顧好自己。」

第二天一早，宋明軒天還沒有亮就起來了。

這討飯街裡頭有幾戶人家養了幾隻雞，一到這個時候就開始啼鳴了，平常趙彩鳳這個時候是很難醒過來的，總是用被子捂著耳朵再睡一會兒，可今兒一聽見雞叫的聲音，就從床上給蹦了起來。趙彩鳳穿好了衣服走到門口，果然見宋明軒早已經整理妥當，都打算出門了。

趙彩鳳心裡便不由得有些生氣，雖然知道宋明軒是一片好意，不想讓她跟著自己跑這麼一趟，可一想到這麼重要的日子，要是自己不親自送宋明軒過去，一定會成為一生的遺憾的！宋明軒如何知道，作為一個參加過高考的現代人，對於送考這件事的執著呢！

楊氏從灶房裡出來，見趙彩鳳也起來了，便開口道：「彩鳳妳也起來啦？正好正好，喝一碗熱小米粥，我還做了蛋餅，等等送明軒過去。」

趙彩鳳點了點頭，忙去院外洗漱。

楊氏走到門口，伸著脖子往外探頭看了一眼，並沒有瞧見錢木匠的人影，心裡多少有些失落。

這時候呂家老倆口正好推著豆漿攤子往外頭去，見楊氏開了門，遂招呼道：「彩鳳她娘，今兒宋秀才是要下場子去了吧？」

楊氏點頭道：「正是呢，才起來，吃過東西就要出發了。也不知道今兒貢院門口會是個什麼光景，少不得要早一點去才行了。」

趙彩鳳這時候已經洗好了臉，坐下來喝起了小米粥。

宋明軒也坐在那邊安安靜靜地吃東西，放滿了東西的書簍擱在一旁的地上，裡面的東西裝得滿滿當當的，倒是像極了要外出多日的人。

吃過了早餐，宋明軒便揹起了東西，打算出門了。

楊氏急忙跟上道：「我跟你們一起去吧，這一路上我不放心。」

趙彩鳳開口道：「娘妳還是在家待著吧，小蝶還沒睡醒，一會兒醒了見不著妳，又該哭了。」

楊氏還是不放心，又道：「我把小蝶抱去余奶奶家，讓余奶奶照看半日吧。」

趙彩鳳見楊氏堅持，便也應了下來。

楊氏把還沒睡醒的趙彩蝶抱去交代給了余奶奶，正巧余奶奶家那兩個孩子也還沒睡醒呢，三個孩子就一同在炕上睡著。

余奶奶瞧著趙彩蝶那可愛的樣子，心裡忍不住的喜歡，真想要了過來給涵哥兒做媳婦，可就怕楊氏不答應，所以一直都忍著呢！見楊氏把趙彩蝶送來照看，她心中歡喜還來不及呢，只巴望著幾個孩子玩熟悉了，從小自己看對眼，也就省得他們當長輩的多費口舌了。

宋明軒揹著書簍，楊氏幫他拎著燒火的小煤爐，趙彩鳳把宋明軒裝著換洗衣服的包裹揹在身上，三人一行出了巷口。

這時候時辰尚早，幾家攤子都剛出來開早市，客人都還沒來呢，見楊氏他們出來，紛紛拿了自家的東西送他們，有送燒餅的、送包子的，還有送窩窩頭的，楊氏一路謝著收了好些東西。

等過了攤子的時候，才瞧見有一個魁梧健碩的身影，正站在巷子的背面，瞧見宋明軒他們過來，才稍稍露出半個身子，正是一直在這裡等著他們的錢木匠。

楊氏也不知道為什麼，心裡就一陣感激。

錢木匠見他們來了，便從牆後面閃了出來，迎上去對宋明軒道：「來，身上的東西我先給你揹著。」

宋明軒不好意思地推辭了幾句。

錢木匠笑著道：「你要逞能那我可不管了，一會兒要是揹累了，考不上舉人，連累彩鳳當不成舉人太太，那我可不饒你！」

宋明軒聽了這句打趣的話，就乖乖地把背後的東西讓給錢木匠揹了。

錢木匠身材魁梧，以前又是習慣了揹著自己那些做木工的行頭到處走的，所以這些東西對他來說壓根兒算不上什麼，伸手在後背掂了掂，道：「還行，算不上太重！」

趙彩鳳想起方才宋明軒蹲下把這些東西揹起來時那面部扭曲的表情，低頭笑了笑。

宋明軒頓時覺得臉上熱辣辣的。

從討飯街到貢院的路並不遠，但走路還是要小半個時辰，一路上到處都有送考的人群，動不動就是全家出動。

一家人好不容易擠進了人群中，忽然就聽見後面有人喊他的聲音，宋明軒回過頭，就瞧見劉八順和王彬身後各跟著一個書僮，也一路往這邊來。

劉八順見了宋明軒，先作了揖，才開口道：「外頭的路都堵住了，車子進不來，我便讓我娘他們在外面等著，讓這兩個書僮跟著進來了。」

三人目送著宋明軒揹著書簍走到查驗的侍衛跟前，忽然，排在宋明軒前面的那個考生被人用手一推，從隊伍中被驅趕了出來，幾個人見了，頓時都嚇出一聲冷汗來！

外頭的考生還排著隊，大家都伸長著脖子看熱鬧，只聽那個考生哭著求饒。

「官爺，求您放我進去吧！這不是作弊的東西，這是東大街當鋪的當票，我前兩天銀子不湊手，才去當了點東西，結果忘了把當票收起來了！」

查驗的侍衛黑著一張臉，正眼都不瞧那人一眼，接著就開始查下一個人的東西，冷冷地道：「我們不識字，只上頭交代了，凡是有字的東西，一律都不准帶進去，誰要是身上有了有字的東西，直接取消進場子的資格！你們後面的都聽著點，別一會兒搜出什麼來，那可就別怪我們不留情面了！」

聽了這話，後面排隊的考生急忙就開始翻檢自己的書簍子，生怕留下什麼紙條來，斷送了這三年一次的資格。

那穿著布衣的考生聽那侍衛說概不通融，急得汗出如漿，一個勁兒地跪在地上磕頭。但這哪有什麼用處？站在裡頭監考的人早已經看著不耐煩了，吩咐站在自己身邊的兩個侍衛道：「把他拉遠一點兒，省得影響他人！」

那兩個侍衛奉命前去拉人，只是還沒彎下腰拉住那人，那人居然就爬了起來，不顧門口攔著的幾個侍衛，狠下心往考場裡頭衝了進去！

幾個侍衛瞧見這光景，全都緊張了起來，握著手中的長矛往跟前一擋，結果那鋒利的刀刃就戳進了那書生的腹中，一瞬間，血流如注，人群中頓時爆出幾聲尖叫來。

楊氏嚇得整個身子都顫抖了起來，拉著趙彩鳳的手道：「彩鳳……那……那書生會死嗎？」

長槍從那書生的腹中拔了出來，貢院門口都是血。趙彩鳳稍稍瞥了一眼，以自己的專業知識判斷，他是必死無疑了。

宋明軒蹙著眉頭看著那人圓瞪著的、死不瞑目的雙眼，忍不住往前走了一步。裡面看門的那人開口喝道：「那位考生，你要做什麼？」

宋明軒拱了拱手，坦誠地開口道：「晚生上一屆趕考的時候，也遇到過這位仁兄，想他把當票放在身上也是一時糊塗，雖然衝撞考場，可畢竟也是一時情急，晚生想送他一程，也好讓他死後瞑目。」

方才那一幕事出突然，對於侍衛來說是職責所在，可那守門官心裡也對那考生有幾分虧欠，便開口道：「你去吧！」

宋明軒上前，跪下來向那死去的書生磕了幾個響頭，鄭重其事地開口道：「這位仁兄，今生無緣金榜題名，願你來世能蟾宮折桂！」宋明軒說完，伸手按住了那人圓瞪的雙眼，輕輕地撫了下去，等他的手拿開時，那人已經安靜地閉上了眼睛，神色安詳，彷彿剛才的痛苦與他無關了。

趙彩鳳略略地鬆了一口氣，心中暗罵這宋明軒也太大膽，這時候還充什麼好人？遇到這種事情得遠遠地躲著才行啊！沒瞧見別人都一臉麻木地往裡頭去了嗎？就他老實！

趙彩鳳一邊暗罵宋明軒，可心裡頭卻還是忍不住想著，若是這宋明軒真的和其他人一樣這般麻木不仁，那他又如何配得上自己的喜歡呢？趙彩鳳想到這裡，臉上就微微地笑了。

這時候，前面的侍衛已經查好了宋明軒的東西，宋明軒重新揹起了書簍子，轉身正瞧見趙彩鳳對他微笑的表情，兩人隔著攢動的人頭對視了一眼，趙彩鳳伸出手，朝著宋明軒的方向握緊了拳頭，宋明軒只覺得心頭一熱，攏在袖中的拳頭又緊了緊，朝著趙彩鳳深深地點了點頭，然後轉身，頭也不回地走進了考場。

趙彩鳳一直目送著宋明軒離開自己的視線，心裡莫名湧起了一股失落感，還帶著幾分不安和後怕。

楊氏這會兒還沒有回過神來，見宋明軒終於進去了，口中默唸著「阿彌陀佛、阿彌陀佛」，來來回回的，也不知道唸了多少遍。

錢木匠瞧著她們母女倆呆呆傻傻的樣子，忍不住勸慰道：「彩鳳，明軒他已經進去了，我們也回去吧，等九天後再來好了。」

趙彩鳳這會兒才算回過了神，點點頭道：「我們回去吧，只怕九天後，店鋪都裝修得差不多了。要是能趕在宋大哥出場子的時候把店開起來，那可真是雙喜臨門了！」趙彩鳳一這麼想，心情頓時又好了不少，跟著楊氏和錢木匠往貢院外頭的街上去了。

方才她們進來的時候人太多，趙彩鳳也沒太在意，這時候忽然就瞧見路的兩旁居然等著不少推板車的人，一個個坐在自己的板車上，有的還掛起了油布，像極了要就地駐紮的樣子。

趙彩鳳這下子也有些好奇了，才想過去問幾句呢，就瞧見不遠處錢喜兒身邊的小丫鬟向她招手。

「趙姑娘，我家姑娘請您過去呢！」

趙彩鳳抬起頭，這才瞧見遠處坐在馬車裡的錢喜兒撩起了簾子往外探頭的樣子，她便和楊氏說了一聲，往錢喜兒那邊走了過去。

因為這邊人多，在外面說話不方便，所以錢喜兒拉了趙彩鳳上去，這才問道：「他們都進去了嗎？八順說這邊人多，不讓我們下車送他。」

「都進去了。」趙彩鳳回道。

那邊劉八順的母親李氏又道：「我方才聽見外頭有人尖叫，到底是什麼事情？嚇得我一顆心撲通地直跳呢！」

趙彩鳳猜想李氏和錢喜兒估計也是膽小的，便也不把事情告訴她們了，淡淡地道：「方才有人因為帶了一張當票，被侍衛攔住，起了一些衝突，這會兒已經沒事了。」

李氏聽了，合眸也唸了一句「阿彌陀佛」，稍稍過了一會兒，才睜開眼睛道：「我們回去吧，讓兩個小廝帶著車在這邊等著。」

趙彩鳳聽了便覺得有些奇怪，遂問道：「今兒才開考，怎麼就等著了？還得好幾天不是？」

李氏蹙眉道：「我也是聽人家說的，說裡頭趕考的人，未必人人都能熬得過去，有些人考了一、兩天就扛不住了，便會有人把他送出來，若是沒有家裡人接著，在路邊病死的都有。妳沒瞧見這路的兩旁都等著人嗎？都是在門口等那些考生出來的。當然，這九日之中都沒有出來是最好的，可是等到第九日的時候，能走著出來的人也沒有幾個了，少不得要讓人攙扶著出來，可不得趕緊拉著車迎上去？」

趙彩鳳聽了，這才恍然大悟，心道原來那些人是做這個的！這樣的話，還當真也要九天不離開這地方守著了，不然要是剛走開一會兒，自己等著的人被送了出來，豈不是鬱悶了？趙彩鳳想了想，覺得李氏說的很有道理，她最好也派一個人過來等著才好呢！不是她不相信宋明軒，只是宋明軒的身體素質確實還有待提高，萬一到了最後幾天扛不住，也未必沒這個可能。

這邊錢喜兒問完了話，趙彩鳳便下車去找楊氏和錢木匠，把這馬路兩邊等著的人和推車解釋了一下。

楊氏聽了，果然開口道：「那我們還等什麼？即便沒有車，好歹也要派個人等在這邊才好，否則萬一明軒要是提前出來了，沒有個人照應怎麼辦？」

錢木匠立即開口道：「我在這邊等著吧，白天人多還好些，以後每天晚上，我就過來這邊打個地鋪睡下，這要是有什麼動靜，我也就知道了。」

楊氏聽了，越發不好意思地道：「那怎麼好意思呢？如今這天氣已經往秋天走了，在外頭打地鋪可不是鬧著玩的，不然我們還是想想別的辦法吧？」

趙彩鳳也覺得錢木匠不合適，他每天要在店裡頭幹那麼多活兒，晚上還來這邊候著，也確實太累了。她想了想，道：「不然這樣吧，我一會兒隨便找一個人問問，看看能不能多給他一些銀子，讓他幫忙再多照管一個人，反正他們等著也不過就是以防萬一，誰都想著能平平安安地考完這九天，大家夥兒從裡面清清醒醒地走出來。」

楊氏見趙彩鳳想的這個辦法不錯，便也答應了下來。

趙彩鳳走去路邊，打聽了一下，才知道有一個人是廣濟路上幾個秀才合起來請了專門在門口等人的，不拘哪幾個人，只要誰先倒下了，就先送了誰回去，然後回來這邊繼續等著，一直到秋闈結束。

趙彩鳳便給那人塞了兩百文錢，交代道，若是裡頭有人喊「宋明軒」這個名字，務必過去看看，把人送到討飯街的巷口，到時候再重謝。

那人覺得自己等一個也是等，等十個也是等，還能多賺銀子，便爽快地答應了。

送完宋明軒去貢院後，幾人回家的路上才發現，其實這會兒時間還早著呢！趙彩鳳想起有幾日沒去廣濟路看看了，便拉著楊氏一起去店裡頭看一下。

錢木匠做手工活很快，店裡需要的桌椅都已經做好了，打磨了一邊，上了清漆在後面的小院子裡陰乾。最近天氣好，大中午的太陽大，若是把東西放在外頭就會曬壞，可若是放在裡頭又不容易乾，所以錢木匠每天都要把這些東西搬一個來回。

今兒因為送了宋明軒走，他沒時間搞這些，這會子都快日上三竿了，錢木匠便忙不迭地就要把東西往裡頭搬去。

楊氏見了，也上去幫忙，兩人在天井裡來來回回地走，都低著頭幹活兒，一副誰也不搭理誰的樣子。興許是兩人走路都只看著自己跟前的道了，所以冷不防的，兩人手裡的長凳就撞到了一起，楊氏嚇得抬起頭來，就見錢木匠也抬起頭憨實地看著自己，似乎還有些不大好意思。

楊氏伸手將自己額前的碎髮挽到了耳後，半垂著，帶著幾分成熟婦人特有的溫婉。楊氏本就生得好看，只是這些年的勞碌已經把她磨礪成了一個操勞的婦人，以前趙老大在的時候，她雖然辛苦，終究還是有著男人的滋潤，可如今一個人拉拔四個孩子，這身上的重擔也足以壓彎了她細嫩的腰肢，顯出幾分老態來。

「嫂子，妳做的衣服和鞋子都很合適，只是，以後不用給我做了，我一個大老粗的，也穿不慣這細布做的鞋。」錢木匠說著這話，低下頭，把楊氏手裡的長凳給拿了過來，自己一個人左右開弓地往裡頭搬過去了。

錢木匠說這話，其實倒不是不喜歡楊氏，只是兩個人的身分當真尷尬，他雖然當了十幾年的鰥夫，可楊氏卻只能算得上是新寡，他若是這時候就和楊氏有了些什麼，難保那些村民還能說出什麼更難聽的話來，他就算有這個心思，也不能因此連累了楊氏，因此這個事情還是算了。

楊氏手裡的長凳被錢木匠搶了過去，當場就愣住了，原本面帶微笑的表情瞬間僵硬了起來，過了良久，楊氏才覺得心裡一陣陣的難受，委屈得不行，摀著臉頰就從後院裡哭著出去了。

楊氏順著弄堂走了幾步，又想起這時候自己從這兒走出去，要是遇見了嘴碎的見自己在哭，越發要添油加醋不可，便只好又回過頭去，強忍著難受，擦乾了臉上的淚痕，折了回去。

這時候錢木匠又從裡頭出來搬凳子，看見了楊氏紅紅的眼眶，也愣了一下，隨即蹙眉低下頭去。

楊氏也是一個愛面子有骨氣的，做不出熱臉貼冷屁股的事情，又想著以後兩人少不得還是要見面的，若總這樣豈不尷尬？便裝作一副無所謂的樣子，笑著道：「你說什麼呢，不過就是一雙鞋、一件衣服而已。你收了我家老二當徒弟，這謝師的銀子我們還一分都沒給呢！你若是不嫌棄，就當是我謝謝你照顧我們老二這麼長時間了。」

錢木匠聽楊氏這麼說，又覺得是自己有些多心了，原本可能就是這麼一個意思，偏偏自己自作多情了……雖然聽了心裡頭略略有些失落，他還是點頭道：「話雖這麼說，但要麻煩嫂子，我也過意不去，讓嫂子妳一天到晚地忙……」錢木匠說到這裡，看了一眼這院裡的東西，繼續道：「不過好在這裡的活計我也快做完了，過幾天大概就可以回趙家村去了。」

楊氏一聽，頓時就急了，開口道：「那怎麼行？明軒今兒才進考場，萬一中間要是出了什麼事情，我和彩鳳兩個女人家要怎麼辦才好呢？」楊氏這話雖然說得不假，可還是透露出幾分把錢木匠當成當家人的意思。

這時趙彩鳳在外頭，正巧聽見了這句話，對楊氏心裡頭想的事情便一清二楚了。像楊氏這樣的女人，只有把一個男人當成了當家人，才會越發的依靠他、指望他。趙彩鳳心想，楊氏恐怕也沒有料到，自己終究是沒能守住這顆心。

錢木匠聽了，推託道：「彩鳳這麼能幹，這邊的事情有彩鳳在就行了。」

錢木匠這話說得不假，他一個做木工的，既然這店裡頭的木工活兒都做完了，當然要回去了，不然他這樣不明不白地待在這兒算什麼呢？趙彩鳳雖然也明白這個道理，可這回她當真是想幫楊氏一把，因此便出聲道：「錢大叔，這不活兒還沒做完嗎？你就多留幾天吧！俗話說，慢工出細活，我方才看了一下，我們這店裡頭大多數東西都好，可還有一樣，只怕你一時半會兒還做不出來呢！」

錢木匠聽了這話，便問道：「是什麼東西？我昨天還對著妳給的清單清點過，好像已經不缺什麼東西了。」別看錢木匠大老粗一樣的人，在這方面他還真是算細心的。

趙彩鳳笑著道：「別的東西是不差什麼了，可單單有一樣我給忘了，且那樣東西，非得等宋大哥考完了才能讓你做出來，這會兒告訴你了，你也做不出來！」

楊氏早就好奇了，問道：「還有什麼東西沒做？」

錢木匠擰眉想了想，便開口道：「我知道了，這店要開起來自然是要一個招牌的，如今名字還沒取，我當然做不出這招牌來。」

趙彩鳳沒料到錢木匠居然猜到了，笑著道：「正是呢！不過這店是給姥姥和姥爺開的，店名也要讓姥姥和姥爺取。」趙彩鳳想了想，又對楊氏道：「娘，這幾日宋大哥在裡頭考試，家裡也沒有什麼事情，不如妳就帶著彩蝶回一次河橋鎮，讓姥姥和姥爺收拾收拾，過幾天出來開店吧？」

楊氏聽了，點頭稱是，見錢木匠不堅持走了，臉上也露出一絲微笑來，開口道：「那我今兒就回去準備準備，明兒去驛站看看有沒有車回河橋鎮去。」

趙彩鳳道：「不用麻煩，我一會兒去一趟劉家，讓他們給王二哥留個口信，哪天他回去的時候來我們家載妳一程，我還放心些呢！」

在店裡頭看過之後，趙彩鳳便和楊氏回了討飯街。走到討飯街街口時，卻看見蕭一鳴正和另外一個捕快在追一個搶了東西的小偷。眼看著那個小偷就要跑到趙彩鳳跟前了，趙彩鳳連忙拉著楊氏往邊上閃了一閃，等那小偷過來的時候，忽然一伸腿，絆了他一個狗吃屎。

蕭一鳴飛一樣地殺過來，拿著繩子嫻熟地捆住了那小偷的手，丟給一旁的同伴，這才抬起了頭來。

卻說離那日從小院裡落荒而逃到今天，大約已經過了大半個月，這其間蕭一鳴抓小偷、打壞人，維護京城治安，也是忙得不亦樂乎。每次他打算去小院找宋明軒的時候，一想到那人必定是在懸梁苦讀，便也就作罷了。今兒正是開考第一天，他們順天府尹還抽調了不少人去貢院門口維持治安，蕭一鳴因為對科舉深惡痛絕，主動要求不去，跟著另外幾個人在街上閒逛。

時隔半個多月，蕭一鳴再看見趙彩鳳的時候，忽然就覺得自己的心跳跟漏了一拍一樣，連捆小偷的力氣彷彿都比往日小了一些。

「小趙，好巧啊，妳這是送妳相公去考場啊？」蕭一鳴站起來，伸手撓了撓自己的後腦勺。蕭一鳴也不知道自己是怎麼了，越是知道趙彩鳳和宋明軒還沒過明路，就越想著要提及這件事情，彷彿是故意要把這事情坐實了，自己就能好受些了。

若是放在以前，趙彩鳳肯定會先撇清一下自己和宋明軒的關係，然後再切入正題，可自從趙彩鳳答應了宋明軒娶親的事情後，便也不糾結這些了，點了點頭道：「是呢，剛剛送去貢院了，回來的時候還去店裡頭瞧了一眼。我一直想謝謝你來著，可最近太忙，就耽誤了。聽說前幾日是你家大姪兒的百歲宴，一定很熱鬧吧？」趙彩鳳覺得這樣站著挺尷尬的，所以就隨便扯了些事情閒聊了起來。

蕭一鳴沒想到趙彩鳳居然默默地關注著自己家的事情，頓時有些受寵若驚，臉上不由得就笑了。「原來妳還知道我家的事情啊？」

蕭一鳴長得嚴肅，笑起來的時候頗有一種皮笑肉不笑的感覺，看著有幾分滑稽，趙彩鳳見狀便忍不住笑了下，開口道：「我聽程姑娘說的。」

蕭一鳴聽了這話，一雙眉毛頓時又擰了起來，表情凝結似冰。

原來這幾日，因為蕭一鳴不考科舉了，蕭夫人也拿他沒轍了，就開始給他張羅起了終身大事來。蕭夫人親自選了幾個自己滿意的閨秀名單，讓蕭一鳴瞧一瞧，而那程蘭芝正好就是這名單中的一人。那天自己差點掉茅坑的事情，就是被這個長舌婦一傳十、十傳百，最終弄成了人人皆知的秘密，一想到要跟這樣的人過一輩子，蕭一鳴覺得自己想死的心都有了。

楊氏對蕭一鳴一直很有好感，可她單純的以為蕭一鳴不過就是宋明軒在書院裡面認識的同窗而已，所以對蕭一鳴的慷慨相助很是感激，見他已經把小偷抓到手了，便好客地邀道：「蕭公子既然來了，不如到家裡坐一會兒，順便喝一口涼茶吧？這大太陽底下，曬得怪熱的。」

趙彩鳳瞧著蕭一鳴那張原本稱得上白皙的臉頰都變成了小麥色，又見楊氏請了他上門，自己倒是不好意思推他出去了，便跟著道：「蕭公子如果不嫌棄，就進來坐坐吧。」

蕭一鳴原本是打算客氣一下的，可見趙彩鳳也這麼說，頓時就有些害羞了，遂開口道：「那……要不然，就進去坐一會兒吧，走了一早上，也確實累了。」

趙彩鳳稍稍地瞥了蕭一鳴一眼，心道：我們都從貢院走了一個來回了，也沒喊累呢！

進了小院後，楊氏從灶房裡倒了一碗涼茶出來，然後去隔壁接了趙彩蝶回來。

正巧今兒余嫂子上晚工，這會兒還在家裡頭沒出門，就坐在門口洗衣服，便喊住了楊氏，略帶著好奇地問道：「大嫂子，方才進去的那公子是什麼人啊？以前怎麼沒瞧見過？」

楊氏知道余家媳婦在寶育堂打工，眼界也比一般人高一些，見她問起這個，也沒瞞著，開口道：「說起來他可是有些來頭的，是蕭將軍府的三少爺。還是明軒有能耐，認識這樣的朋友，我家廣濟路上的那個門面就是他幫忙弄的，這位蕭公子真是人又和氣，性情又好呢！」

余家媳婦稍稍往裡頭瞅了一眼後，拉著楊氏坐下道：「今天宋秀才下場子去了，他到你們家來做什麼？」

楊氏便笑道：「他正好在門口巡邏，我就喊他進來喝一口茶罷了。」楊氏說完，也隱約覺得有些不對勁了。

余家媳婦朝著楊氏使了一個眼色，湊上前小聲地道：「大嫂，妳家彩鳳可是個好模樣啊，如今她和宋秀才還沒過明路呢，妳怎麼知道他就不是衝著你們彩鳳來的？」余家媳婦在寶育堂上工，見慣了各式各樣的秘辛，大戶人家好看的小丫鬟就沒幾個能逃得出少爺們的手掌心，便是那些看起來老實巴交的公子哥兒，誰心裡不惦記著一、兩個俏丫鬟呢？她方才冷眼瞧著蕭一鳴跟在趙彩鳳身後那熱絡的眼神，早就猜測出了一二，見楊氏還沒反應過來，便接著道：「這蕭公子若是真的和宋秀才關係好，直接給了銀子資助宋秀才考科舉也就得了，何必費那麼大的勁兒，還給你們弄一間店面出來？嫂子妳不在京城不知道，廣濟路上那麼大的門面，一個月少說也要五、六兩銀子的！他收你們多少錢？」

楊氏暗暗思考了片刻，才想起來這門面非但沒付銀子，蕭一鳴還反過來給了他們一百兩作為本錢，她們實在是做了一趟無本生意！楊氏想到這裡，頓時有些慌了，也不著急進去抱趙彩蝶，往自己家小院裡瞧了一眼，見沒什麼動靜，這才蹲下來請教余家媳婦。

「大妹子，妳這麼說我可真有些慌了，上次我家彩鳳出事的時候，還是他幫我把人給找回來的，後來又來來回回地送了幾次東西，我原本當他是看在明軒的面子上，難道不是嗎？」

余家媳婦急得嘆氣。「大嫂子，這世上去哪裡找妳這麼實誠的人啊？世上會有這麼好的人嗎？所謂無事獻殷勤，非奸即盜。再說妳家那秀才，就算這次考中了，那也不過就是個舉人而已，值得一個將軍府的少爺對他這樣上心嗎？依我看，這蕭公子八成是在打你們家彩鳳的主意呢！」

楊氏一聽，驚得一拍大腿道：「哎呀，那可不行！我還把他帶回家，這豈不是把彩鳳往賊窩裡頭推了？」楊氏說完，忙就站了起來，連趙彩蝶也顧不著去抱回家了，先回自己家看情況去了。

余家媳婦喊了她一聲，見楊氏已經走遠了，這才嘀咕道：「這趙大嫂也真是有意思，她家彩鳳都快飛上枝頭變鳳凰了，還什麼往賊窩裡推？那將軍府能是賊窩嗎？那可是一個黃金屋啊……」

蕭一鳴跟著趙彩鳳進了小院後，一口氣把楊氏送上的涼茶喝了一個底朝天。

趙彩鳳並沒有打算要搭理他，可也不能把他當空氣，況且蕭一鳴對他們確實多有幫助，這些待人的禮節還是要有的，不然楊氏一會兒見了，準又要數落自己不懂禮數。

於是，趙彩鳳見蕭一鳴一碗茶已經見底，便上前問道：「我再去給你沏一壺茶吧？我家也沒有什麼好茶，上回劉公子帶過來的茶，宋大哥說是挺好喝的，你要是不嫌棄就喝那個吧？」

蕭一鳴心道：這劉八順也挺會獻殷勤的，茶葉都給送了過來！便點頭道：「那就喝那個茶吧，其實我什麼茶都喝的。」

趙彩鳳進去沏了茶出來。

蕭一鳴喝了一口，便開口道：「這太平猴魁確實新鮮得很，不過若論味道就有些淡了，還是西湖龍井上乘。」

趙彩鳳單聽他這兩句話，就知道方才他說的那句「其實我什麼茶都喝的」多半是在騙人，口味明明很刁鑽。她微不可見地撇了撇嘴，不置可否。

蕭一鳴抬起頭，瞧見趙彩鳳那不鹹不淡的表情，就覺得有些尷尬了，只又沒話找話地道：「啊……那個……這……宋兄今天不在家啊？」

趙彩鳳睨了蕭一鳴一眼，笑道：「蕭公子，你沒事吧？今兒是秋闈第一天，宋大哥當然不在家了。你不能因為自己不考科舉了，就連考科舉的日子也給忘了吧？」

蕭一鳴聽了這話，覺得牙齦都酸了起來，他腦子究竟是有多笨，居然還問這個！蕭一鳴尷尬地清了清嗓子，又問道：「廣濟路上那鋪子，裝修得如何了？前幾天我路過那邊，瞧見裡面有木匠正在做木工，瞧著應該差不多了吧？什麼時候開業？我好去捧場。」

趙彩鳳聽了這話，還覺得靠譜一些，想了想，道：「三十文錢一碗的麵條，你捧不捧場倒也無所謂的，不過你要是穿著這身捕快的衣服進去，那麼那條路上的小混混應該也不敢去我們店裡頭搗亂了，所以，你還是來吧！」

蕭一鳴聞言，瞪大了眸子問道：「誰敢去咱們的店搗亂？我擰了他脖子！」蕭一鳴這話才說出口，就覺得有點不對勁了。雖然這店確實是兩家一起投資開的，但用上了「咱們」，就有些變味了。蕭一鳴見趙彩鳳又用帶著幾分戒備的神情看著自己，越發有些尷尬，忙站起來道：「茶也喝得差不多了，我先告辭了！」

趙彩鳳聽他說要走了，也開口道：「那我就不送了，你路上慢走。對了，下次追小偷用不著跑這麼快的，小心再掉茅坑！」趙彩鳳其實也就是好心提醒一句，誰知道偏又觸及了蕭一鳴的痛處。

蕭一鳴聲色俱厲、咬牙切齒，恨恨地道：「那程四到底是不是姑娘家？怎麼什麼話都亂說呢！」

趙彩鳳發現自己說漏了嘴，連忙又說道：「哎，你別生氣，我說錯了還不行嗎？男子漢大丈夫，怎麼可以為了一點芝麻大的事情生氣呢？」

蕭一鳴恨不得馬上就跑去程家，把程蘭芝教訓一頓！他和程蘭芝從小玩在一起，小時候從來都沒把她當姑娘看，雖然長大以後漸漸疏遠了，可沒想到程蘭芝那張嘴巴還是一樣大，小時候專門打小報告，長大了還這麼長舌，這讓他如何招架得住啊？

蕭一鳴深深地嘆了一口氣，決定今天晚上回去之後，首先就要把程蘭芝從新娘子的候選名單上給去掉，他這輩子就是娶不上老婆，也絕對不能娶這樣一個姑娘進門！蕭一鳴想到這裡，忍不住上下打量了一眼趙彩鳳，見她穿著素色的杭綢裙子，很顯然今兒為了送宋明軒去考場，還特意打扮了一番，只是她的頭上卻簡單得連最樸素的簪子都沒有一根，著實讓人看了心疼。

這時候楊氏正火急火燎地從外面回來，差點兒和要離開的蕭一鳴撞個正著。楊氏見蕭一鳴這是要走的樣子，便一改方才對他熱絡的表情，尷尬地笑道：「蕭公子這是要走啦？那我們就不送了。」

蕭一鳴見楊氏這忽然大轉彎的態度，就越發鬱悶了，卻也只得走了。

楊氏瞧蕭一鳴走後，又往外頭看了一眼，稍稍把門關上了，這才進屋來。

趙彩鳳倒了方才沏給蕭一鳴的茶喝了一口，只覺得口齒留香。雖然前世她也不愛喝茶，但是茶的好壞她還是喝得出來的。再說了，劉八順特意帶過來送人的茶，怎麼可能差到哪兒去呢？連自己這個不愛喝茶的人都覺得好喝，蕭一鳴還覺得一般般，看來即便他有一顆憐貧之心，可這身體上嬌養出來的習慣也是改不掉的，這大概就是窮人和富人之間的差別吧？趙彩鳳想到這裡，不禁輕輕地嘆了一口氣。

楊氏見狀，立即神色匆匆地上前問道：「彩鳳，妳沒事吧？」

趙彩鳳哪裡會有什麼事？不過瞧著楊氏這個模樣，倒像是很有事，因此便問道：「我沒事啊！娘妳有事嗎？不是說去抱彩蝶回來嗎？彩蝶怎麼沒回來？」

楊氏瞧趙彩鳳似乎真的沒什麼事情，便鬆了一口氣，尷尬地道：「我能有啥事呢？這不，彩蝶還在裡頭跟涵哥兒他們玩呢，所以我就先回來做個午飯，省得帶著她也忙不開……」

楊氏說著，著實覺得有幾分心虛，便往後頭的灶房裡去了。

——未完，待續，請看文創風461《彩鳳迎春》3

文創風 460

彩鳳迎春 2

國家圖書館出版品預行編目資料

彩鳳迎春 / 芳菲著. --
初版. -- 臺北市 : 狗屋, 2016.10-
冊 ; 公分. --（文創風）
ISBN 978-986-328-649-3（第2冊 : 平裝）. --

857.7　　105015127

著作者	芳菲
編輯	黃淑珍
校對	黃亭蓁　許雯婷
發行所	狗屋出版社有限公司
地址	台北市104中山區龍江路71巷15號1樓
電話	02-2776-5889～0
發行字號	局版台業字845號
法律顧問	蕭雄淋律師
總經銷	知遠文化事業有限公司
電話	02-2664-8800
初版	2016年10月
國際書碼	ISBN-13　978-986-328-649-3
原著書名	**《状元养成攻略》**，由北京晉江原創網絡科技有限公司授權出版

定價250元

狗屋劃撥帳號：19001626

網址：love.doghouse.com.tw　E-mail：love@doghouse.com.tw